我和贝拉。

我和贝拉花了很长时间欣赏底特律这座废弃建筑上的美丽涂鸦。

我和贝拉在普特因湾的小岛上。

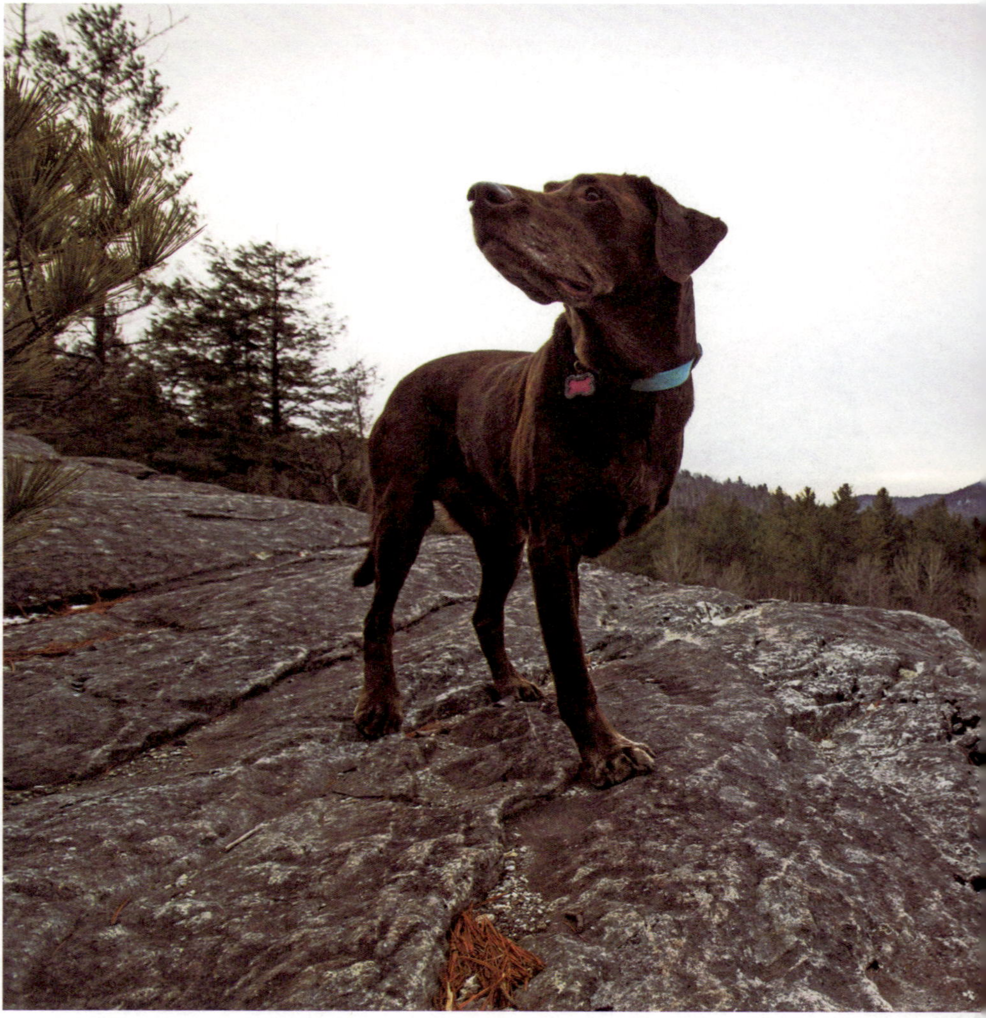

左图：贝拉的姿态活像阿迪朗达克山的女王。

右上：我的哥哥迈克、我们的母亲和我。那天我被提拔为中士。这是我将永久珍藏的记忆。

右中：这是我最爱的迈克的照片之一。拍完这张照片不到两个月，迈克遇难。

右下：在伊拉克服役时，我没留下多少照片。但这张看上去还不错。当时我在这台起重机里摆拍。

左图：在驾驶途中，贝拉总喜欢把她的头伸出窗外，有时候甚至还把一条腿也伸出来。根本不听我的劝阻。

右图：贝拉的鼻子上沾到了雪。

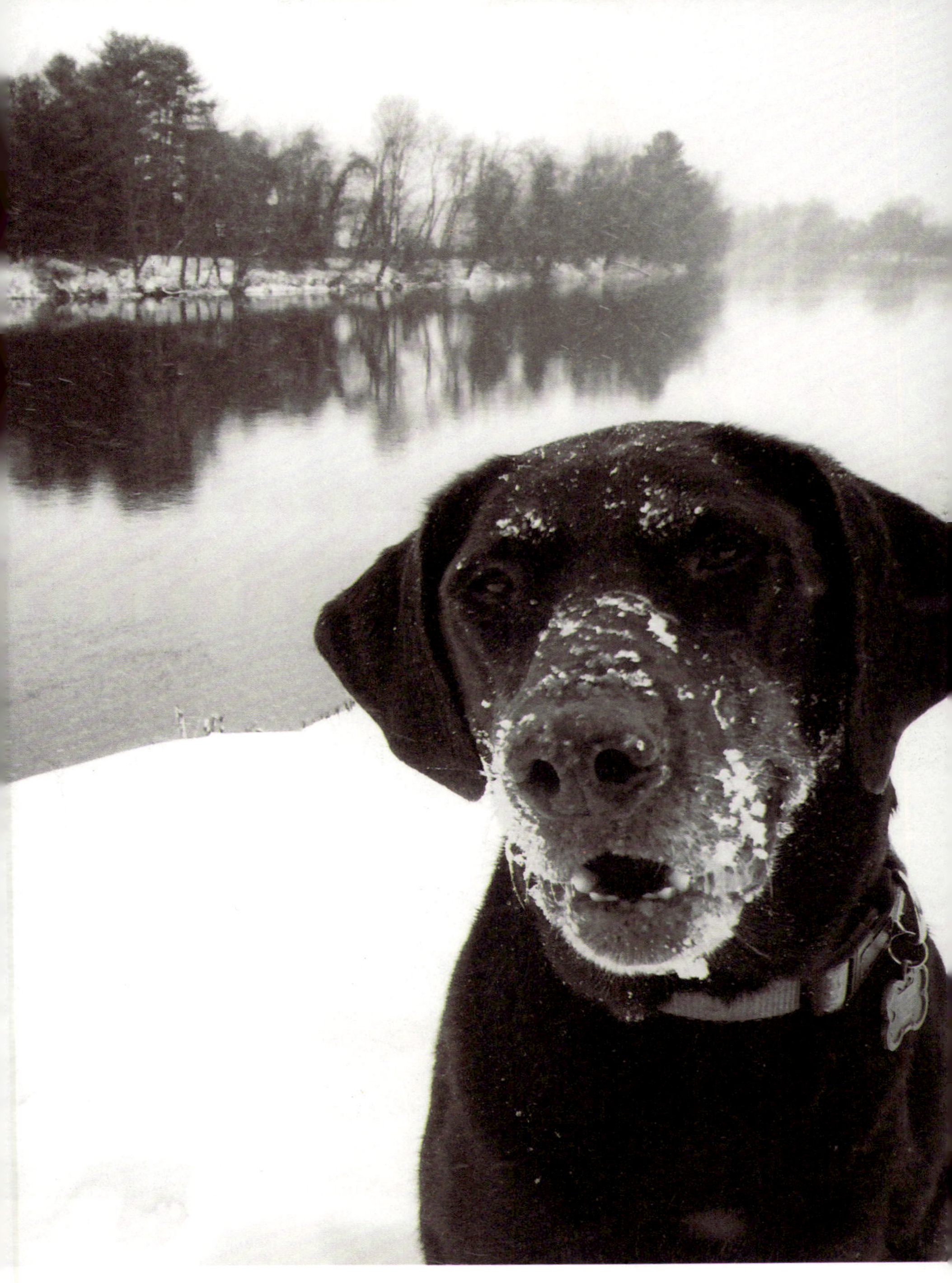

我跟贝拉在费城的合影。

那天早晨,我们在北卡罗来纳州列尊营内的海滩,我们早早起床,在海岸见证雄伟的日出。

贝拉和她的新伙伴加布里埃尔在车内玩耍。加布里埃尔管这里叫"贝拉的小屋"。

贝拉在佐治亚州的泰比海滩。

在佛罗里达的海滩上，贝拉认识了另外两只拉布拉多犬。每只狗都有自己的小球球玩，但是它们总是同时盯着一只球。

贝拉在达科他州广阔的空地上奔跑。

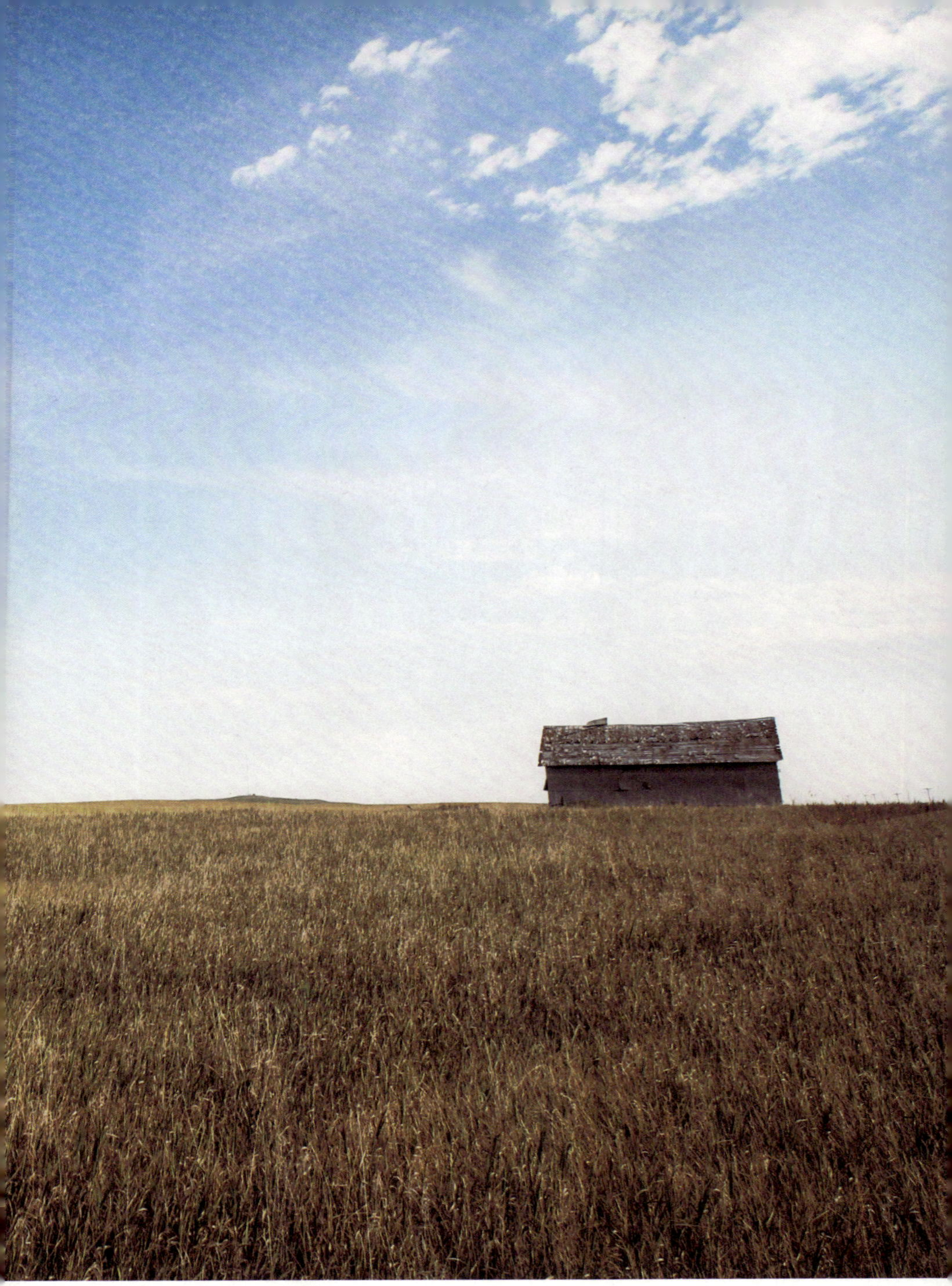

在科罗拉多州，我们形成了一个密切的团体，不仅有宠物医院的工作人员，也有我们在街头散步时认识的朋友。在我和贝拉离开这里往西部出发的时候，朋友们和我们合影留念。

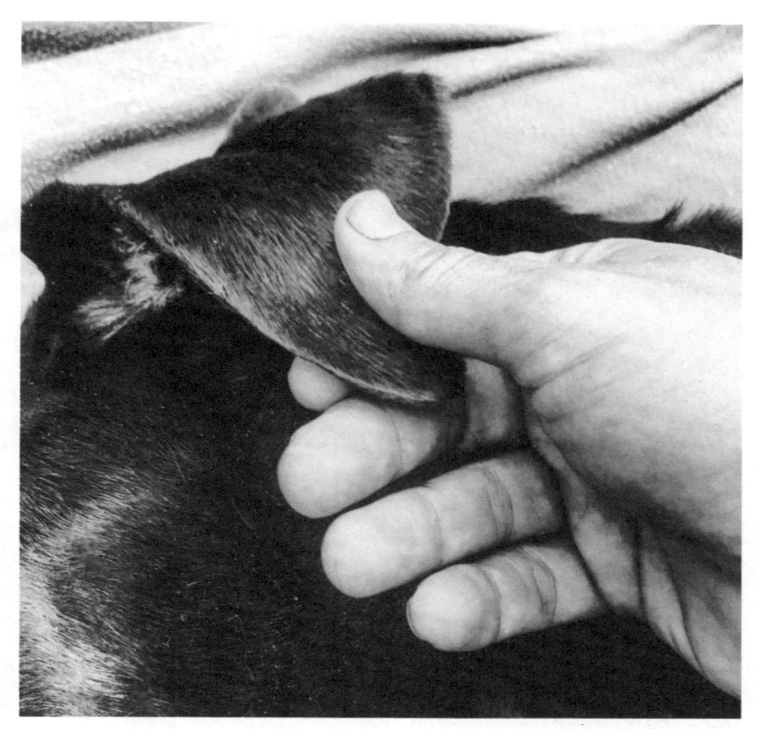

贝拉离开后,我最后一次用手指抚摸她的耳朵。

陪贝拉走到旅途的尽头。

贝拉总是陪在我身边。

请在此处留下狗狗的爪印 🐾

请在此处留下你的手印 👋

再见，贝拉
A DOG NAMED BEAUTIFUL
A Marine, a Dog, and a Long Road Trip Home

ROB KUGLER

[美] 罗布·库格勒——著
殷圆圆——译

北京时代华文书局

致所有志存高远、用情至深，
失去过，梦想破灭过，
体验过人生的空虚，
却不曾向现实低头，
并努力创造新生活的人。

沉浮多年以后,我们发现:
不是我们选择了旅行,而是旅行选择了我们。

——约翰·斯坦贝克《横越美国》

致中国读者

如果说，我从和贝拉一起周游美国、遇见无数有着不同背景、身处各行各业的人这件事里学到了什么，那就是爱、生活和失去可以把所有人都联系到一起。不管是像贝拉这样的狗狗，还是一匹马、一只猫，或是一只扎人的小刺猬，我们所深爱的动物正是教导我们理解这些事物的良师。我们这些生命都住在这个小小的蓝色星球上，尽管许多人类设想中的阻隔会将我们分离，但人类从最亲密的动物朋友们那儿学到的爱却能让我们聚在一起。得知讲述我和贝拉之间美好情谊的故事将推出中文版本，我深受感动与震撼。想想看，讲述一个年轻人和他对狗狗的爱的简单故事竟然能够跨越大洲与海洋、跨越语言障碍传到数千英里之外，这是我以前从未想过的事。不过，我承认，在发现我们的故事似乎能将世界各地的人联系到一起之后，我就想把它讲给更多的人听，把对贝拉的爱和我俩之间的纽带远远地延伸出去。如今，写下这些话时，我知道你正捧着这本书，看着我写的文字，逐渐了解贝拉，了解她不朽的灵魂，了解我人生中所失去的，以及我为什么要急切地趁着贝拉还陪在我身边时，尽可能多地领略美丽的风景。我下意识地低下头，看见贝拉的灵魂坐在我身边，摇着尾巴。我对她说："宝贝女儿，我们做到了。我们最后共同度过的每一刻都意义非凡。你活在这个世上的时间很短暂，但是现在你教会我的东西已经传遍了世界各地，而且它们将会永远存在。"

我真诚地希望，当你阅读这本书时，能够在其中看见自己，在我描述与贝拉一起度过的瞬间时能够想起你的好友。如果你正试图治愈内心的伤痛，那么这本书中的文字一定能给你带来些许安慰。也许有些章节能引起你的共鸣，有些则不然，但或许它们能帮助到你的某位亲戚或朋友。他们可能成长于离异家庭，或刚结束军队服役，正在寻找生活的目标，那么那些你无法感知的部分就能与他们产生连结。所以，等你读完这本书之后，大可以把它借给需要的人。

话就先说到这里。在你们开始阅读之前，我想给你们再留几句话，用以阐述我与人分享这个故事的目的：生活给了我们许多学习的机会，我们有许多位老师，他们对生活应有的样子都有着各自的看法，动物的生命只是当下短短一瞬，但它们的爱与忠诚永远都是最好的老师。贝拉当时只剩下三到六个月可活，我们没有用那段时间去对抗死神，而是尽可能地享受每一刻，享受每一天。最后，贝拉极其快乐地度过了18个月，把她的爱传递给沿途遇到的每一个人，没有彷徨，没有恐惧，没有评判。现在，我们人类是时候该向她学一学了。

罗布·库格勒

前　言
在美国的某条路上

　　丰田超霸的车窗上结了一层薄霜，阳光穿过后车窗照射进来，我慢慢睁开双眼，看见心爱的巧克力色拉布拉多犬"贝拉"正安稳地睡在温暖的毛毯围成的舒适小窝里。我俩紧挨着缩在睡袋里面——对于一个人和他的狗来说，这距离简直不能再近了——我满足地呼出了一小团白气。我看了看表，早上六点，还早得很。我伸出手臂，把贝拉搂在怀里。眼皮可真沉，于是我又闭上了眼。几秒过后，就响起了鼾声。

　　哧溜，哧溜，哧溜。

　　我又睁开了眼，这次是因为有一条湿漉漉的大舌头在舔我的脸。适应周围的光亮之后，那个模糊的身形逐渐变得清晰起来。体格硕大的贝拉正盯着我，鼻子贴着我的鼻子，细细的须毛扎得我脸颊发痒。我能感受到她①铜褐色大眼睛里的爱意。我看了眼表，希望刚刚睡了个好回笼觉，然而现在才六点十分。

"哎呀，宝贝，"我嘟囔道，"我们不能多睡一小会儿吗？"

哧溜，哧溜，哧溜。她继续舔着我的脸，好像在说："不行，爸爸，起床时间到了！"

呃，有必要说明一下，我没疯。但我得诚实地说，我知道自己可能真的缺根筋。我能想象旁人往我车里窥探的画面。"看呐看呐，他在跟自己的狗对话，还给她编了词哎！"好吧，可能我是疯了，但我很确信，要是贝拉能说话，那她要说的话跟我想的内容肯定是八九不离十。我知道人们常会把自己的宠物"人格化"，这也许有些可笑，但我敢发誓，我跟贝拉之间绝对不会有读不懂彼此想法的时候。所以我们才能成为这样一对好伙伴。因为我们知道对方在想什么，也知道对方需要些什么。而今天早晨，除了彼此以外，我们什么也不需要。我把头移来移去，试图躲开她舌头的"袭击"，但贝拉把我按得死死的。我的抗拒毫无效果。这么一折腾，就不可能再继续睡了。

"好吧好吧，"我放弃道，"我起床，我起床。"我坐起身来，

---

① 本书尊重作者意愿，只有贝拉因拟人用"她"指代，其他动物均为"它""它们"。

伸展着胳膊。

嘭，嘭，嘭。她用尾巴拍打着车窗："对啦爸爸，对啦！就是这样！继续继续！"

我又凑近些看了看她，脸上的疲惫和倦意瞬间一扫而空，充满了快乐与希望。我又长长地舒了一口气，把她搂进怀里抱紧，喃喃地说道："宝贝，能有你陪在我身边，我可真幸运啊。"

她挣脱我的怀抱，蹦跶着，好像在对我发牢骚："是吗，挺好的挺好的。那就快点把早餐给我吧！"

"哈哈，行，行。我就是个饲养员。"

我移到装贝拉食物的桶那儿，给她倒了一碗粗粒狗粮。贝拉吞食的时候一直摇晃着尾巴，而我就趁这时候套上了裤子和T恤。贝拉一吃完，我就套好夹克衫和靴子，打开后车门，然后帮她下车。附近有一条林中小径，感觉很有意思，我们准备去那儿散散步。清晨的树林里寂静无风，我松开了贝拉的牵引绳，让她自由地奔跑。贝拉东闻闻西嗅嗅，脸上始终挂着灿烂的笑容，简直把我迷得神魂颠倒。

哇，我真的好幸运啊，我心想。旅途中每个早晨都是这样开始的。在这一路上，我每天都在贝拉的亲吻下醒来，绝无例外。不管是因为她想告诉我她爱我，还是因为她只是想把我叫醒，填饱她无底洞一般、需要按时按点进食的肚皮，贝拉对早晨的到来总是那么兴奋。她对活着的每分每秒都感到兴奋。

我们回到越野车（我亲切地叫它"露丝"）旁，准备开启一天的新旅程。我打开侧门，帮贝拉上去，让她在副驾驶座上待好。然后我从车前面绕到另一边，打开另一侧车门，坐到驾驶座上。车子稳稳地启动。当我们驶出停车场的时候，我发现贝拉正在微笑。我也一样。开头如此完美，那这一天基本就不会糟。

我不知道贝拉到底还能活多久，而且，没错，我对此很是担忧。但在这明媚的早晨，贝拉的身体状况还很不错，所以我把这些令人焦虑的念头都抛到了脑后。天空湛蓝，方向无误，我提醒自己，我和贝拉正在探险。我们的旅程还远没有到达终点，我们还要继续前进。我很爱这条狗，所以我想最后再带她来一场冒险，把我能给的一切都给她。但我明白，贝拉也在帮我。她在帮我寻找一些我迫切需要的东西。

这是一条归家的路。

目 录

第一部 一个男人和他的狗

第一章 三条腿的新生活　3

第二章 去自由地奔跑吧　17

第三章 唯一的问题是——我　38

第四章 大家都是朋友　55

第五章 温柔的战士　75

第二部 远离家乡

第六章 柠　檬　95

第七章 去追一只鸟　113

第八章 盖着国旗的箱子　135

第九章 我永远都不会离开你　160

第十章 一种成就感　181

第十一章 我的整个世界　205

第三部　无条件去爱

第十二章　狗的积极性　229

第十三章　迈克的日落　246

第十四章　就再兜一圈吧　266

第十五章　我们表达爱意的方式真有趣　295

第十六章　从开始到结束　312

第十七章　尽　头　331

第十八章　来海边找我　341

尾　声　353

致　谢　364

第一部
一个男人和他的狗

第一章
三条腿的新生活

兽医问道:"能到里面来吗?我想跟你谈一谈这些X光片的情况。"一听这话,我乐观的心情一下子就跌入了谷底。需要去里面谈的绝对不是什么好事。来医院之前,我以为只是些运动损伤。但是现在看来,情况并不像我预想中那么乐观。

我从候诊室里出来,跟在兽医身后,沿着走廊走到了诊所里间。我的肚子里晃荡着两杯柳橙肉桂茶和一杯热巧克力。只要有免费的饮品供应,我总会忍不住想占点便宜,更何况今天下午,我们在兽医这儿真的待了很久。贝拉脖子上拴着牵引绳,跟在我旁边,她的爪子踩在油毯上,发出啪嗒啪嗒的声响。只要在我身边,她不管去哪儿都很开心。她已经坐在副驾驶座上,和我一起经历了许多次冒险。

我们走进了里间。我跪下身来,把手放在贝拉的前额上,开始抚摸她丝绸般柔滑的毛。我是把宠物狗当成家人对待的那种人。我不是贝拉的主人;我是她的护卫和伙伴。我的宗旨永远是:尽我所能,确保她在这世上过得好。贝拉总是那么快乐,那么积极乐观,她总是微笑着,随时可以开始冒险之旅。除了食物、住所和彼此的陪伴之外,我们什么也不需要。贝拉的耳朵从我的食指和拇指间滑过,我拨弄着她耳朵前部靠近耳根那儿的"小口袋"。从她小时候开始,我就喜欢玩这个"小口袋"。

兽医打开了X光阅片机的灯,我抬头看见了两张X光片:一张是贝拉的肱骨,另一张是她的肺。在前肢较短的那根骨头,也就是她的肱骨上,长着像蜘蛛丝一般细密的"小羽毛"。这根骨头似乎正在一点点地伸进周围的组织里。而贝拉的肺上布满了明亮的白色斑点,就像暴风雨来临之前斑驳的天空。

"很抱歉,"兽医说,"是骨肉瘤晚期。这是最糟糕的一种结果。骨癌已经扩散到她的肺部。"

这些话就像一记重拳打在我的肚子上,让人喘不过气来。我有些哽咽,但还是咬紧牙关,努力保持镇定。这不是因为我足够坚强,可以忍住不哭;也不是因为我试图表现出某种军人般特别阳刚的形象,而是因为我需要集中注意力,控制住自己的情绪,听清兽医说的每一个字，这样我才能知道接下来该怎么做。多年来的经验告诉我，每次碰到大麻烦，世界就如同静止了一般，而我则能全神贯注。我要是每天都能这么清醒就好了。

我简直不敢相信，贝拉竟然病得这么重。我低下头，看着这条快乐的狗，看着她明亮的双眼和明媚的笑容。贝拉抬起头回望着我。她喜欢冒险，身体健壮，是个讨人喜欢的小可爱。她一直陪在我身边，无论我是绝望、悲伤、生气、犯错还是一败涂地，她都无条件地爱着我。只要我一进家门，她就会摇着尾巴来迎接。在这风波不断的几年里，她就是我睿智的导师，就像尤达①之于卢克那样。贝拉教会我，快乐其实没有什么条件，她教会我去体验生活的每一个瞬间。这条狗是我最好的朋友，而现在，我即将失去她了。

兽医眉头紧锁。我转过头，望着她的眼睛。我知道这一定是她工作中最艰难的时刻。"我们还有什么选择？"我试探着问道。

"这种癌症具有侵略性，我们可以截掉这条前腿。但如果你不同意的话，我们就得尽快给她实施安乐死，因为她现在非常痛苦。"

---

① 电影《星球大战》系列中的虚拟角色，人物设定其有强大的力量和智慧。卢克是他的徒弟。

安乐死？我是绝对不会给她实施安乐死的。贝拉就是我的全部，她陪着我经历了所有的事情，诠释了什么才是活着的意义——幸福、自由、服务、目标、欢愉和喜悦。她珍惜生命中的每一件事。不，只要还有选择的余地，我就不会夺走她的生命。但我也不愿让贝拉被病痛折磨。

"如果截肢的话，她还能活多久？"我问。

"手术只能暂时解除疼痛，无法除去她肺部的癌细胞。所以就算截了肢，最多也只剩下三到六个月的时间。"

三到六个月。

这些话像子弹一样击中了我。贝拉才八岁。对于拉布拉多犬来说，活到十二岁也不是什么稀奇的事。我又看了看贝拉，抚摸着她的头。她还在摇尾巴。贝拉抬头看着兽医，很好奇是什么让气氛变得如此沉重。唯一的选择就是截掉她这条前腿，但这似乎太激进了，而且也起不到什么治疗效果。我问兽医能不能做化疗医治，但她说，癌细胞已经扩散到肺部，化疗也没有意义。我知道得尽快做决定，但同意截肢无异于要我的命。我需要时间去思考，去衡量利弊。我问兽医能不能给我一个晚上的时间考虑。

她同意了。一晚上的时间。我开车带贝拉回家，给她准备了晚饭，也给自己热了点吃的。我打电话给家人和朋友，征求他们的意见。

"截肢要花很多钱的,"一位朋友说,"我选择安乐死。"

"只有三条腿的话,她的生活还能有什么质量可言?"另一个人说,"安乐死吧。"

"安乐死。"第三个人说。

"安乐死。"

"安乐死。"

"安乐死。"

但我能看见这条狗眼睛里留存的生命力。不,我不能让她安乐死。她绝对还没走到那一步。我上网查找信息,尽管也有一些手术后很快死亡的案例,但我也看到术后的效果有多好。"我们能做到的,小贝拉。有我在呢。"我低声对她说。

我的大脑全速运转着。好像昨天我们才刚收养贝拉一样。我的女朋友在本地报纸上发现了一则新闻:在内布拉斯加州的小镇上,有个梦想成为兽医的小姑娘给她的巧克力色拉布拉多犬配了种,现在要把生下来的小狗送给别人收养。小姑娘精心地养育着这些幼崽,给它们打了必要的疫苗,还切除了悬趾①。我们开车

---

① 少数狗狗在后肢内侧会多出一只不着地的悬空脚趾,这是没有功能的残留趾,很容易断裂。悬趾的指甲也可能导致狗狗疼痛,甚至长进肉里,导致感染。

前往那个乡村社区，亲自看了看那些小狗。六个圆滚滚的肉球儿在小姑娘家前院的安全围栏里欢快地嬉戏着。它们蹦蹦跶跶地互相追逐，轻咬着彼此的鼻子。我们不禁露出了微笑。在一团混乱中，一只蓝眼睛的小狗朝我们这儿跳了起来，她把爪子搭在围栏上，尾巴像直升机螺旋桨似的摇得飞快。我把她抱了起来，她就用舌头舔我的脸。简直完美。但当时我和女朋友还没有确定到底要不要收养狗狗，所以就又把她放了下去。小狗跑回兄弟姐妹那里，继续和它们玩耍起来。

在那之后的几个月里，我们海军陆战队预备小队被部署到伊拉克驻扎。而我和女朋友都认为，我不在家的时候，小狗能给予她的陪伴甚至会比我更好。至少还能训练训练。我们回到家里，仔细思考过后，第二天又去了一趟，希望能认出前一天跟我们亲近过的小狗。它们就像是小克隆体似的，简直长得一模一样。

不出所料，我们刚开始朝花园的围栏那儿走，那只蓝眼睛的小狗就冲了过来，把她的爪子搭在围栏上，摇着尾巴。她的声音径直传入了我们的心里："你们回来了！你们回来了！你们昨天忘记把我带回家啦。"我们把她抱了起来，付钱给小姑娘，然后就满心欢喜地上了车。

一定要给我们的小狗起一个特别的名字。要有意义，因为名字所蕴含的意义会成为狗狗追逐的目标。我看着她那双蓝色的大眼睛，它们在巧克力棕色皮毛的衬托下显得尤为特别，她美得让我惊叹。

美丽。

我拿出笔记本电脑，查询在其他语言中表示"美丽"的单词。从我先祖们使用的语言开始，我找到了爱尔兰语的spéiriúil和德语的schön，但似乎都不合适，我也不知道该怎么读。于是我找了又找。琳达、埃尔莫萨、博妮塔——感觉都不适合这个小生命。过了一会儿，我无意中发现了意大利语的贝拉（Bella）。我低下头，看着这只小狗问道："你觉得怎么样？"她啃咬着我的笔记本电源线，我笑着喊道："贝拉，不可以！"

一条以美丽为名的狗。

她叫贝拉。

确诊后的第二天清早，我决定要给贝拉截肢。手术被安排在两天后，所以我们还有一点点时间。那天下午，我把贝拉带去公园里玩耍。那是五月初的一天，内布拉斯加州天气晴朗，温暖宜人，春雨滋润过的草地一片碧绿。贝拉在草地上坐了一会儿，我给她拍了照片,心里明白,这是她最后一张四肢健全的照片了。

她的肢体总是显得与周围的环境那么和谐——实际上,她就是一个非常和谐的小家伙。从我们把她带回家的那一刻起,我就发现贝拉特别配合训练,无论什么都学得很快。我教她坐下时,就只是重复了几次手势——抬起右手,食指伸出指向地面,其余手指握拳。贝拉一屁股坐了下去,然后抬头看着我:"太简单了,我坐好啦。然后呢?"

我和女朋友带她去上小狗训练班,贝拉学会在听到"别碰"的指令后,就不去吃地上的美味——这是一条狗要学会的最重要的事情之一。经过训练后没多久,但凡是不想让她碰的东西,不管是汽车、松鼠还是咖啡桌上的一块三明治,只要一声令下,她就会乖乖地听话。

如今,贝拉既聪明又稳重。她的脑袋转向一边,凝视前方,眼中闪烁着智慧的光芒。因为病腿的疼痛感,所以她完全没有让它支撑自己的重量。那条腿附近的肌肉正在不断地萎缩,并且对贝拉而言,它已经彻底成了滋生痛苦的祸源。我得替她做决定,为她截掉那条腿。我走过去,捧起贝拉的头,温柔地试图向她解释接下来会发生些什么:"贝拉,我们要把你送回兽医那儿去。很抱歉,有些事你可能无法理解,但等到痛苦消失的时候,希望你能理解我。"我深情地、长长地亲吻了一下她的额头。

  除去拍X光片已经花掉的300美元，手术还需要支付1500美元。我那时33岁，是个全日制的学生，还在攻读消防技术专业的学位。然而我依然在苦苦寻找人生真正的激情所在。我住在朋友正在修葺中的房子里，生活得相当简朴。墙壁是破损的，我用地下室的一个电炉做饭。我在自己的网站上出售照片，还会做些兼职，再加上我有退伍军人医疗补助，才能勉强生活。对我来说，贝拉的手术费绝不是一笔小数目，得靠刷信用卡才能付得起。但我告诉自己，贝拉值得，为了她，我花多少钱都心甘情愿，可以之后再考虑怎么赚钱还信用卡。

  手术当天早上，我开车送贝拉去诊所，跟她吻别，然后让兽医把她抱了下去。贝拉一瘸一拐地跟在兽医身后，却还是摇着尾巴，脸上挂着微笑。我知道没有多少狗会像她这样喜欢去医院。手术总共需要八个小时，工作人员也坚持说我没必要待在那里等，所以我就去上课了。我坐在教室里，盯着时钟，用脚打着拍子。下课后，我回家把房间里布置好，然后去了公园，在一条小径上踱来踱去。终于，我的手机铃声响了起来。兽医想给我一个心理准备，先告诉我贝拉会是什么样子，这样的话，我看到她的时候就不会觉得震惊了。

"看上去会有些糟糕，"兽医说，"她被剃了毛，还打了皮肤缝合钉。"

听完电话，我立即冲向了诊所。我想陪在她身边，越快越好。我希望她醒过来，突然发现自己莫名少了一条腿的时候，不会感到焦虑或困惑。

兽医正在候诊室里等我，她补充说："她需要一些时间去适应，所以最近在她走动的时候，你可能要帮帮忙。"然后她去里间把贝拉带了出来。我听见走廊那头有人说："哇，她直接站起来了！"我的脸上浮现出一抹微笑，心里一点儿也不觉得奇怪。贝拉的生命力向来就是这么顽强，我喃喃道："这才是我的小姑娘。"恍惚间，我回想起几年前，贝拉在某个狗狗沙滩上玩耍时撕裂了膝盖韧带，她吊着一条后腿，还要继续玩："爸爸，我还能接！快把玩具扔过来！"

如今，贝拉出现在走廊上，虽然有点瘸，但她已经在用剩余的三条腿支撑着自己走动了。她的尾巴不停地摇着，低低地、慢慢地在腿间晃动。她似乎想要奔跑玩耍，但在麻醉剂的影响下，她的身子晃来晃去，眼睛也无法聚焦。兽医说得没错，她身上打了很多缝合钉，从胸口中间往前的毛都被剃得干干净净。她的左前腿和肩胛骨都被切除了。情况和我在电话里听到的一样，但我并没有惊慌失措。我看见的不是一条打满缝合钉、被剃掉毛的狗，而是活得好好的贝拉。我跪下身，张开双臂，紧紧抱着她，低声喃喃道："你很美，宝贝姑娘。美极了。"

贝拉扑在我的怀里，更用力地摇起了尾巴。我之前还担心她会不会记恨我，会不会感到困惑和痛苦。我尽力试着让她做好准备，但同时我也明白，她听不懂我说的话——这么复杂的事，她是理解不了的。这很困难。她没办法自己做决定，所以我必须要替她做出选择。我一直在祈祷，希望自己没有选错。如今，当贝拉扑在我怀里的时候，我能感觉到，她相信我替她做的选择是正确的。她好像在说："谢谢你让痛苦消失了，爸爸。"我的心里涌起一阵暖流，默念道："别客气，宝贝。别客气。"

我带了一条有衬垫的绑带，这是专为髋部有问题的狗狗设计的，可以提起它们的后肢。但在我想出怎么用它帮贝拉提起前腿的时候，贝拉已经跳着往门口走了。"来吧，爸爸，我们回家吧。"我打开诊所的大门，贝拉就跳到了停车场。她停在越野车的后门前，然后抬头看着我，就像知道她自己做不到似的。"爸爸，我现在需要你的帮忙。"我小心翼翼地往下伸手，用手臂托住她，尽可能不碰到那些缝合钉。我把贝拉托到了露丝后座铺好的毛毯上。

"有我在呢,宝贝。"我对她说,"有我在呢。"

贝拉趴了下来,把脑袋贴在毛毯上,然后重重地呼了口气。我说:"对啦,就是这样。宝贝,你只要放松就好。"我小心地把车开回家,然后轻手轻脚地把她放到床上,旁边还有一块我之前做的标牌,上面写着:贝拉,欢迎回家!我在由退伍军人组织的全国性灾难应急组织——卢比孔团队[①]做志愿者,我用自己旧的志愿者T恤裹住贝拉,轻抚着她的前额、身躯,还有鼻子和双眼之间那处柔软的皮毛。她闭上眼睛,呼吸很快就变得低沉而平稳。她的眼皮开开合合地颤动着,就像有令她烦恼的梦境来了又去似的。随后她就深深地陷入了梦乡。在经过这一整天的情绪波动之后,没过多久,精疲力竭的我也睡着了。我希望她能享受只有三条腿的生活,我希望自己的决定没有错。

半夜,我听见贝拉站了起来,还试着抖了抖身子。等我走过去的时候,她已经站在了大门口,很显然,她想出门。往常贝拉不会这样,可能是手术影响了她的生物钟,况且麻醉似乎还让她有点儿昏头昏脑的,于是我就跟着她走到院子里。她放松下来,走了几步,然后就懒洋洋地趴到草地上,不一会儿就睡着了。这

[①] 一个国际灾难应急反应团队。

一幕既让人心碎，又很可爱。我想过要不要把她抱回房间里去，但她热爱土地，也喜欢微风吹过耳畔的自由感。我觉得这样的时光很珍贵，我绝不会让它就这么溜走。所以我回到屋里，给贝拉选了一条暖和的毛毯，又给自己拿了个睡袋，把它们都带到院子里。我把贝拉抱到毯子上，把另一半毯子盖在她身上，这样她就不会冷了。我打开睡袋，钻进去，然后迅速地凑到贝拉旁边。

我俩紧挨在一起。在月光的照耀下，我望向贝拉。我能感觉到她身上散发出的温暖。我小心翼翼地抚摸着贝拉柔顺的皮毛，顺着她的脊柱，一直摸到臀部。我轻揉着她的左后腿，手指一圈圈地抚摸着膝盖上的肿块。我往上摸到她的脸颊附近，很想开玩笑似的拉一拉她脸颊上的垂肉，贝拉特别喜欢我这样逗她。但她现在最需要的就是休息，这样才能尽快养好伤口。贝拉左脸颊下端的粉色皮肤上有一小块形状不规则的棕色胎记，那是我最喜欢的标志性记号之一。这个秘密的小斑点只有她最亲近的朋友才知道，我很想看一看它，但我不用看就知道它在哪儿。

我松了口气，把手放在贝拉身上，这样她就知道我正陪在她身边。我翻过身，平躺着仰望夜空，这是多么壮观的景象啊。浩瀚的宇宙在我们的头顶上方不断延伸，而我和贝拉就是这宇宙之下两个渺小的生灵。

在我生命中最为赤诚的时刻，我问自己：我这一生究竟有什么成就？我知道自己现在做的所有事情都和这条狗有关。然而，我快要失去她了。我快要失去这一切了。

但我不会只关心自己会失去什么，还没到那个时候。我在意的是我们还剩下些什么，因为生活还在继续。我们还有六个月的时间。我已经在脑海里策划一场探险了。我想象不出这场探索之旅究竟会是什么样，但我要为贝拉的故事写下美丽的完结篇，并为我的人生寻找新的方向。

当我躺在贝拉身旁仰望夜空的时候，我想的是：虽然我们面前有着一整片繁星与天空，但此时此刻，这个三条腿的渺小生灵就是我的整个宇宙。我和这条美丽的狗怎样才能让这仅存的短暂时光变得意义非凡呢？

第二章
去自由地奔跑吧

我们还没有出发。从贝拉被确诊患了癌症、截肢到现在,已经过去六个月了。按照预期来说,贝拉的时间已经所剩无几,但她丝毫没有衰弱或者临近死亡的迹象。相反,截肢手术之前那种看得出的疼痛感似乎已经完全消失了。她不再低垂着头,脸上也再次露出了明媚的笑容。她的笑脸让我放下心来——我的决定是正确的。

贝拉已经可以非常熟练地用三条腿四处走动,熟练到我几乎已经快忘记她有四条腿的样子了。截肢手术的创口复原后,当我第一次带她去湖边时,我终于发现了她与从前的不同。和之前的无数次一样,她追着扔出的木棍跳进了水里。然而,下水后,她用尽全力才能把头露出水面。每划动一次前腿,她的脑袋就会向上翘起来，但她没有另一条前腿能再蹬一下，所以脑袋又沉入水面，鼻子里也进了水。

贝拉曾经是个强壮而无畏的游泳健将。她会挺着丰满的胸膛跳进湖里、河里，甚至是太平洋里，然后游出特别远的距离，远到所有人都感到担心，再游回岸边歇口气，就这样来来回回。水是她的第二故乡，游泳是她的天赐极乐。而如今她却在挣扎着游动，看到这一幕，我的眼泪几乎就要夺眶而出了。贝拉游完第一圈回来后，她似乎有点儿困惑："爸爸，我怎么没办法一直抬着头呀？"

我蹲下身来，摸了摸她："别担心，乖女孩。我们会有办法的。"我揉着她湿漉漉的肚子，"起码你没在原地转圈儿嘛。"

我们一次次地到湖边去。她游的次数越多，就变得越强壮；她的身体越强壮，把头抬出水面的时间就越长。

过去六个月的记忆已经有些模糊了。关于我那条"让余下的时光意义非凡"的誓约，从很大程度上来讲，我和贝拉做得还不错。我们去短途远足，在公园里玩耍，在湖里游泳，进行一日游以及周末旅行。在许多日子里，在许多时刻，生活都是美好的。但是总体来说，我丧失了新鲜感，觉得有点儿停滞不前。我来林肯①是为了学习消防课程,但我早就打算要离开这里。我的想法很宏大:一旦重获自由,我就去旅行,去探险。然而,我现在还留在这里。

大多数时候,我都是在消磨时间,在等待。我在林肯租了一间房,租期一年,我和贝拉现在就住在这里。在最坦诚的时刻,我心想:罗布,你在做什么?这是个假设性的问题,是一声悲叹,通常后面会接上一句消极的谴责:罗布,你是个失败者,你的生活是失败的。

我知道,我只是在等待贝拉的死亡。我是她的看护者,在癌症将她夺走之前,我已经把自己的生活搁置在一旁。我心里很是不满,但贝拉并没有因此责怪我。她是我生命中的一份美好,我甚至无法想象她不在我身边的场景。我的脑海中走马灯般闪过无数念头,所有可能平息我心中不安的方法以及各种我想要一探究竟的方向,但是没有什么是能完全对上的。

多年来,我一直想来一次真正的探索:一场环游美国的长途旅行,去看一看在这广袤的国土之上,我还没有去过的那些州。或许我应该在自己还拥有世上最棒的副驾驶员的时候,把这个想

---

① 内布拉斯加州的首府。

法变成现实。我的朋友遍及五湖四海，而且我确定，他们会欢迎来访的客人，起码贝拉是受欢迎的，我也可以沾她的光。关键就是何时出发。我已经考虑了一段时间，准备等贝拉离世之后再动身。我认为旅途对她来说可能太过艰苦。所以最好还是先待在林肯，等她离开这个世界后再出发。

但当我想象自己站在大西洋海岸线上，低下头，却发现没有贝拉站在我身旁的场景时，一种空虚感向我袭来。这种感觉促使我在她离开之前开始这段旅程。我一定要和她一起做这件事，这既是为了她，也是为了我自己。如果我们在这里空等，那就只是在等待死神的到来。我想去体验生活的美好，我也想让贝拉生命中的最后几个月过得尽可能充实。我们需要这场旅行，而且我们现在就要出发。但要怎么做呢？我们也曾打点行囊，踏上路途，但这次的情况不一样：之前的旅程不会这么漫长，不会这么彻底，也不会有这么多未知数。

我的好兄弟之一，艾弗里，邀请我去芝加哥过周末，他坚持说我一定要去。他们要举办海军陆战队内的生日庆祝会。25岁时，我曾是预备役的一名上士，而一旦成为海军，终生都是海军。尽管这些日子以来，我感觉自己和这群兄弟之间的联系已经越来越淡了。艾弗里说，这次短途旅行对我有好处：我需要和部队里的兄弟们重新建立纽带。和平时一样，贝拉会陪我一起去——我是不会把她丢下的。于是我简单收拾了够穿一周的衣服，然后在出发前的最后几分钟又多带了一个包，这样要是兴致来了的话，我们就可以直接踏上新的旅程。

我和贝拉开着越野车驶向了芝加哥。天朗日清，贝拉把脑袋探出车窗，抽动着鼻子去嗅扑面而来的乡村空气。她心满意足地在副驾驶座上蜷缩了一会儿，然后打起精神来，甩甩身子，跳到了露丝的后座上。我把后座放平，为贝拉布置出了一间旅舍，这是她的私人套房，有一张泡沫床垫、一张毛毯、几个她最爱的狗狗玩具，还有一个不容易漏水的水碟（几次旅行之后，我才意识到不漏水的重要性）。

贝拉是个超级棒的公路旅客，也是个无可挑剔的副驾驶员。她特别喜欢坐我的车，然后在中途某处停下来远足或者游泳。在过去几年里的一些短途旅行中，我们曾登上过提顿山脉[①]，从摩押[②]的绝美红色岩石下方穿过，还曾在从内布拉斯加州去往加利福尼亚州的途中，去攀登科罗拉多州和新墨西哥州的山峰。从

[①] 位于美国怀俄明州西北部壮观的冰川山区，最高的山峰是大提顿峰，海拔约4199米，有存留至今的冰川。
[②] 位于犹他州东部，有众多的红色岩石和峡谷，是美国越野爱好者的朝圣之地。

贝拉还是幼犬的时候起,就没有比"兜风"更让她兴奋的字眼。(嘘,不要大声说这个词)她不只会在听到指令之后把钥匙叼过来,有时候还会自己找到钥匙,然后把它们扔到我的脚下,好像在对我下令:"爸爸,我们出发吧!"

去往芝加哥的旅途似乎和以往的美好周末游别无二致,很快,我们就抵达了艾弗里郊外的住所。贝拉不能和我们一起进城,我不在的时候,她也不能独自待在艾弗里家里,因为他家有两只年老的猫、一只三岁的猫,还有一只刚出生的小猫,所以我不得不把贝拉送去狗舍寄养一晚。我和艾弗里要去机场接另一个兄弟皮特,然后我们仨一起去市中心。我很享受和他们在一起的时光。兄弟们分散在天南地北,但我们每年都会想办法至少聚上一次。

生日庆祝会一切顺利,但一想到贝拉正待在漆黑的狗舍里,我还是有些心烦意乱。之前我也送她去狗舍寄养过,情况还不错,但经过最近几个月的相处,我们之间的纽带已经变得更加紧密了。截肢之后,我就几乎没有离开过她。也许她现在在想我去了哪儿,还会不会回去接她。第二天一大早,我做的第一件事就是把贝拉从狗舍接回来。她没有冲过来迎接我,而是冲到外面停车场里的石头堆旁尿尿,我从没有见过她排出这么多尿液。我咬紧牙关，怀疑狗舍的工作人员根本就没有让她出来过。所以就算从前寄养的情况还算令人满意，但我发誓，以后再也不会把她送去寄养了。我对贝拉说："对不起，宝贝。我不会再这样了，永远不会！"她对着我吠了几声，舔了舔我的脸，然后朝露丝跑去，好像在回应我说："你离开的时候我很难过，但我现在已经忘记啦。我爱你！我们去兜风吧！"贝拉从来不会怀恨在心，她一下子就跳进了露丝里，一切就都随风而逝了。要是我能学会这么快地释怀，然后向前看的话就好了。

芝加哥的另一个兄弟也邀请我们去做客，我发现，这儿有着一个很好的关系网。我的朋友们希望我留下，他们希望我停止漂泊，停止追寻。他们伸出双手，想拉我进入他们的圈子。但是芝加哥不是我想要的答案。我和贝拉可以在这里安定下来，找到维持生计的工作，但那跟我们在内布拉斯加州的状况又有什么区别？还是在追寻长生不老药，贝拉还是得独自待在家里等我下班，而我的梦想就这么一天天地消磨殆尽。我需要更多的东西；贝拉也值得更好的对待。我向我的兄弟表达了谢意，感谢他这段时间让我住在家里。我把收拾好的行李放进露丝里，把贝拉抱进后车厢，然后自己也坐到了驾驶座上。

就在这时，我看到了另一个包。

那个我收拾好、"只是以防万一"的额外的包。只是以防万一——我们觉得可以继续踏上旅途,继续去探险。或许长生不老就是这么简单:我和贝拉,去大冒险。这是让我俩都感到无比快乐的事,也是我们应该去做的事。当我和贝拉坐在露丝里驶出这座城市的时候,我觉得我们还是应该回内布拉斯加州去,但是今天,这条路和我们之前看到的有些不同。前方的道路闪烁着微光,召唤着我们,我重新注意到,自己握着方向盘的双手是多么坚定和热诚。天高气爽,道路一直延伸到地平线,我想,就是现在。

这就是我们该做决定的时候。

此时此地,我们必须把握住自己的人生。在这一瞬间,我们必须停止屏息等候内心的声音,听从直觉的指挥。这是我们的生活,是我们要解决的难题,是我们要开始的探险。是时候该给我的贝拉所值得的生活了,是时候开始一段属于我们自己的旅程了,也是时候停止想象开始行动了。

贝拉坐在后座上,脑袋伸出车窗外。在迎面而来的风中,她的耳朵扇动着,下巴上的垂肉也轻轻晃动着。我可以从后视镜里看到她,我盯着她看了五秒、十秒、二十秒。开车的时候,时间就好像静止了一样。我的目光重新回到前方的道路上,突然之间,我对自己做的这个决定感觉很安心。我知道自己得和贝拉一起完成这次长途旅行，而且刻不容缓。我们没有多少钱，我们也不知道要在哪里停留，但我知道，这场探险就是我们所需要的。我也知道，我们需要留意沿途学到的东西。我们要思考很多事，展开很多次对话，拍摄很多照片，记录所有故事，开拓我们的眼界，或许在途中还能得出一些结论。最重要的是，我们就这样相互陪伴着，直到最后一刻。

我想我们会沿着蜿蜒的东海岸一直开到佛罗里达州，然后可能会回到内布拉斯加州待一阵子，接下来一路向西，穿过中心地带前往加利福尼亚州，再沿着海岸线往北，到太平洋西北岸，最后抵达俄勒冈州，为这段旅程画上句号——陡然间，我竟然就在脑海里构想出了路线。贝拉和我一样热衷于欣赏新鲜事物，到达最终目的地之后，我们就去那些只在照片里见过的苍翠繁茂的森林里远足。当我拍摄那标志性的海岸线时，贝拉可以去太平洋里游泳——这样我们就圆满了。我们会完成这最后的旅程，并肩探索乡野风光。我们会确信，这余下的时光已经发挥了最大的价值。然后，我们就可以说再见了。

我们做好了决定。是那些走过的弯路、错误的抉择、踏过的坑洼和面临的障碍让我们走到了今天，因为在这一刻，我们还活着。我们拥有生存所必需的一切，并且只要活着，就要努力一起活下去，直到最后一秒。我们要歇口气，四处看看，然后活在当下，活在今天。再见了，社会。你好，生活。

呸。才开了10英里①，我就不知道该往哪儿去了。我不知道我们在干什么。或许我们应该掉转车头，回内布拉斯加州去。

但这不正是这次旅行的意义所在吗？带着这种感觉，抓住这种紧张的情绪。我们还没有理清自己的思绪——关于这次旅行，还有人生。旅途本身就是目的，而从现在开始，我们要做的就是盯着导航，然后从地图上选一条路走。毫无计划的美妙之处就在于沿途发现命运。有多少重要的偶然瞬间就因为不在计划之中而被错过了呀！

开着开着，我决定往北走，因为比较凉爽的地方适合跟贝拉露营。如果她觉得太热，就更不容易冷静下来。所以在旅程初期，我们会尽量远离南方。山顶已经覆上了皑皑白雪，不管停在哪个停车场还是公园里，周围都空无一人。

我想：这段时间大概我们就要这样度过了吧。

---

① 1英里约合1.6千米。

我们拜访了大急流城①的朋友们,然后来到了底特律,被废弃的居民区里一片荒芜。曾有文章描述说,这座辉煌过的城市如今破败不堪,但只有亲自站在这里,才能明显感受到它的衰落。大火烧毁了一些房屋,有的整个屋顶都被烧了个干净。四周房屋的窗户都破碎不堪,院子里到处都是未修剪的树木和齐腰高的杂草。整个居民区的样子让我想起了我曾去过的灾区。底特律城的这块区域萦绕着一股沉重的气息,贝拉闭着嘴,屏住呼吸,甚至都没大口喘气。我明白把底特律城作为旅途中的一站是多么意义重大了。

我们遇到了卢比孔团队的一名志愿者伙伴,他邀请我们去他的阁楼住一晚。第二天早晨,我和贝拉去他的几个工作点转了转,他向我们描述了他是如何跟当地的一个组织合作,一砖一瓦、一幢接一幢地帮助重建这座城市的。他想让它重新变得美丽起来。这是个严峻的问题,这座城市曾经那么繁华,到处都是工业基地。后来工作没了,人们搬走了,毁灭降临了。现在这里有大片区域都迫切地需要被重建。我意识到,底特律其实就是我们旅程开始的象征。失去了朋友,丢掉了机会,我们尝到了颓败的

---

① 美国密歇根州西南部城市。

沉重滋味。我们需要重建,需要新的目标、新的憧憬。我们可以选择生活,或者选择消亡。

我和贝拉与朋友告别,出发去往底特律城区。我们停好车,从车里出来。面前有一幅粗糙的壁画:一条硕大的鲨鱼正张着血盆大口,露出尖利的牙齿。我对着这张壁画拍了张照,而贝拉笔直地端坐着,充满了警惕。她仅剩的前腿肌肉强健,轮廓分明。在她身后,几幢废弃的大楼在鲜亮的色彩和绝妙的图案设计之中重新焕发了生机。我从前也看见过壁画,但它们完全不能和这里的壁画相提并论。据说艺术家们走遍世界各地,只为找到这些能作画的墙壁,然后让它们改头换面。底特律城其实是非常欢迎这种改造的。市政府没有放弃这些大楼,也没有把它们拆除。全世界的人都可以从这些建筑本身出发,去创造些美丽的东西。我联想到了自己,在贝拉受到创伤的时候,我也没有放弃她;在许多人认为我应该结束她生命的时候,我没有那么做。而现在,她就勇敢地站在我身前,虽然受过伤,但比以往更加坚强——而且她也从来没有放弃过我。

许多人说,他们爱狗胜过爱人,我却总告诉他们:"给人类一个机会吧!"虽然比较起来,我的确更偏爱喜欢狗的人一些。我最喜欢爱狗的人,因为我们能互相理解。我可以说自己是个思想非常开明的人，但如果有人说他们不喜欢狗的话，我还是会评判评判的。同样，就算是爱狗人士也有许多不同的类别。有些人把自己的狗狗当作一种辅助工具，仅此而已。有些人把狗狗当成人，完全不会教它们守动物的规矩。我倾向于把我和贝拉的关系界定在这两者之间，但毫无疑问的是，我更偏向于把贝拉当成人一样看待。要是有人称她为"它"或者"这条狗"的话，我一定会插嘴说"她叫贝拉。"

"你怎么会在一条狗身上花这么多钱呢？"

"这他妈不就是一条狗吗。"

"你就应该把她安乐死。"

爱狗的人是永远不会这样说的。

我设好定时拍照，用自己的苹果手机拍下了我俩站在一个旧卸货区前的画面。当我走过去拿回手机的时候，我看到了之前没在这座城市中看到的东西。我自己。我还穿着从二手商店里买的黑色羊毛外套和工装裤，脚踩登山鞋，头戴卡哈特牌的绒线帽。但相比前段时间，我抬起了头，向后舒展开了肩膀。我搂着贝拉，脖子上挂着相机。贝拉的表情看上去自信满满，我也一样——我已经很久没露出过这种神态了。

我和贝拉沿着八英里公路驶离了这座城市，这条路是划分富人区和贫民区的主要界线。那天晚上,我们就睡在一家24小时营业的健身中心的停车场里。贝拉睡得特别沉,而我尽管觉得并无危险,却依然保持着高度警惕。这是我俩第一次在城市中一起睡在车里。我们安全地缩在越野车里,但是每次听到远处传来关车门的声响,我都会睁开双眼,在黑暗中极力张望,看是不是有人要破窗而入,或者是不是有保安让我把车挪开。我在夜色之中不时看看贝拉,她是那么平静,那么安心,我真嫉妒她。啊,像狗狗一样容易满足多好呀。天刚亮,我们就醒了过来,随即又开始了旅程。

我们开着车,前往俄亥俄州的博林格林市,去那儿拜访一些世交。十二月已至,滴水成冰,圣诞的气息四处蔓延。当我和贝拉沿着街边散步的时候,不禁对周围建筑及其设计的精细程度赞叹不已。耳边传来救世军摇铃人[①]敲击铃铛的声响,而且我敢发誓,我闻到了刚出炉的烤饼干的香味。贝拉用三条腿跳着往前走,路上的行人纷纷停下脚步,夸赞她明亮的双眸和不停摆动着的尾巴。有位男士说:"多励志的狗狗啊!"然后对着她点了点头。

"她可真是个坚韧不拔的好榜样。"贝拉微笑着,那位男士也回赠

[①] 以街头布道、慈善活动和社会服务著称的基督教教派,每年圣诞期间进行摇铃募款活动。

了一个笑脸。我发现贝拉的快乐真是太有感染力了。或许她就是想达到这样的效果。她不止是我的副驾驶员，还在我们的旅程中传播快乐，鼓舞人心。可能这也会成为我的新目标——让更多人认识贝拉，让他们知道，这条只有三条腿、处于癌症晚期的狗依然如此热爱生活。

我和贝拉得知，在距离伊利湖湖岸不远处，有个名为普特因湾的小型岛屿群，面积约八平方英里，冬季常住居民不超过150人。我们立马就对它充满了好奇。夏季的普特因湾是一处派对圣地，是北美洲西部的中心城镇，到那时，从一家酒吧喝到另一家酒吧的游客接踵而至，当地的居住人口大约会增长到1.5万人。然而现在，这里天寒地冻，人烟稀少，几乎就是一座废城。这座城市的生命力如潮水般时涨时落，但我和贝拉就是一定要去。我们开着露丝，来到了轮渡码头，售票员问道："你们什么时候回来？"

我耸了耸肩。他则解释说，轮渡是有时间限制的，如果我们现在到岛上去，那就只能明天回来了。我在地图上发现，岛上有一个州立公园，那我和贝拉就能把车停在那儿，然后在车里露营。我把露丝开上渡轮停好，然后渡轮就发动起来，开始移动。我和贝拉都是第一次乘坐渡轮——贝拉一脸疑惑，她还在车里，车停下了,但她还在移动。"爸爸,这个停车场怎么会动呀?"

下了渡轮,岛上有一个小型高尔夫球场、一条卡丁车赛道,还有一长排酒吧,颇为神秘。在这个季节里,万物俱寂,这儿看上去就像是一座鬼镇。贝拉摇着尾巴:"放我出去吧,我在哪儿都能玩得开心!"我能肯定,她会喜欢在那个小型高尔夫球场上撒欢,但我们最好还是继续往前,看看在这小村庄里还有些什么。

我们沿逆时针方向绕着这座岛的边缘开,就这样开到了南巴斯岛州立公园。原来,这片地方名叫普特因湾,而这座岛其实名叫南巴斯岛。我把越野车的后车窗摇了下来,贝拉满怀期待地跑来跑去,她觉得自己就要被放出去自由地奔跑了。我们绕着弯儿驶过露营地,发现整个公园都空无一人。我把露丝停在公园的主草坪旁,打开后车门,说道:"宝贝,看来这整个公园都属于我们俩啦!"

贝拉跳出车来,快速地跑了一圈,然后在草坪上打起滚来:"没错。爸爸,这简直太完美啦!"

完美。我稍微思索了一下这个词。毫无疑问,这种体验是完美的。贝拉不需要卡丁车赛道或者小型高尔夫球场,对她来说,这片小草坪就刚刚好。贝拉给这里带来了生命力。

她停止嬉戏,然后一跳一跳地跟着我朝河岸边走去。当我们走到这片草地的边缘时,往下一看,才发现原来我们位于一个陡峭的悬崖上。在这块高地的下方,就是辽阔的伊利湖。从这个角度来看,它就像海洋般辽阔。站在悬崖边,我时刻注意着贝拉是否安全,但令我惊讶的是,她一点儿也不害怕。我们大约在河岸上方两层楼左右的高度,而且贝拉就在离悬崖边几英尺的地方四处张望。风从她的耳朵下面吹过,把耳朵都吹得扬了起来。这场景真是美极了。在这一瞬间,我禁不住想到,我对这位美丽旅伴的爱是多么深刻。

"你想下去看看吗?"我问道。

贝拉闭着嘴巴,竖着耳朵,把头歪向一边,注意着我的下个动作。她其实并不确定我说了什么,但她知道,"你想"后面总会跟着些好玩的东西,而那就是她所盼望的。她摇着尾巴,开始跳上跳下,好像在说:"想,爸爸,我想!"

我们发现了一条通往湖边的"之"字形短坡路,贝拉像个胜利者一样在这陡峭的台阶上前行。然而,这岸边的地面很有欺骗性。它是由相对较大、平坦、光滑且边缘圆润的石块构成的,很难在上面行走,对只有三条腿的狗来说则更是艰难。但当我弯下腰,更近距离地观察这些石块时,我发现它们非常适合用来打水漂。我挑了一些,想找到最合手的石头。而我的心绪一下子就飞回了童年时内布拉斯加州的那片小湖边。那是马罗尼湖，就在北普拉特市外，当时的我大约七岁。有一天，我和哥哥迈克正沿着湖岸边漫步，寻找最完美的石头来打水漂。在十岁之前，我和迈克都睡在同一个房间里，我们常常一起玩耍，在卧室里搭建帐篷堡垒，还在后院里用雪堆城堡。他在土地上为我的火柴盒小汽车修建轨道，教我怎么玩掷球游戏，还教我怎么打水漂。

"你要找那些平坦、光滑的石头。"迈克对着我喊。

我在地上找了很久，但看见的大多数石头都是圆圆的、凹凸不平的，根本派不上用场。

迈克不一会儿就找到了一块不错的石头。他说："看，手腕要这样。"然后手肘朝水面一甩，就把石块扔了出去。

我数着，一下……两下……三下……四下……五下。石块在水面上跳了五下。五圈涟漪相互交融，哇哦，我也想做到这样！

"继续找吧，"迈克说，"只要你够认真，就一定能找到想要的东西。"

我找啊找，终于找到了一块自己满意的石头。它并不完美，但我觉得它应该能用。我把石头朝湖面扔去，想复制迈克刚刚给我示范的动作。

我数着，一下……扑通。一圈大大的涟漪。

"你要多用些手腕的力量，"迈克说，"来，再看一次。"

我们扔了好几个小时。他教，我学。他的石头在水面上跳跃，而我的石头则"扑通扑通"地沉入湖底。我试了一次又一次，总是想找到完美的石头，努力想把扔石头的动作做得恰到好处。后来，在太阳西沉的时候，我终于找到了那块完美的石头。我的胳膊在身体一侧一挥，手腕猛地一转，就把石头甩了出去。

我数着。一下……两下……三下……四下……五下……六下！

六下！

"小伙子，你做到啦！"迈克说道。他走到我身边，揉着我的头发。

这画面从我脑中一闪而过。我的思绪又回到了这里，我和贝拉站在伊利湖边，而我正深情地微笑着。我发现了几块平坦的石头，于是蹲下身，捡起一块，然后抬头望着辽阔而湛蓝的天空。

"这块怎么样？"我对着天空问道。

贝拉正站在我脚边，她抬起头盯着我的脸，眼神里满是好奇："爸爸，你在和谁说话呢？"

我低下头，用手背擦掉了眼中的泪水，把视线移回贝拉身上，露出了微笑。我挥动手肘，手腕猛地一转，把石头扔了出去。就像迈克给我示范的那样。石头冲到伊利湖面上，先是远远地跳出两大段距离，然后又一连串地跳了好多下。我把手插进口袋，心满意足地看着一圈圈涟漪渐渐相融，然后湖面就好像从来没起过波纹似的，重新恢复了平静。我跪下身，抱着贝拉。她把头放在我的两腿之间，我揉了揉她的耳朵和肩膀。

"走吧。"我简单地说道，然后就站了起来。贝拉蹦跳着，我们往上走，又回到了悬崖边的那片草坪上。我从越野车里拿了一条毛毯和一些零食——给我自己拿了花生酱和饼干，给贝拉拿了一把狗粮。我们一块儿坐着，看着夕阳西沉。我给贝拉拍了很多独照，所以我决定要给我俩拍一张合照。我想留住这些珍贵的瞬间，这样我就永远不会忘记它们。我就要失去我最好的朋友了。我知道失去的感觉有多糟糕。但最起码，我还是收到了预警的。如果我不知道她的生命已经进入倒计时，那可能我就不会坐在这里，欣赏这奇妙的日落。

贝拉跳过来，舔了舔我胡须上沾到的花生酱。我抓住她，轻轻地笑出了声。在我的生命中，同一轮太阳每天都升起又落下，但我却觉得自己今天才第一次看见它。随着附近树木的影子越拉越长，我对贝拉、对自己以及对这个世界的忧虑都消散在了这轻柔的晚风中。太阳离地平线越来越近，阳光折射在我们下方的水面上，形成了一条金色的道路。这条路笔直地通向远方。我的心灵与思想融合到了一起，人生也变得清晰起来。我们还活着，我们又体验了生命馈赠的神奇的一天。这段时间以来，这是我第一次感激这平凡的事实。这确实就是我们需要的一切。

我们需要的是更多这样的经历，而不是更多的钱或者物资。

太阳已经沉到了地平线以下，黑暗吞没了一切。当我紧紧抱着贝拉的时候，我从心底里深深地、幸福地舒了一口气，满是欢喜。我知道太阳明天依然会升起，而且我们目前依然都还在这里，都还活着，都还充实地活着。

第三章
唯一的问题是——我

在领养贝拉之前,我和女朋友曾看过几本关于如何养小狗的指南,认识到了笼内训练①的好处。但和许多第一次养狗的人一样,我们并不确定这种训练是否适合自己的小狗。乍一看,把狗狗关在这么小的地方,而且一关就是好几个小时,这似乎像是一种惩罚。然而,在读过更多资料,学到更多知识,跟养过狗的朋友们聊得更多之后,我们发现,狗天生就习惯住在窝里,给它们提供专属安全区实际上是个很体贴的举动。所以我们认定,这是对贝拉最好的养育方式。

带贝拉回家的第一个晚上,我们让她安稳地待在笼子里,然

---

① 有助于帮助狗狗接受关笼,把笼子看作自己的自由空间。

后轻柔地低声安抚她。然而我们一离开，贝拉就发出了最为凄切的哀鸣。我用尽全力才阻止住自己，没有走进去拯救这个可怜的生灵，轻轻抱住这个胖墩墩的棕色小狗。我的女朋友提醒我说，等过了几晚之后，情况一定会有所好转的。

"没事的，罗布，"她说道，"贝拉要学会自己待着。我们不可能一直都在家陪着她呀。"

我把头埋在枕头里，试图屏蔽这个新生儿的悲号声。

第二天清早，我一睡醒就冲了过去，要把她从单独拘禁中解放出来。而贝拉正安静地躺在她小小的床上，睡得很是香甜、满足且放松。她醒了过来，懒洋洋地打了个哈欠，充满爱意地看着我："爸爸，早餐吃什么呀？我们去玩吧！"

在几周之内，她迅速学会一听到"进狗窝去"的指令，就毫不迟疑地小跑到笼子里。贝拉从不在自己小小的安全区里排尿或者排便，而且在我们关上门的时候，她也完全不会表现得像被罚了一样。

时间飞逝，几个月过去了，我们发现笼内训练的确有用。不管什么时候把她独自留在家里，我们都知道她会是安全的。她不会在家附近碰到任何麻烦。她不会咬家具，也不会误食橱柜里我们自己都忘记了的不知名药片。因此，我们很放心让她独自在家，知道她会安然无恙的。

某天下午，我关上了通往她狗笼的那道门，想让她和我们一起待在客厅里，在我们看电影的时候舒舒服服地趴在地板上。直到这时，我才意识到让她接受笼内训练是个多么正确的决定。

"宝贝，我很高兴你能喜欢自己的安全区，"我对她说，"但你不要忘记，你跟我们待在一起的时候，是永远不会碰到任何危险的！"

对我来说，成长的过程也有点儿类似于笼内训练，但我并不确定自己所经历的一切都是有益的。我曾不止一次地感觉到孤独。某些清晨，当我睁开双眼时，一点儿都不觉得安全或满足。种种经历造就了如今的我，它们变成了我作为一个成年人所必需的心灵养料。我也知道自己并非特例。如果说，我在这短短二三十年的人生中学到了一件事的话，那就是每个人都有自己的故事。因为了解这一点，这些年来，我才能和各行各业的人展开有意义的、开诚布公的交流。每个人都从幽深狭窄的山谷里出发，去寻找一片充满善意的土地，一片安全的、令人有归属感的土地，一片叫"家"的土地。

最近，我花了大把时间去见有着不同血统、来自不同行业的人。我发现，尽管人们可能对信仰和理想有不同的见解，但当我们花时间去了解彼此的故事后，我们会发觉，虽然有所差异，但是追根究底的话，我们之间还是有很多相似之处的，这些相似点让我们得以相互联系。当寻找这些相似点的时候，我们看到了别人真实的自我——他们经历过什么、爱过什么、失去过什么——而不是他们有什么成就、相信什么或是赚到了多少钱。无论用什么语言，能让人产生共鸣的事物都与心灵养料有关。这些让人产生共鸣的东西是"爱""失去""心痛"和"激情"。它们存在于我们每个人的内心，无关种族、出身或信仰。这些相似点让我们得以放下差异与偏见，抓住一条至关重要的真理：我们都一样地爱与痛着。

所以要想了解某人的故事，我们就必须聆听他们起源的精髓。早在贝拉走进我的生活之前，我自己的故事就已经拉开了序幕。它源自一个破碎的家庭，家里没有狗，尽管我曾很想养一条。我现在明白，在幼年时期、青少年时期甚至成年之后，每当我经历失去和心痛时，其实都很想能有一个包容我的地方，一个充满爱和归属感的地方。我出生在一个重组家庭，家里有姓库格勒的，也有姓多希尼的。在那个家里，我知道自己是被爱的，但在那个家里，我从来没有产生过真正的归属感。我的父母都曾离过婚,各带着三个孩子一起组成了新家庭。然后,在1982年的时候,他们生下了我。我是所有人的宝贝,所以从生物学上来说,尽管我有六个哥哥姐姐,但我和他们之中的任何一个人都不是完全意义上的兄弟姐妹:我妈妈带来的是十二岁的约翰、七岁的埃米和五岁的迈克;我爸爸带来的是十岁的夏丽蒂、八岁的乔伊和四岁的贾森。

我们就像是另一个脱线家族[①]一样,但爸爸并不是个成功的建筑师,妈妈也从来不是什么完美主妇。当然,我们也没有一个叫艾丽斯的活泼管家。我们曾在内布拉斯加州的斯泰普尔顿住过一阵子,那儿的居民有三百零五人,我们一家就住在两辆临时用胶合板相连的拖车里。我爸爸迈伦是一位校车司机,我妈妈凯茜则待在家里照顾我们这七个孩子。这就是失败的根源。不久之后,这两辆拖车就分开了,一辆归姓库格勒的,另一辆归姓多希尼的。那时的我还不到三岁,迈伦和凯茜离了婚,这两家人又开始各过各的。妈妈带来的孩子跟着她,爸爸带来的孩子跟着他。

唯一的问题是……

[①] 美国喜剧片,讲述了布雷迪一家智斗贪婪邻居的故事。

我。

我属于哪一边？他们争夺着我的监护权，最终妈妈取得了胜利。我可以去爸爸那儿过暑假，圣诞节和感恩节也可以去。我忘记了那场争夺的细节，但我的确记得那电影般的情景：我坐在妈妈的车里，随着车子开走，眼含泪花地从后车窗里向外看，找寻我父亲、哥哥和姐姐的模糊身影。

我难以想象，一个要抚养四个孩子的单身母亲压力会有多大。离婚后，妈妈勉强养活着一家子人。虽然她拥有牙科助理的学位，但天生的听力障碍使她无法在这一行工作。平时她可以读唇语，但在口罩的遮挡下，她分辨不出外科医生说了些什么。有了孩子之后，她在四十一岁时发现，自己需要找一份全职工作。她没有轻言放弃，也没有向别人求助，而是成了一名有资质的护士助理。可惜的是，某次她在把一位患者抬出浴盆的时候，碰倒了背后的一个磁盘，因此丢了工作。在那之后，只要能让我们有饭吃，什么工作她都做。

爸爸再婚后搬去了科罗拉多州，进入一家神学院学习。他在我的人生中渐行渐远，只有暑假和每隔一年的圣诞节或感恩节时才会出现。他还有三个孩子要养，所以就算他已经竭尽全力，能给我的抚养费也少得可怜。妈妈的生活也并不容易。虽然妈妈没有给我改姓是为了不让我觉得孤独，但是在一群姓多希尼的家人里，只有我一个人姓库格勒。我们住的第一间房子本来是要被拆除的，但妈妈说服房主把房子租给了我们。那里的地板斜得厉害，所以我跟哥哥们在地上玩火柴盒汽车的时候，它们总是会偏离方向撞到墙上。每天早晨，我们要做的第一件事就是去检查餐具抽屉里的捕鼠器。我还记得，每次我们发现抓到了老鼠的时候有多兴奋。每逢寒冬侵袭，就会在炉子里点上我哥哥约翰砍来的木柴，让房子里变得暖和起来。我的姐姐睡在屋外加盖的一个房间里，房间的水泥墙上发了霉，长出了青苔。家里没钱买雪地靴，所以我们在袜子外面先套上塑料面包袋，然后再穿上鞋。直到上学后，我才察觉到我们家与别人家的不同。学校里别的小孩不仅有雪地靴和夹克，而且他们的生活似乎也和我们不一样。他们会去度假，还会去迪士尼乐园玩一玩，而我们仅有的几次出行都是去参加葬礼。我们只领过两次食品券①，因为妈妈讨厌这么做，她从不愿让人知道我们需要援助。现在的我对此很是敬佩，但当时还是孩子的我们非常想得到食品券。因为它代表着满满当当的食橱、比平常更多的谷物，还有便宜的午餐肉。

---

① 美国政府发给失业者或贫民的"粮票"。

从很多方面来看，妈妈都是个好母亲：她一直爱着我们，从不抽烟喝酒，也从不碰毒品。她一直秉持职业道德，最关心的就是能不能付得起账单和有没有东西吃的问题。她有着强烈的道德感和爱尔兰式的暴脾气，我们这几个孩子也都继承了这种特点。她教导我们简简单单地生活，不仅要爱人，还要爱动物。她常常收留那些需要栖身之所的猫。我永远不会忘记那只活泼的花斑猫"玛芬①"和她的儿子——一只名叫"帕吉②"的黑色胖猫。它俩就成了我们的家人，这也是我初次瞥见所谓"关心别人而非自己"是什么样的。暑假的时候，我会到爸爸那儿去，他考入神学院，想成为一位拿撒勒教会的牧师，用在科罗拉多州的一个学校里当大楼管理员的工资付学费。他的新妻子唐娜是一名护士，他们俩严格遵守着自己的宗教信仰。我们的空余时间都用来背诵圣经，而且我们不能说"天哪"（geez），因为这个词听起来和"耶稣"（Jesus）太像了。然而不得不说，他们的确都非常虔诚，而且也会向别人传输道德和为他人服务的观念。

这两个家庭对我的爱都很明显，我深信不疑。但不管在哪个

---

① 意思是松饼。
② 意思是矮胖的人。

家里，我都总觉得自己是个外人。我是真正继承了迈伦和凯茜两人基因的孩子，但我的生活却被分割成内布拉斯加州和科罗拉多州两部分，没有一处可以称之为家。在我上五年级的时候，妈妈攒到了足够的钱，付定金买下了布罗肯鲍的一间小房子，就在林肯市西边铁路旁的某个农业小镇上。也许就是这儿，终于有一个属于我的地方了。同样令我兴奋的是，有了房子就意味着我们能养狗了——对吧？没错，养条狗总会有用处的。

我的兴奋感与日俱增。搬来不久后的某天早晨，我在往学校走的路上，发现邻居家围满栅栏的后院里有条完美的拉布拉多与边境牧羊犬的混血狗。她刚生下一窝小狗，所以我张开手掌，小心翼翼地伸向栅栏。狗妈妈从栅栏另一边靠近我，然后嗅了嗅。我猜我通过了检查，因为她开始摇尾巴，还趴在草地上。她的孩子们蹦蹦跳跳地跑到栅栏边，小鼻子从栅栏缝隙里向外探。我把手伸进去，抚摸着那群小狗，它们就用尖尖的小牙齿轻咬着我的手指。

第二天早晨，我又停在栅栏边，逗弄那群小狗。一天接一天，天天如此。最终，我在那群小狗里选出了我最喜欢的三只：一只全黑的，一只看起来更像牧羊犬的，还有一只黑身子白尾巴的。某天，住在那里的男人看见了我，还跟我打了招呼。我问他是不是要把那些小狗卖出去,他温和地耸了耸肩,说那些只是杂种狗,他打算把它们送给别人养,还问我想不想要一只。

我想吗?!

"你想要哪只都可以,"他说,"只要你妈妈同意。"

这是我能拥有一只小狗的机会。我的小狗。

那天放学后,我狂奔回家,准备去说服妈妈。狗是男孩的生活中不可缺少的一部分,能教会我负责任,还能帮助我成长,我得等妈妈下班回家再说。本来我是特别希望她能同意的,但当妈妈到家的时候,她拥抱了我,然后双眼疲惫地环视厨房,可能在想晚餐要做什么。所以在讲清楚之前,我就知道她不会同意了。

不行,博比[①]。养小狗是很费事的。

不行,博比。我们家没有栅栏,养狗要有一个带栅栏的院子。

不行,博比。你不能自己搭栅栏。

不行。

那天晚上吃过晚饭后,我就上床睡觉去了。第二天一早,我又走到院子那儿看小狗。日子一天天过去,我只是一次次地从院子旁走过。我还是会去打声招呼,还是移不开目光,还是心怀

---

① 作者小名昵称。

渴望。

一只又一只，那群小狗不见了。

我想，人只有明白自己曾经没能得到些什么，才能在以后得到的时候心存感激。是的，我在长大的过程中从来没养过狗。但是，没错，我后来养了贝拉这么一条超棒的狗狗。而且对她来说，我也是那个对的人。不知怎的，我的成长经历把我塑造成了一个懂得奉献的人，一个必须要在最亲近的人身上感受到更强的责任感、为在意的人提供庇护的人。

对养狗的人来说，这些特质简直完美。

狗狗需要一个好的保护者，好的保护者也需要一条狗。因为爱狗的人知道，要一直陪在狗狗身边。狗不会像猫那样说来就来，说走就走。你必须把一切都托付给你的狗。当你和你的狗待在一起，让这种全身心投入的态度渗透进余生的每一天时，你就是在做一件真正伟大的事了。

快进到我和女朋友刚收养贝拉的时候。我们一开始就明白，我们的狗狗要能和我们一起到各个地方去。有些人是"动物型"的，也就是说，他们更喜欢和动物待在一起，而不是和人类相处。而我既喜欢动物，又喜欢人类。我是个喜欢交际的人，庞大的朋友圈是我生活中获得幸福感的一个重要来源。为了确保贝拉能和人类好好相处,等疫苗开始奏效,贝拉可以安全地去外面走动之后,我们就要让她开始适应社会。

贝拉刚三个月大的时候,她的小肚子还是圆滚滚的,眼睛的蓝色也才褪去,开始变成一种铜褐色。有个朋友正在家里办烤肉会,我就问他能不能把贝拉带去。"当然没问题啊兄弟!我很想见见她!"他回复说。于是我们把行李装上了那辆本田雅阁。我的女朋友开车,贝拉就坐在我的脚边。我把贝拉抱起来,紧紧搂着,然后让她往车窗外面嗅。流动的空气弄痒了她的鼻子,于是她超可爱地打了个喷嚏,小耳朵还在风里扇动。

我们停在朋友家屋前。大多数人都聚在车库里。我把贝拉放在车道上,她跟着我走了几步,然后就朝人群跑了过去,像做自我介绍似的嗅着人们鞋子上沾上的奇怪味道。她一路东嗅西嗅,走到车库后面的角落里。每个车库后面的角落似乎都一样,架子上放着工具,地面上还有一点儿洒落的汽油。

"呐,不行!贝拉,过来。"我对她说。

她停住脚步,回头朝我走来,小尾巴摇来摇去。

我的兄弟好奇地问道:"哇,她真的听你的话?"

"哥们儿,她棒呆了。"我说,"来,看看这个。"我做手势让贝拉坐下，她就坐了下来，眼睛还盯着我看。

"好姑娘！"我弯下腰，把她抱起来，轻柔地把她搂在怀里，在她用小牙齿啃我鼻子的时候揉着她的肚子。

"哥们儿，她肯定会是一条很棒的狗！"我的兄弟拍了下我的肩膀说道。

"她已经很棒了。"我微笑道。

我活了这么些年，几乎没有遇到过什么很棒的事。因为长得瘦小，家里又穷，所以我常常被欺凌。我的成绩一向都很糟糕，而且不知为何，我似乎患有注意力缺陷多动障碍（ADHD），所以我很难集中精神。我们没什么钱，也没有医疗保险，不能找医师治疗，所以直到成年之后我才得到确诊。一直随身携带的吸入器①让我很容易成为攻击的目标。多年以来，我遭受了各种欺凌，经历了各种意外，但在十六岁的时候，我决心要做点什么。我开始去健身房锻炼，增加肌肉。这么做既是为了自我保护，也是为了复仇。我想象着挥拳砸在每一个欺负过我的人脑袋上的画面，于是就练得更快更猛了。我的体格变得强壮，班主任

---

① 内含药品的小型塑料管，用于使呼吸变得顺畅。

还问我:"库格勒,你在吃些什么东西?以前你的手臂就像面条似的,现在它们简直就跟钢铁一样。"我从一百五十磅①增重到了一百七十五磅,最后成了我们班最强壮的孩子之一。我鼓起勇气加入了足球队,但是,有一身肌肉并不等同于懂得如何比赛。我去科罗拉多州和爸爸一起过暑假,错过了教授基本知识的足球训练营。所以我对比赛技巧一无所知,漫无目的地四处跑动,只想着去撞那个持球的人。我是球队的一员,可我大多数时间都只是坐在球场边看着。我还想加入田径队,但是妈妈每年只允许我参加一项运动。在空余的时间里,我们要去工作,用自己的方式挣钱。因为重点就是:工作、账单和食物。

有个梦想在我心里生了根:入伍,为国家奉献自己。是我的哥哥迈克让我产生了这个念头。我曾见证部队如何把他塑造成了一个男人,以及他是如何变得更伟大的。

迈克比我大五岁。十几岁的时候,他就从工作的拖拉机用品店偷一些玩具,然后拿回家给我玩。对我们来说,偷窃的事并不光彩;我也偷过东西。我们也干了很多活儿。别误解我的意思,我们从小就忙得昏天黑地,这是妈妈言传身教的结果。她培养了

---

① 1磅约等于0.45千克。

我们的职业道德，也会教导我们如何精打细算。但有的时候，我们也会想要别的孩子有的那些东西——所以我们就会去偷。迈克被人逮住，再加上他之前就惹过麻烦，于是他被带上了法庭，然后被送进一家青少年康复治疗中心——这是个实打实的新兵训练营式的机构，每天都会定时叫人起床。

迈克在治疗中心里非常努力，改掉了很多坏毛病。回家之后，家里的一位朋友作为导师负责教导他。那位朋友年龄较长，在越南战争中做过伞兵。在农场里过完暑假后，我哥哥决定加入海军陆战队。这是他给妈妈的圣诞节礼物，是他新方向的一条准线。几个月后，我们就坐在圣地亚哥的露天看台上，观看了他从新兵训练营毕业的仪式。他已经证明了自己——也设下了准线。那时我就知道，我会跟随他的脚步。

我六岁的时候，父亲住在另一个州，外公和爷爷都离开了人世，所以迈克就是我的导师。他会站出来为我出头，我也决心要把自己塑造成他那样。我们之间虽然会有分歧，但从来不会僵持太久。他爱我。他虽然不是一直都喜欢我，但他一直全身心地爱着我。

他是我唯一可以依靠的人。

哎呀，在贝拉刚来的那些日子里，有太多平淡生活的回忆。平淡的美丽，平淡的乐趣。

才几个月大的时候，贝拉就从一个圆墩墩的、滚来滚去的巧克力球变成了一条步伐稳健、体格健壮的狗狗。她的四肢变得纤长，身体开始成型，着实长大了。但是，某天我和贝拉在后院的走廊上玩耍时，我突然意识到，她其实还不太明白自己的尾巴有什么用。

贝拉快速地左右扭动着身子，从两边盯着自己摆动的后半身。她把身体弯得像一块马蹄铁，尾巴还不停地摇着。她用尽全力，慢慢凑近这个神秘的存在，然后猛地咬住了尾巴，就这么叼在了嘴里。

"好，你抓到它啦！"我笑着说，"现在你要拿它来做什么呢？"我看见过许多狗狗追逐自己的尾巴，但我还真不记得有多少真的抓住了的。

贝拉站在那里愣了一小会儿。她的尾巴还在嘴里，心里肯定有一堆疑问，过了一会儿，她决定带着新奖品跑开。她跳跃着，蹦跶着，打着滚儿——在此期间，她的身体一直对半扭着——然后撞到了走廊的格架上。她的尾巴从嘴里滑落下来。贝拉特别失望地瞥了我一眼，然后扑向自己的尾巴，把它叼住，接着又开始奔跑、跳跃、打滚，不肯停止这场追逐。这回，她被自己的小泳池弹开，撞上了房子的侧墙，然后又摔到了同一个格架上。在受到他人质疑的时候保持坚定是一种好品质。我确信，贝拉在这个世界上肯定能好好活下去。

"宝贝，这样的事我们都经历过！"我咧开嘴，笑着喊道，"我不止一次身处困境，但我们会吸取教训呀！"

贝拉的滑稽举动跟我成长时的经历有些相似。我无数次地从墙上弹开，又无数次地撞到格架上，尽管有时在别人眼中那就是一场闹剧，但对我来说却不止是为了好玩。我一直在妈妈家和爸爸家之间来回奔波，被欺凌，家里总是穷得叮当响，感觉自己从未真正属于哪里，春去秋来，我觉得自己就像咬着尾巴在走廊里奔跑似的。在奔跑中，我内心深处的某个齿轮开始转动，它变成了一种探寻，一种渴望，一种漫游的习惯。我常常不想待在自己生活的地方，所以我觉得，如果我能到别的什么地方去，变成一个不同的人——终于抓到了自己的尾巴——那生活也许就有意义了。

第四章
大家都是朋友

现在是2015年末，这场公路旅行才开始没多久。普特因湾的宁静还未走远，我就已经期盼着能拥有更多那样的经历了。我和贝拉再次踏上旅途，一路向西，朝克里夫兰驶去。露丝在公路上开得很顺畅。从后视镜里看，贝拉的眼睛里闪烁着光芒。朋友们坚称我这些年里发展出了三种性格，而我正在思考这件事。一个我风趣又可爱，是个在生活中既会追求自己想要的，也会替他人着想的领导者；一个我怒气冲冲，甚至不受控制，要是被人认错，就会想一拳揍到那人脸上；还有一个我特别沮丧，闷闷不乐、无精打采，根本没人愿意接近。好吧，可能像贝拉这样特别宽容的狗就不会太在意。不管我是什么样子，她似乎都能接纳我。

透过挡风玻璃，我抬头看见冬日的阳光穿过云层照了下来。在最近几年里，那个怒气冲冲的我和意志消沉的我出现得太频繁了。我又重新看着路，不知道那个好相处的我什么时候能一直留下来。大多数时候，我都是无忧无虑的，但那样的个性下竟然还隐藏着充满怒火的一面和消沉的一面？好吧，每个人都有点儿忧郁的。而我，有些时候只是太忧郁了些。

在离克里夫兰越来越近的时候，我把这些思绪收了起来。我们把车开到了市中心，停好车，从车里出来，伸展四肢，然后在高楼大厦之间穿行。贝拉很爱玩，她伸着舌头喘气，摇着尾巴，就连在这片混凝土的荒地里探索也兴致勃勃。这儿也不是只有混凝土，因为我们在这片都市风光中发现了一块漂亮的绿色草坪。贝拉又带来了生命力。她四脚朝天地躺在碧绿的草坪上，我按下相机，捕捉下她在被钢筋水泥的丛林包围的大自然里欢快玩耍的场景。她能让我变成更好的自己，也能在照片里把别的事物都衬托得更好看。克里夫兰市中心繁华又嘈杂，到处都挤满了人，交通也很拥堵。当我们回到露丝里，准备离开这座城市时，一个建筑工地吸引了我的注意力。这幢外形炫酷的大楼很适合拍照，于是我把车停在一条封闭的巷子里，拍了张照片。但当我转身离开的时候，听见有人喊："嘿，过来！"

那语气听起来很不友好。有个警察瞪着我，示意我过去。贝拉待在车里看着我。我还没反应过来，他就说："把证件拿出来。你以为你在做什么？"

"就拍了张照片。"我回答道。我的心跳开始加速，贝拉把脑袋从窗户里探了出来，想知道发生了什么。

"给我一个不马上逮捕你的理由。"

我不确定到底要怎么回答。我瞥了贝拉一眼，发现她正在摇着尾巴看我。我要冷静一点。我打开钱包，露出里面的驾照，旁边就是我的军官证。我从来不会把军官证递给警察，因为我知道那会被当成耍花招，但我知道怎样巧妙地让警察发现它的存在。稍微透露一下我的背景能让他明白，曾经我也像他现在这样，为这个国家尽过自己的一份力。

"别做傻事。"我还没来得及再说点什么，他就厉声说道，然后把我的证件推向我。"这是条繁忙的街道，别犯傻。"

一切都在电光石火之间。他的举动，他的语气，他是这片土地的国王，而我违反了他的规定。是我错了，我得离开这儿，再去争论他的语气对我没有一点好处。最快捷的逃脱方式就是说"好的，先生。对不起，先生"，然后去做点儿开心的事——但这并不表示我认输了。我只是聪明地解决了这件事。你得知道自己要打什么仗,而我没有必要在他这个街道王国里争面子;还有一整个国家等着我去探索。所以我迅速顺从了他,然后又跳进了露丝里。

贝拉满意地松了口气。她四处扫视,随意观赏着城市的风光。她心情不错,但我不是。当我们沿着街道行驶,寻找另一处停车点时,我的脑海中回放着那段对话,依然感到一阵愤怒。那个警察只是做了自己分内的事,这是他负责的街区,他只是想保持城市的正常运转。这我能理解。我尊重执法人员和他们保护与服务的职责。事实上,我有很多朋友都是警察。但该死的,你也没必要这么浑蛋吧?没必要高高在上地对待别人吧?我似乎还能看到他的脸,听到他声音里的厌烦,感觉到他冲我吐口水时那种居高临下的态度。从道理上讲是我错了,但因为如此微不足道的违规行为而威胁要逮捕我,似乎是在炫耀自己的权力,而不是为了维护和平。

怒火熊熊燃烧。我想起童年遭受的欺凌,被压抑的记忆浮出水面,在我的大脑里一遍遍地播放当时的场景,直到我彻底失控。我一拳打在方向盘上,发出了一声怒吼:"啊——"

贝拉没有被吓到。实际上,她很清楚这时该怎么做。她的经验已经很丰富了。她从卧着的毯子上站起来,轻轻一跃,把那条前腿搭在了中心控制台上,然后靠在我身上。她没有舔我的脸,也没有焦急地摇尾巴,只是靠着我。我叹了一口气。那个怒气冲冲的我几乎刚一出现就又消失了,好脾气的我又回到了驾驶座上。我轻抚着贝拉的耳朵,往下摸着她光滑的皮毛。我挠着贝拉的屁股,把脸凑到她嘴边,让她舔我的脸。

贝拉救了我。她用又冷又湿且充满爱意的鼻子碰着我的脸颊,靠得更近了些,好像要尽可能地和我亲密接触似的。我瞬间冷静了下来。我又回到了陆地上,望着海上肆虐的风暴,仿佛这是一场发生在别人身上的灾难。风暴平息了;天空又变得澄澈且蔚蓝。贝拉抬头看着我,好像在说:"没事的,爸爸,我在这儿呢。摸摸我。要记住我是爱你的。要记住这才是最重要的。"

我伸出右臂搂着她的脖子,又把她拉近了些。我现在才意识到,抚摸贝拉对我有多大用处。每当我感觉有压力、焦虑、沮丧或孤独时,与另一个生物的接触是相当疗愈的。贝拉知道这些。有时候我会主动抚摸她,但她通常都能感受到我的情绪。她会主动来找我,让我平静下来,然后在摇摇欲坠的世界里充当我的船锚。

"宝贝,我也爱你。"我对她说。

我的愤怒还潜伏在表面的平静之下未曾散去。或许彻底发泄出来也不是什么坏事。我太过频繁地压抑着自己的攻击性。我太急于认错,显得那么被动,太想要传播正能量,以至于我常常无法为自己辩护。但万事都要平衡。我得在必要的时候果断起来,打开一扇门去释放压力。我不该紧闭阀门,把所有激烈的情绪都锁住,直到我怒火中烧,大发雷霆。但我也不想让自己失控。

这就是我想改的地方。我们在一起的时候,贝拉也一直在帮我改变。

回头想想,在贝拉进入我的生活之前,我也曾有过几次类似需要帮助的时候。大多数人都觉得我是个好脾气的人,无论何时何地,我都愿意为任何人做任何事。但那些真正了解我的人,那些曾和我共度最艰难的日子的人才知道,一旦我的情绪到了爆发点,接下来就会失去控制了。他们也知道我一直处于防守状态。我从来都不会主动惹事,而且在大多数情况下,我都是从中调停的角色。然而,如果我被激怒了,如果我感觉自己受到威胁,如果要在打架或逃跑之间做选择,我就会选择打一架。谢天谢地,我并不擅长打架,所以我从来都没伤过人。我常常开玩笑说,自己曾经用脸揍过很多人的拳头。幸运的是,我的脸很耐打,因为在那些搏斗中,我也从来没被击倒过。我不太擅长用拳头打人,所以我总是在快窒息的时候打那么几下。我只是想告诉对方，别来找我的麻烦。我不是一只小绵羊。我也不是他们那个可以觉得别人"不如自己"的男子汉世界里的小喽啰。我真的无法忍受。然而，我有点儿害怕自己内心的愤怒，它让我质疑自己到底是谁。我是个好脾气的人，还是失去了控制？当然，要是贝拉在的话，她肯定会给我上一课的。

我们正在一处人潮拥挤的热门景点散步，在这里，狗狗可以不系牵引绳。天气晴朗，阳光明媚，小路上满是各种各样的人，跟在人们身边的狗更是多种多样。从小型的吉娃娃到大型的卡斯罗犬，应有尽有。看到有这么多新朋友可以认识，贝拉欣喜若狂，尤其是现在没有牵引绳的束缚，她想和谁打招呼都可以。她碰到了一只小法斗，一起玩耍了一会儿，但那只斗牛犬要跟着它的主人走，和我们走的方向正相反。有几个人停下脚步摸了摸贝拉，夸赞她光亮的皮毛，在阳光中闪耀着金色的光芒。贝拉优雅地接受了这些赞美，还允许这些新朋友挠她的耳朵后面。随后，她刚一看见结伴而来的三条狗就冲了出去！她径直奔向其中那条拉布拉多，可还没来得及打招呼，另外一条混血牧羊犬就猛地扑到她身上。贝拉立马就把那牧羊犬掀翻在地，然后发出了一连串狂吠。她咬住了牧羊犬的后颈，牧羊犬的主人尖叫着："把她弄开，把她弄开！"我喊了贝拉一声，她就往我这里跑了过来，让那牧羊犬自己冷静冷静。我俯下身，检查贝拉身上有没有伤口，然后看着牧羊犬主人的方向，他还在为这场冲突心烦意乱。"检查一下，看你的狗有没有受伤，"我对他说，"我敢打赌，它绝对没有。"

果然，那条狗没有受一点儿伤。这就是贝拉的一个优点。她在打斗时总会获胜，但她从来不会让对手受伤。我称之为"狗之柔术"。柔道就是要让对手的攻击失效，利用对手的力量打击他们，而非自己主动出力进攻。优秀的柔道选手会告诉你，柔道就是和平，就是要用尽可能少的武力去解决身体上的冲突。所以贝拉虽然叫得很凶，但她似乎是在通过叫声示警："我只想让你知道，局面已经在我的掌控之下了。如果我是你的话，就马上退后。"

牧羊犬的主人狠狠地瞪了我一眼，然后牵着狗朝另一个方向离开了。牧羊犬一直夹着尾巴。

"爸爸，是它先挑事的。"贝拉似乎在对我说。

"是啊，我知道的，小宝贝。你只是在保护自己而已。就当是给它一个教训吧。"就这样，贝拉又开心了起来。她睁着大大的眼睛，抬头看着我，尾巴摇来摇去，然后又往我身边靠近了一点儿。我们就这样继续沿着小路散步。或许她也学到了一课。我还没发现的是,自己也因此学到了很多。

贝拉和我是一个很好的团队,因为我们非常相似。我们喜欢人,喜欢新的地方。我们热爱探险。我们都会在追逐松鼠的时候分心。但在目睹她和其他狗狗的几次冲突之后,我才发现我们之间还有别的共同点。我们会选择去战斗而非逃跑。在向对手证明自己并非可以玩弄的小喽啰之前,我们都决不退缩。

贝拉,这个极其正能量的生灵,这条只会传递正能量的狗,这只我见到过的最接近完美的动物,为了保护自己而按下了开关,让人分辨不出这样的她竟是一只动物。我知道自己不能一受到威胁就去像狗一样搏斗,但只要我自信的一面还占有一席之地,我就能明白,这并不意味着某一面的我就不是真正的我,因为贝拉就肯定不是这样。

我和贝拉再次踏上路途,朝着尼亚加拉大瀑布前进。我很是兴奋,因为这处瀑布是美国最具标志性的景点之一,而且我从小到大,只能在书里或者电视上看见这样的风景。我们停下车。冬天的尼亚加拉大瀑布拥有你能想象到的一切美景。白雪皑皑,天寒地冻,气势磅礴,令人说不出话。贝拉在我身边奔跑,用三条腿欢快地蹦跶着，向人行道上的每个人打招呼，把碰到的每个人都当作自己的朋友。我盯着她看了一会儿，然后脑海中出现了那句简单而又深刻的话：大家都是朋友。

能尝到空气中薄雾的味道，看到这巨大的水流喷涌而出，还有这庞大的空间都让她很是开心。我甚至在瀑布边流下了几滴眼泪，因为我感觉到我和贝拉真的在旅行，一起看着原本永远都不可能看到的风光，做着原本永远都不可能做到的事，还好我们……就这么踏上了旅途。

虽然这一刻如此美好，但我依然无法把那个怒气冲冲的自己从脑海里抹去。这个人是谁？我想弄清楚，因为我知道其他年轻人也会突然发怒，而且我还知道我不是唯一一个想弄懂如何控制自己怒火的人。我知道自己绝不想成为这样的人。我想成为没有火暴脾气的人。我想成为一个自信、有能力、有风度缓和局势的人——而不是他这样。我想变得像我兄弟尼克·彼得森那样。

尼克、艾弗里和我都是在新兵训练营认识的，在得知我们仨都隶属于内布拉斯加州的同一个预备队后，我们立马就成了好朋友，友谊一直维持到如今。尼克在高中时是一名优秀的摔跤手，也是一名强壮的运动员。在越障训练中，他能冲刺着越过任何障碍物，跳起握住引体向上的横杆，然后脸不红气不喘地一口气做上二十个引体向上。从海军陆战队退役后,尼克成了一名管道工;因为热爱,他也成了一位年轻的摔跤教练。

2014年时,我和尼克都参加了海军陆战队的一场生日庆祝会,有几个现役的海军陆战队员在我们的桌边走来走去。在某个陆战队队员开始羞辱一名预备役军人,说他算不上是真正的海军陆战队员之前,交流的气氛都还很和谐。这种争吵由来已久,我不想被卷入其中,但是得有人干预一下,让这些孩子冷静下来。

尼克看着我,我也看着他,我很确定他在想什么。因为作为内布拉斯加州的人,要是没人主动惹我们的话,我们是不会插话的。那个现役的海军陆战队员不停地谩骂着一名预备役军人,我的手开始颤抖。怒气冲冲的我随时都可能出现,于是我又瞥了尼克一眼。他只是坐在那儿,像个真正的乡下小伙那样,喝着胡椒博士[①],嚼着哥本哈根[②]。那两人站起身,开始越靠越近。尼克又瞥了他们一眼,站起身走过去,隔在他们中间。他们俩都闭上了嘴。尼克用手按着挑衅者的胸口,把他们分开。房间里太吵,我听不清尼克在说什么,但我看见那个现役的海军陆战队员

---

① 一种焦糖碳酸饮料。
② 一种烟草的品牌。

点了点头，然后就退开了。就这样，局面平稳了下来。我的双手还在颤抖，我也还在想，自己会不会失控，追上那个人，然后发泄自己的怒火。我几乎马上就要用我的脸去揍他的拳头了，但我看见尼克已经又坐了下来，特别平静。他非常自信，既能保护好自己——也能控制好自己。他能在事态升级成斗殴之前缓和局势。

"而那，亲爱的贝拉，"在离开尼亚加拉大瀑布的时候，我小声说，"就是我想成为的人。"

我们继续往前开，然后停在安大略湖湖边。虽然湖水还冷得刺骨，但贝拉还是跳进去游了一小会儿。她很喜欢水。天空寒冷而蔚蓝。贝拉从水里跑出来，抖了抖毛，然后向一条年轻的金色猎犬介绍了自己。它们立刻就成了朋友，一起在湖岸边跳来跳去。过了一会儿，它们又遇到了一条和主人散步的巧克力色拉布拉多犬。那条狗有关节炎，脸色不太好。这又是一个新朋友。我和它的主人聊了聊，得知它已经十五岁了。我有些不安。贝拉可能都活不到十岁，就更别说十五岁了。我抖落心中的悲伤，又鼓起了斗志。我想：小贝拉，我们可能没有多少时间了，但我们要用这些时间，活得比以往更精彩！贝拉从水里叼了一根木棍给我，它被水冲刷得很光滑："就是这种精神，爸爸！就是现在！"我把木棍扔向水面，然后贝拉毫不迟疑地朝它游了过去。

在接下来的几天里，我们又徒步了几次。结束长距离的远足之后，贝拉都会在车里休息。她依然很健康，但用三条腿奔跑会消耗相当多的能量，所以我会确保她有充足的时间恢复体力。我知道这是一种平衡，既保证让她充分锻炼保持健康，又要把握好尺度，不让她仅剩的前腿和肩膀受伤。我们穿过哈得孙北部，参观普莱西德湖上的奥运场馆，在阿迪朗达克山脉徒步。日子一天天过去，我们依然在路上。云层似乎下沉了些；前方的空气密度似乎很高。圣诞节即将来临，我想尽快开车回内布拉斯加州去，和妈妈一起过节。但在电话里，她鼓励我继续往前。她和我这些年来结识的几个朋友和粉丝都一直在社交媒体上关注着我的行程。妈妈说，她更想看着我们继续旅行，而不是现在就回家。妈妈喜欢我陪在她身边，但她也一直是那个鼓励我迈出脚步的人。她想让我尽可能多地感受这个世界。实际上，我之所以会拍那么多照片，也是因为想和她一起分享。她说，我的文字让她觉得自己也在和我一起旅行，这让我很开心。我也给爸爸打了电话。"继续向前吧，"他说，"你做了我在你这个年纪时所有想做的事。"我知道，能得到这样的自由是我和贝拉的幸运，所以我把我们旅行的体验分享出去，让其他人也能一同感受。

在22号公路上，我和贝拉碰到了一个几乎身着一身黑的女人。一个在路边走着的陌生人。她的双手和脸部都被风吹得皲裂，似乎在户外待了很长时间。她已经过了中年，穿着一件黑色的长大衣和一双徒步旅行靴，脖子上裹着一条紫色的针织围巾，头上戴着一顶针织绒线帽，后面的头发随意束起。她有点儿古怪，我们不知道她在做什么，为什么要这样沿着公路走。但我们刚看见她，她就不见了。"嘿，她去哪儿了？"贝拉似乎在问。

沿着路开了一会儿，我们就抵达了亨利堡。我停下车，拍了张老教堂的照片。它很令人着迷，感觉像是吸血鬼电影里的建筑，不过是最浪漫的那种。这座教堂建于1887年，木头上的油漆已经逐渐脱落了，但那亮红色的大门依然鲜艳。一个住在隔壁的老妇人走出门来，说她是最后一个活跃的教会成员了，她已经想尽办法让教堂继续运转下去，但现在已经无力回天。这座教堂没能适应世界的变化。有人买下了教堂，把它当成废旧杂物的仓库。我在心里暗暗记下。生命中有这么多事物只是因为拒绝改变，就这么消失了。

我们互相道别，而贝拉在老教堂周围小心翼翼地嗅了嗅。她突然停下，然后紧张地盯着附近的树林，颤抖着身子，好像有人在那里似的，但我们什么都没看见。可能只是一只松鼠罢了。我们钻回露丝里，开始往小镇外开。但还没走远，我们就看到了一个老火车站。火车站建于1888年，至今还在运营。我透过相机镜头观察着这座火车站，然后拍了一张照片。

我身旁突然响起了一个声音："你觉得我们的火车站怎么样？"

是那个穿着一身黑的女人——我们看见的那个在路边走的陌生人。她突然出现，吓了我一跳，但贝拉友好地凑过去嗅了嗅，所以我又靠近瞥了她一眼。她看起来神志正常，也没有挥着斧头，所以我就和她聊了聊，告诉她我正在和我的狗旅行。她弯下腰，抚摸着贝拉，然后问道："你们俩愿意和我一起走走吗？"

她的要求听上去有点儿奇怪。我们并不认识彼此。但这可能就是一个男人独自旅行，尤其还带着一条狗的好处。如果我们性别对换，一个穿着一身黑的奇怪老头邀请一个独自旅行的年轻女性去散步，我可能会大叫："停下！等等！站住！"再发展下去就是恐怖电影了。总之，我有些好奇，所以就答应了她的提议。于是她、我和贝拉缓缓穿过铁轨，走进了森林。我已经断定我们没有危险，不知怎么，我确信，贝拉微笑的脸庞和快乐的情绪也让那个女人很是安心。

她带我走在一条铺满树叶的小路上，似乎从未有人来过。我心里猜想，这条路是不是她开辟的。我们越聊越多，越走越远，原来她只是想带我们去看看她的后院，那是一片她引以为傲的荒野。这不是什么恐怖电影，而是另一种超棒的人际关系。小路穿过一个造船厂，里面放着船运集装箱，老旧的小船搁在支柱上。我们走到尚普兰湖边停了下来。她发现我一路上一直在拍照片，就说道："好啦，拍得够多了。把相机收起来，享受当下这一刻吧。"

这是一条新的提示，我需要听听这样的话。因为我已经获得了太多照片，而我不知道要拿它们怎么办。我的脑袋里总是满满当当的；拍照是我最好的记忆方式，用一张照片就能永远捉住瞬间流逝的时光。但我还是暂时放下了相机，注视着湖面。

她告诉我，她也曾有套房子，一直不停地工作。但某天，她突然发现，自己想要的生活并不是一直工作到死。所以她卖掉房子，辞去工作，开始每天徒步旅行。

我很好奇，她不工作是怎么养活自己的，但出于礼貌，我并没有开口问。人们对我和贝拉也有相同的疑问，他们说自己也想就这么去旅行，无牵无挂。我在社交媒体上分享的都只是旅程中的高光时刻，就连我自己看了也会心生羡慕，但那远不是全部。在旅程中，我们也付出了代价。我和贝拉度过了许多孤独的夜晚，我会想我们到底在做什么，内心充满焦虑感，担心这次旅行只会让我离人生目标越来越远。在我的内心深处，隐约浮现出一些念头：去买栋房子，或者买块地，或建立自己的家庭之类的。我知道，光靠卖几张照片是无法实现这些愿望的，但这已经足够支撑我们目前自由的生活。而且我什么时候才能再有这样的机会呢？和贝拉一起旅行，这样的机会再也不会有了。这是我们唯一的机会。就我自己来说，我看到过朋友和挚爱的人还没等到这样的机会就已撒手人寰，他们拼命工作，为退休后的生活攒钱，但却根本没活到能享受的时候。如果你曾看到身边亲近的人的梦想随着他们一起消逝，那么一旦有机会，且在无法控制的事情将它夺走之前，你就肯定会去追逐自己的梦想。现在，我们有这样的机会。我们有这种自由。这种踩着碎石路，走向未知的自由。这种和陌生人散步，享受当下的自由。

我们结束了对话，也散完了步，这位黑衣服的女士在与我们微笑告别之后，就消失在森林里。我确信她告诉过我自己的名字，但我没记住。我凝望着她的背影，想着她作为一个沿着铁轨孤独行走的女人，接下来的人生还会经历些什么。我很好奇，不知她还会邀请多少"罗布和贝拉"去走她那条小路。我们很可能再也不会见到她，但我希望贝拉在接下来的旅程中，还能吸引到像她这样的人，把陌生人变成朋友。

我和贝拉开着车抵达新罕布什尔州。有位名叫帕特里克的军人朋友在脸书上联络我，邀请我们去他的小木屋住。他已经退伍，家里只有他和他的狗狗克鲁扎。我们和帕特里克一起过了圣诞节。他带我们去他的朋友家里，我们一起唱了卡拉OK。他们都很喜欢贝拉，都赋予了我们温暖和包容。对我来说，因为家庭的破裂，过节一直都是件艰难的事，但现在节日成了我宠溺贝拉的另一个理由。标准待遇就是一个新的磨牙玩具，还有一些好吃的。今年给她的礼物是一根牛肉棒。直到她吃完之后，我才意识到，这可能就是我俩过的最后一个圣诞节了。我突然觉得，这根小小的牛肉棒似乎远远不够。

圣诞节后的那个清晨，帕特里克带着我们徒步穿过雪地，去一座古老的桥上。贝拉深深地钻进了雪里。积雪堆到了她胸口的高度。她特别喜欢这样，而我希望这一刻永远都不要结束。在帕特里克看着贝拉欢快地在雪地里刨来刨去的时候，我发现他慢慢露出了笑容。我之前在那个身着一身黑的女士脸上也看见过那样的笑容，但直到现在我才意识到。我突然想起她很爱笑。她会对着湖水微笑，在我们散步的时候，她几乎一直都微笑着。我们初次见面的时候，她面带微笑；抚摸贝拉的时候，她也满脸笑容——她也是微笑着让我放下相机，活在当下而非捕捉这一瞬间。她一直微笑着，而我现在在雪地里，疑惑自己之前为什么没有注意到。回想起来，她也会大笑。在说话时，她总是温柔地、纯粹且有趣地大笑着。她的笑里充满了智慧，而我才刚刚发觉。

我想，我和这位女士以及像帕特里克和克鲁扎这样的朋友们的短暂交流，我和贝拉一起度过的时光加上这开阔的前路，要比我这么长时间以来经历的一切都更有疗愈效果——我猜妈妈从我的语气里意识到了这一点，她应该也发现这次旅行对贝拉很有益处，对我也真的很有益处。贝拉一直微笑着——这是我爱她的一部分原因。突然，我发现自己也在微笑。亨利堡的老教堂或许已经死去，但我还没开始走下坡路。我还有改变、适应、长大、成熟的可能性。贝拉截肢之后，我就是看着她这样过来的；她已经克服了生理上的障碍，心理上也没有受到影响。她优雅地适应了新的状况，没有发怒，也没有沮丧。

我蹲下身抚摸着贝拉。那个不受控制的我已经开始慢慢消失了。我只有在必要的时候才会发怒，而且就算这样，那个有怒气的我也是处于控制下的，而非相反的状况。我正在变成我想要成为的那种人。

我喜欢这样。

我特别喜欢这样。

贝拉给了我一个灿烂的微笑。她也喜欢。

第五章
温柔的战士

好像是很多年前的事了。那时我刚刚结束少年时光,步入成年,在我家的前院里修理茂密的青草。贝拉坐在走廊上,没系牵引绳,在阳光中露出一脸笑容。从体格上看,她已经是一条大狗了,但依然有着一颗小狗的心。她时不时就站起身,想爬到院子里来,但我会停下割草机,拦住她说:"不行哦。回走廊上去!"她就会轻手轻脚地跑回去,然后重新躺好,不满地叹一口气。

我们换了个新邮递员。他皱着眉头走了过来。我看得出来,他对贝拉没系牵引绳不是很高兴。我停下割草机喊道:"兄弟,她是个特别的姑娘。就算我让她去伤害你,她也不会这么做的。过来看看她吧,你会明白的。"

他摇了摇头:"不要。以前也有人这么说,然后我就被咬了。"

我走到他面前,他把信和账单递给我,就继续往下一家走。我把邮件拿给贝拉,但她似乎不想接手,再多走两三步送进屋里去。我弯下腰,好好地揉了揉她的肚子,轻声笑道:"你不咬人的,对吧。我们会让他回心转意的。我们要让他看看,不是所有狗都讨厌邮递员的。"

几周后,我们正往车里收拾东西准备下午出去一趟时,我突然听到:"那是你的狗吗?那——是——你——的——狗——吗?"

我循着声回头一看,贝拉正开心地跑向之前那个邮递员,而他正穿过我们的草坪,往房子另一边的邮箱那儿走。"是啊,她脾气很好的!"我喊道,"等等,我来——"我还没走两步,他就拿出一个罐子,对着她的脸喷了起来。

贝拉瞬间停了下来,难受得龇牙咧嘴。

做父亲的本能涌了上来,我的怒火瞬间腾起。我冲过去,揪着贝拉的项圈把她拎起来,检查她是否没事,然后痛斥那个邮递员说:"你在开玩笑吗?我告诉过你多少次,她脾气很好的!她从来没有不信任人类的理由,现在你就给了她一个!你给我滚出去!"

"你不该不系牵引绳。"他平静地回复说。他把邮件递给我,然后沿着街继续走了过去。

她就在我自己的院子里，我心想。我的血液都沸腾了，我想把这个人揍倒在地，让他明白点儿道理。但我在更仔细地检查贝拉时发现，她并没有什么持续的症状。她的眼睛没有充血，也没有打喷嚏，只是显得比往常更困惑一些。在我小一点的时候，我也受过胡椒喷雾的攻击。那感觉糟透了。有几分钟我什么也看不见，而且在两天之内，我的整张脸都有灼烧的痛感。贝拉吸入的肯定不是纯胡椒喷雾。可能是香茅？我在宠物商店里看到过那些罐子。卖家建议养狗的人在遛狗的时候随身携带一罐，以备吓走那些没系牵引绳的想来攻击的狗。

该死，"没系牵引绳"。这样的字眼击中了我。虽然贝拉是一条好狗，但那个邮递员只是做了他认为必要的事，以保证自己的安全。我记得在之前的交流中，他说过曾经有狗主人让他别担心，但他还是被咬了的事情。经验驱使他做出自我保护的举动，我不应该因此对他发火。在他需要到我家屋子附近来的时候，是我没给贝拉系好牵引绳。如果我是他，我也会这么做。我才是那个需要道歉的人。

我把贝拉带进屋，一路小跑到街区的尽头，追上了那个邮递员。我向他道歉，说自己不该失去冷静，也不该在他工作的时候没给贝拉系好牵引绳。他说他原本可以上报我养了一只"流浪狗",但他感谢我的致歉,所以不会提交任何报告。一想到贝拉被打上"流浪狗"的标签,我就得忍住不笑。就好像她是一只凶猛的野兽,红着眼想抓小孩子吃似的。但我保持着沉默,对邮递员致谢,感谢他不向官方机构举报我们。贝拉的记录是很清白的,我不希望她因为这些鸡毛蒜皮的小事而被定罪。我和他握了手,往家走去。我很受鼓舞,因为我竟这么迅速地原谅了他;我也有些烦躁,因为他依然不愿意给贝拉一个机会。

我走进家门,贝拉正摇着尾巴迎接我。她似乎一点儿也没被这件意外影响。我把事情经过告诉了女朋友。

"嗯,宝贝……"她对我说,"虽然你和贝拉希望和全世界的人都成为朋友,但总有一天你会知道,不是所有人都想和你们做朋友的。"

要是全世界的人都是朋友多好。十五岁的时候,在迈克的毕业典礼上,我看着他走过位于圣地亚哥的海军陆战队新兵训练基地的阅兵场。那段记忆刻在我的脑海里,非常鲜明。我觉得我的胸膛都要被满满的骄傲撑破了。毫无疑问,某天我会追随着他的脚步,成为一名海军陆战队员。我见证了他生命中为了变好而经历的巨大改变，我也看见他赢得了身边那些人的尊重。我发现了他使命的重点，我也知道我想让自己的人生中也拥有那些东西。海军陆战队不仅会给我报效祖国的机会，也能让我成为更伟大存在的一部分。一个服务的机会，一个获得归属的机会。

哥哥对自己海军陆战队员的身份极其骄傲，但他也会鼓励我向某个明确的方向前进。然而，对于1998年的我来说，那并不是我所期待的。

"弟弟，"某天下午他对我说，当时我十六岁，还在上高中，正在准备应征入伍的文件，"不要去当现役兵。我们整天都痛苦不堪，无缘无故地就把身体搞坏了。而且我们也不是马上就要进入战场。到处都有核武器。兄弟，去当预备役吧。那样依然算是海军陆战队的一员，而且你还能去上学，或者去做他们训练你从事的任何寻常人的工作。等我们这些步兵退伍的时候，我们没有什么选择的余地。在步兵团里，刚二十出头的小伙子们就开始指挥排兵布阵；但到大兵退伍之后，他们却只拿着九美元的时薪，做着安保的工作。"

有道理，所以我听取了迈克的建议。我敬仰迈克，而且我觉得海军陆战队会给我一个机会，让我成为某种更伟大、更优秀的事业的一分子。我并不期盼着开战，但如果祖国需要，我希望自己能加入其中。我不想再被困在局外了。那时迈克已经在海军陆战队待了三年，在两年半的时候就当上了中士。他是队里的初级射击教练和丛林战教练。这家伙是个硬汉。每个人都很尊重他，他甚至被征兵人员当成宣传的模范。所以当迈克让我进预备役的时候，我听了他的话。

　　海军陆战队里有无数的岗位可供选择，从坦克驾驶兵到直升机上的空中射击员，数不胜数。不论做什么，我都想成为少数几个可以自豪的人之一。我在格兰德艾兰和某位征兵人员交谈时，他向我保证："海军陆战队人人都是步枪手。"这句话的意思是，每个海军陆战队员都是海军陆战队的一分子，就这样。就算你是海军陆战队里的一名厨师，你还是会举起步枪，还是要知道怎么射击，还是能完成消灭坏人的任务。征兵人员打电话给我将要进入的奥马哈市的部队，询问道："你们那边有什么职位空缺？"内布拉斯加州内只有一处预备役部队，是一个维修队。征兵人员放下电话，补充说："好了，库格勒。你会是一个1341。"

　　"1341是什么？"我问他。

　　"重型设备修理工。你可以走了。"

　　"但是长官，"我带着一种十六岁的人的诚恳语气问道，"如果战争开始了，我不会还是只当修理工的，对吧？"

他站起身，把手搭在我的肩膀上对我说："孩子，海军陆战队人人都是步枪手。如果国家召唤你去战场，你就要为国而战。"

满十七岁的那一天，我开车来到奥马哈，正式入了伍。妈妈已经签了弃权书，所以我在满十八岁之前就可以入伍。那是一个闷热的夏日，四周之后就是我高中最后一个学期开学的日子。尽管我在来年六月从高中毕业之后，才会真正前往新兵训练营，但队里还是非常高兴地接收了我。

那年秋天，在我即将从高中毕业的时候，我非常确定自己会加入海军陆战队，这让我避开了麻烦。我目睹着几个好朋友染上毒品，然后从学校退了学。海军陆战队有一条对毒品零容忍的政策，所以我不能学他们。我当时还不知道，我人生中各个不同的部分是如何全部整合在一起的。我偷偷地梦想着，自己某天也能成为一名演员。在那些最了解我的人眼中，我是个表演者，勉强算是个喜剧演员。我会模仿名人，甚至可以模仿生活中的普通人。毕业那年的早些时候——在知道自己会得到预备役部队的资助之后——我想要选择戏剧作为我大学里的专业。我和几位老师聊了聊我的计划，但他们似乎对此都不太高兴。有位老师嘲笑着说："说实话，罗伯特，那又能怎样呢？你不是要加入海军陆战队吗？你应该坚持住啊。"

十七岁的我把他的话深深记在了心里。好吧，如果没有人认为我能做到，那我也不会相信自己可以。这似乎是我和任何一位教育工作者交流的模式。我不怪他们；他们只是在尽力寻找最适合我的道路，对我这样的孩子来说，这是一条经过检验的可靠的路。几周后，当指导老师问我要不要上大学的时候，我告诉她："不，我要加入海军陆战队。"她迅速回答说"好"，然后就合上了我的档案。

事情就这么解决了。我知道海军陆战队的核心价值观是荣誉、勇气和承诺，我想要它能给我的那些东西。我要用自己拥有的一切，去追寻我的人生之路。

所有住在密西西比河以西的海军陆战队新兵都被送到了圣地亚哥参加新兵训练营。如果你住在密西西比河以东，就会被送到南卡罗来纳州帕里斯岛的海军陆战队新兵训练营。如果你拿到了大学文凭，并且想成为一名军官，就会被送到弗吉尼亚州的匡蒂科。我就被送到了圣地亚哥。

成为一名海军陆战队员并不容易。在军队的所有部门中，据说这里的强度是最大的。在十三周的时间内，我和其他新兵早上五点起床，然后跑步、训练、训练、跑步。教官对我们大吼大叫,辱骂我们的母亲,骂我们是废材,并且我们只有在获得批准之后才可以说话——那也只能用第三人称。一切都是为了把我们撕碎,然后再拼凑成他们想要的样子。你不是一个人,你没有名字;你是个新兵,你是政府的财产。

我们学习了基础的近身格斗术,在用假步枪攻击空气的时候,反复喊着:"砍!打!杀!"在步枪靶场,我们学会在开阔视野下,从五百码①外开枪射击目标。战士精神的种子埋进我们的灵魂深处,海军陆战队的历史和传统深深地扎根在我们的大脑里,新建立的战友情也铭刻在我们的心中。

离毕业还有三周的时候,我收到了一些令人难过的消息。迈克的部队被调到爱达荷州萨尔蒙附近的森林参与灭火,他不能参加我的毕业典礼了。那一瞬间,我很崩溃。读信的时候,我咬紧牙关,眼泪一直流到下巴上。在新兵训练营里历经磨难的时候,是迈克的身影一直激励着我前进。他就在对面鼓励着我,穿着一身蓝色的迷彩服,满脸微笑与自豪。我希望别人能看到他站在我身边。迈克中士,我的哥哥。我迫不及待地想向别人炫耀他的存在。爸爸也不能来我的毕业典礼,但妈妈会来,还有我姐姐埃米

---

① 1 码约合 0.91 米。

和她两岁的儿子——我的外甥，钱德勒。毕业典礼的时候，钱德勒坐在我的肩膀上拍了张照片，这张照片现在还贴在我妈妈家的冰箱上。

我很骄傲——实际上，我觉得不可思议——能自称是一名美国海军陆战队员，被授予海军陆战队的徽章，上面有着雄鹰、地球和锚的图案。在陆军军队里，不用等到从新兵训练营毕业就会被授予二等兵军衔。但在海军陆战队里，毕业前必须参加一项长达五十四小时的严酷考核，在通过这严酷的考验之前，大家都是"新兵"。徒步四十五英里之后，考核的最后一项就是登上一座名为"死神"的山峰。当我们攀登那陡峭的山坡时，沙漠的骄阳炙烤着我们，在这样的阳光下，我们的腿简直要烧起来，比那阳光还要烫。正当我感觉无法再迈出一步的时候，有个兄弟开始后退。他的脚磨出了水泡，精疲力竭地喘着粗气说："我做不到！"我跑到他身边，抓住他背上的背包，仔细思考了一下，然后就开始把他往山顶推，千真万确。等我累得推不动的时候，另一个新兵过来接替了我。我们全都抵达了山顶。那是我学到的关于服务精神的第一堂课，叫作无私。当时的我几乎放弃了自己，但在我帮助别人时，我比以往任何时候都更强大。

数年后，我在贝拉身上也发现了同样的品质。我看见她的坚韧，并从中学习。我没有时间在自我怀疑或怜悯之间犹疑，我要关注着她，确保她安全且健康，不断激励她活下去，就这样陪在她身边。你会发现，不全是为了自己的生活，其实更简单。

在海军陆战队训练时，一旦登上"死神"山顶，我们的教官就把带有雄鹰、地球和锚图案的徽章放到我们手中。我紧紧握住这枚神圣的徽章，这是触摸得到的通过仪式。我旁边的海军陆战队员对我说："库格勒，我们做到了，兄弟。我们真的做到了！"他是个结实、坚忍的家伙，此时却泪流满面。我也一样。在那一瞬间，我不再只是个来自破碎家庭的可怜孩子，我成了一名海军陆战队员。

但这只是个开始。新兵训练营结束后，我们进入海上作战训练。在三周的时间里，我们每晚都只有一个小时的睡眠时间。我们要急速翻过彭德尔顿营里的一座座山峰，学习成为更好的步枪手。我最终成了侦察队里的通讯兵，也就是说，除了自己的背包之外，我还得带着我们排的无线电。这额外的负重让我很难跟上别人，我也不止一次地想放弃。但就在我准备放下无线电的时候，一名队员告诉我，是我激励了他。因为他看见我如此努力却毫不抱怨。他根本不知道我当时离放弃有多近。于是我把放弃的话吞进了肚子里，继续艰难地前进。这让我懂得了鼓励的力量。

在恰当的时候，从别人嘴里吐出的简单话语，重塑了我对自己的信心。不知怎的，那股信心转化成了身体的能量。我从未忘记过那种力量，并且从那以后，我都会尽自己所能去鼓励别人。在徒步旅行的时候，贝拉常常会遇到一些障碍，她就会停下来，看着我，好像在思索自己能否穿过这条小溪，或是越过路上的一根落木。"你可以的！"我会拍着膝盖对她喊，"姑娘你可以的！"只要这么一点简单的鼓励，她就能克服大多数障碍。只有在她确实无能为力的时候，我才会伸出援手。

在社群中建立起联系能让人真正产生一种归属感。不管是那些和我一起参加训练的人，还是住在我附近的邻居，我总是很快就能和他们成为朋友，并迅速融入集体中去。对邻居的了解能在你周围建立起信任和联系，而且当你和他们成为朋友之后，整个世界似乎都会变得更安全，更幸福。从邻居变成朋友，再从朋友变成家人。

贝拉已经发育完全，但她的年纪还小。我和女朋友已经认识了邻居那对老夫妻。他们的女儿弗朗辛和一个名叫胡里奥的年轻男子生了个儿子，才不到三岁，名叫亚当。老夫妻问我，下次亚当过来的时候能不能让他见见贝拉，我欣然同意了。第二天，胡里奥开着车停在了附近的车道上，然后把亚当从他的座椅里抱了出来。贝拉跟我一起走过去，胡里奥转过身来，本能地护住亚当，不让他有任何受伤的可能。

"哥们儿，别担心，"我对他说，"她和孩子相处得特别好，你可以相信她。"

我和女朋友一直想生个孩子。后来我们养了贝拉，虽然拉布拉多犬是出了名的温顺，但我们还是早早地做了些准备，以确保她能容忍小孩子任何无理的攻击。从她小时候起，我就会蹲下身，把脸伸进贝拉的食盘里。我会拿走她的玩具，拉扯她的耳朵，揪她的皮，拉她的尾巴。基本上，所有小孩会做的事我都做过，因为我们希望贝拉能平静应对这种行为。

胡里奥把亚当放在地上，贝拉小心翼翼地走了过去。她以一种表明自己没有威胁的方式凑近：她低着头，轻柔地摇着尾巴，步伐谨慎，确保自己不会把他撞倒。她温柔地抬起头，嗅着亚当的脸，然后轻轻地舔舐着他脸颊上残留的零食。这个蹒跚学步的小孩子大笑着往后退了一步，不知道怎么对待这个从自己脸上舔掉了牛奶痕和饼干屑的舌头湿润、毛茸茸的生物。

贝拉一直对小孩很好奇。她一听到街上有小孩在哭，就会跑到纱门边，左右歪着头，想知道小孩在哪里，又是因为什么而心烦。每次有怀里抱着小宝宝的朋友来我家，贝拉都会跳起来想看他们。"快点儿，爸爸，我就想看看宝宝！你们把他传来传去，怎么就不让我也看看？"贝拉通常都很听话，但这种时候她就会对"坐下"的指令充耳不闻。所以我们会请朋友们弯下腰，让贝拉嗅一嗅他们的宝宝，然后她就能乖乖待着了。随着时间的流逝，我们也越来越信任贝拉，那是一种彻底的、全心全意的信任，一种我想让别人也知道的信任。

贝拉又往前迈了一步。亚当朝她伸出手，揪住贝拉的一只耳朵，然后拽了拽。亚当的另一只手里抓着一个没咬过的桃子。他本能地把桃子扔了出去。贝拉飞身追去，用嘴把桃子叼起来，然后缓缓地往亚当那儿走。她轻轻地把桃子放在亚当脚边。亚当想吃桃子，他伸出手，准备去拿，还没等他碰到桃子，胡里奥就把它捡了起来，然后叫道："哇，桃子上一点咬痕都没有。"我看见他的脸上慢慢浮现出笑容，他不解地看向我，问道，"哥们儿，这简直太棒了。你们专门训练过她吗？"

我对他解释了贝拉从小是怎么被我们培养的，但这也是她的品种和性格使然。拉布拉多犬的嘴本来就很柔软。贝拉天生就是一条温柔、充满好奇的小狗。

"哥们儿，她就是个可爱的姑娘，"我对他说，"她本来就是这样的。"

我不确定贝拉是否知道她有让人聚在一起、让人感受良好的力量,但她确实一次次地做到了。她会碰碰别人,然后去叼一个玩具,可能是她的"啵嘤啵嘤"①,再用力地摇晃它。她会开始像匹难驯的马一样和它一起转圈圈。就这样,生活一下子就变得明亮了许多。

许多年后,当贝拉只剩下三条腿的时候,这种竞技表演似的动作几乎已经不可能再现,但她找到了新的方法来鼓励我,让我放松。大概就是拿只袜子玩抓球游戏。"嘿,爸爸!你知道你把这只超级脏的袜子落在洗衣篮里了吗?看,我把它拿出来给你玩啦!不……不,你不能把它拿走!试试看来拿啊!来抓我啊!"要不她就会低吠着,仿佛她是世界上最黏人的狗战士,而我会和她一起躺在地上,用牙咬着袜子和她玩拔河。她会很温柔地控制好力道,不把袜子抢走。一旦我命令她放下,她就会立马松口。然后我就得意扬扬地成了袜子大战的胜利者,直到我意识到,奖品就是我嘴里的那只脏袜子。

海上作战训练结束后,我被送到密苏里州参加军职专业培

---

① 一条形状像 DNA 链的橡胶弹簧。

训，我将在那里学习成为一名海军陆战队重型设备修理工的复杂技能。运往海外战区或用于人道主义任务的所有设备和补给都要用重型设备搬运，联合作战工程师也要用重型设备修建军事基地。机器因不堪重负而发生故障，它们被沙子堵住、齿轮缺损、螺旋桨扭曲，引擎噼里啪啦地停止了转动。海军陆战队员弄坏的，就要海军陆战队员去修。我的工作并不需要去前线作战，但我首先是一名海军陆战队员，是一名步枪手。如果国家需要，我就会上战场。

我在军职专业培训学校以班级第二名的成绩毕业，还被同学们选为最具积极性的人，授予我"热情奖"。我们班只有六个人，所以我也不能对此吹嘘太多。我们班的指挥官是一位射击中士，当他知道我要去预备役的时候，难过得心都碎了。他说："我们需要你这样的现役海军陆战队员！"这是我一生中受到的最大的称赞。海军陆战队中有我的一席之地——我很高兴。

然而，这种感觉是那么短暂。毕业之后，我就立马回到了内布拉斯加州，成了一名海军预备役军人。我依然是海军陆战队的一分子，但感觉又不像是其中的一员。我的身边不再有那群队友、那个背包、那份兄弟情，还有那种目标。现在该怎么办呢？十八岁的我刚刚经历了一场不可思议的转变。我拥有了海军陆战队员的新身份。在海军陆战队里的时候，我是有归属感的。但作为预备役队员的现实是：我们一个月只有一周的时间在训练。在剩余的日子里，我又是谁？如果我不穿那身军装，又能找到什么目标呢？

第二部

远离家乡

第六章
柠　檬

我当上幼儿园老师啦！那是2001年夏末的时候，我还是一名海军陆战队预备役人员，在大学里读着全日制的课程。按照《美国军人权利法案》，当时我每个月只能得到272美元，这和我当初设想的"支付大学费用"相去甚远。所以，我不得不找一份工作，来支付余下的学费以及承担我日常的开销。作为七个孩子中的老幺，我和十个侄子侄女及外甥们一起长大，所以从我还是个孩子的时候开始，照顾小孩就是我生活的一部分。只有把那些技能运用到工作中才有意义。白天的时候，我在幼儿园里工作，做着一些我觉得对这个世界很重要的事情——帮助下一代发展。我喜欢这份和孩子们待在一起的工作，还取得了儿童发展协会颁发的证书。学校里的很多孩子是因为我们那条"不拒绝任何一个孩子"的政策才选择入学的，但这并不能说明他们都是坏孩子。他们只是需要帮助，而我们中心的老师就是为了让这些孩子尽可能得到最好的机会。我和这些幼小的灵魂接触越多，就越常从他们脸上看到小时候的自己。每当我安慰一个眼泪汪汪、流着鼻涕，坚持说"没人在乎我"的孩子时，我都会抱住他，告诉他那不是真的。因为我们在乎。如果闭上双眼，我抱的其实就是五岁时候的自己。

九月的破晓一片明亮，但这明亮中却含着一种怪异的紧张。就在当月某个周二的清早，有个朋友打来电话，让我打开新闻频道——快点儿！我在电视里看到纽约城天际线上有一座高楼正在冒烟。起初，消息还很模糊。人们只知道有架飞机撞上了世贸大厦的北座大楼。搞什么？飞机肯定能避开这么大的一座建筑物啊，我心里想。我看着电视直播，满心困惑——就在这时，第二架不知道从哪里冒出来的飞机出现在了画面里，然后撞上了南座大楼。我的心沉了下去。这不是意外。我的脑海里又响起了哥哥说的"我们永远不会打仗"的话。

第一座大楼倒塌了，第二座大楼也倒塌了。消息传来，五角大楼遭到袭击，93号航班在宾夕法尼亚州坠毁。不出所料，据说这一整天的恐怖事件都是一场针对美国的大规模恐怖袭击导致的。无辜的鲜血洒落在美国的土地上，而我在想我们的国家会如何应对。我设想着海军陆战队被派去与那些恐怖分子战斗的场面，心中的火焰开始熊熊燃烧。他们刚刚袭击并杀害了这个国家的公民，这是被我们称之为家的祖国，是我发过誓要保护的领土。我们要如何回应？它慢慢沉入心底。我也是"我们"中的一分子。避免这样的袭击正是我选择加入海军陆战队的首要原因。因为"海军陆战队人人都是步枪手"，所以当祖国需要的时候，我会上战场去。

在新闻报道恐怖分子宣布对此事件负责的几分钟后，我的电话响了起来。电话那头是我海军陆战队里的班长，他简要地说："准备好，库格勒。收拾好行李。"随后就挂断了。

我准备就绪，也收好了行囊。

但再没有电话打来。

这是一种奇妙的感觉。你如此迫切地想尽自己的一份力，但却被通知说：不，你不能。他们并不急着让预备役的海军陆战队修理工加入攻击阿富汗的部队，于是在接下来的两年里，我们一直处于待命状态，带着收好的行囊，焦急地等待召唤。

直到2003年，美军攻入伊拉克的时候，我们部队才终于有机会加入国际反恐战争中。那一年，海军陆战队和国民警卫队的兄弟们聚在我家，收看进攻伊拉克的画面。电视屏幕呈现出幽暗的绿色，这些画面是在发射曳光弹照亮巴格达①的天空后，用夜视摄像头拍的。这就是"震慑与敬畏"。房间里的气氛明显变得愤怒且紧张。我们部队错过了阿富汗战争，但我们肯定是会被召唤去伊拉克的。

事与愿违，我们并没有等到电话。和其他分支部队不同，我们部队没有一起被征召上战场。相反，上级从这个部队调用几名预备役人员，再从另一个部队调取几人，以此类推，然后把这些人混在一起，组成了一个大杂烩式的新连队。这样的情况发生了好几次，每次选人的时候，我都举手自愿前去，但每次他们都略过了我。

错失机会的主要原因就是，我自愿参加得太早了。"9·11事件"后，一发现我们无法站上阿富汗的战场，我就自愿参与了一项为期九个月的海军陆战队人道主义任务，去中美洲与南美洲修建道路。我甚至还为此从大学里退了学。去南美洲的任务最终没能落实，但我再也没能重新回到去伊拉克的候选人名单上，就算向我的指挥官请求也无济于事。

---

① 伊拉克的首都。

我看着朋友们一个接一个地被派上战场,而我却一直待在家里。我还在幼儿园当老师的时候,我哥哥迈克也被调遣了。我在国内被提为下士,又被提为中士。迈克回到家乡,和妈妈一起为我戴上了军衔肩章。我们的国家在战斗,我的朋友们在战斗,我的哥哥也在战斗。他们离开祖国,完成自己的使命,然后回到家乡。我也只是想完成自己的使命。我做出了人生中的重要改变——放弃幼儿园的工作,打一些零工来支付账单,从大学退学,终止房屋的租约——都是为了接到电话的时候,我可以随时出发。有好几次,我已经被列进了部署名单,但最终都没成行。出发的日子迫近又溜走,两次都是这样。"你可以去战场了",然后"你不能去"。我说不清这种感觉有多么奇怪。该死,我被迫置身事外了。

在等待的过程中,我努力地寻找正确的前进方向。我常去参加派对,追求女孩。我又去上了社区大学,转修健康与人类服务专业,后来又转修消防技术专业。我一直有全职工作,仍然是海军陆战队预备役人员。我不仅在等着被派去伊拉克,也迫切地想要得到一个机会。

生活中有些事情就是这样。环境很艰难,你要做的就是面对现实。贝拉曾不止一次地提醒我这条真理。她或许会像母猫叼起小猫那样,小心翼翼地叼起一个桃子,但不是所有被她咬住的水果都能得到这般待遇的。

有次我带了几个柠檬回家,把它们放在厨房的柜台上。贝拉当时差不多两三岁大,心理上还是个小宝宝。有个柠檬从柜台上滚落,她就跑过去一探究竟。她还没近距离地观察过柠檬。我还没来得及阻止,她就把柠檬叼了起来,像玩磨牙玩具那样咬了咬,然后把它吐出来,摇晃着脑袋,承受不住那种酸味。她又把柠檬叼起来,然后立马吐掉。贝拉后退几步,狠狠地在柠檬前面跺了一脚,狂吠不止,好像她能把那柠檬训斥得服服帖帖似的:"你干吗要对我的嘴巴做这么奇怪的事情?就当个普通的球吧!"

一般情况下,我都会把这样的东西从她身边拿开,但是这一系列举动实在是太有趣了。我打开后门,让它半敞着。贝拉绕着柠檬走了几圈,一直盯着它看,就像它会跳到她身上似的,然后又冲到屋外,打着圈儿跑。

"怎么,你现在怕这东西了?"我一边捡起柠檬,一边问道,然后把它朝贝拉的方向扔过去。贝拉轻快地迎上来,用前脚拍打着柠檬,然后又跑掉。她又回到柠檬那儿,嗅了嗅,把它叼起来,然后高高地抛向空中。柠檬落到她的身后,贝拉吓了一跳。她跑到院子的另一边，然后猛地一转身，飞奔回到古怪的果子这儿，又狂吠了好一阵子，似乎在谴责它。

这样反反复复地似乎过了一个小时。最终，贝拉屈服了，她趴在柠檬旁喘着粗气，困惑地盯着它。

"好啦，贝拉，"我对她说，"有些东西就是那个样子，我们得知道，我们是无力改变它们的。"

我多希望自己能早些学到这一点。或者能理解得更透彻些。在我日复一日地等待被征召时，某个全心全意且高尚的人走进了我的生活。随着时间的推移，我会试图改变这个人。那时，贝拉和柠檬的事还没有发生，我还没有吸取到教训。

那个时候的我做过很多种工作，其中一个工作就是在林肯市中心的克里斯托酒吧里当门卫。克里斯托在大学酒吧主街两个街区之外，顾客们都更年长，更有品位。在哈斯克队有比赛的日子里，每一家开门的商店都会挤满球迷。大家都穿着红色的队服，涌入市中心为自己的球队加油助威。哈斯克足球队是内布拉斯加州人的第二信仰。

我在克里斯托有两项任务，一是负责检查证件，二是在餐馆前兜售汉堡和德国香肠。我就在熙熙攘攘的人行道上支着烤架制作,一边做一边用最像苏格兰人的口音高喊:"哎,我们给你们这帮蠢—货—准备了汉堡和德国香肠。在这场足—球—大赛前来买点儿吧!"我不知道自己为什么要用苏格兰口音,或许只是因为用那种腔调大声说话的感觉很爽。

某天晚上,有两位年轻女士走过来买吃的,还问我需不需要在每场比赛前看电影《勇敢的心》①来进入角色。我们都因此笑了起来。我们聊了几句,最后还互相介绍了自己。其中一位女士名叫查莉,她有着白皙的皮肤和一头栗色秀发。她的瞳孔大部分都是棕色的,边缘有一圈绿色。

查莉。

这就是她的全名,并非查伦或夏洛特的缩写。我立马就产生了好奇。在比分发生变化之前,她就回到了餐馆里,但那天夜里晚些时候,我发现查莉是我部队里一个海军陆战队员的好朋友。

在接下来的几个礼拜里,我和查莉在市中心偶遇了几次,还互相打了招呼。后来我们在桑迪酒吧又碰见时,我就开口约她出去。起初,我们只是简单地约会。她受过良好教育,有一份会计的工作,二十三岁时就买下了自己的房子。她的生活井然有

---

① 讲述了苏格兰起义领袖威廉·华莱士与英格兰统治者不屈不挠斗争的故事。

序。我告诉她，我的生活基本处于停滞状态。因为丢掉上一份工作后，我差点流落街头，所以现在正和一个兄弟合住。我也告诉她，我并不想认真谈恋爱，因为我没有固定职业，一直关注着伊拉克的情况，并且如果我短期内不去伊拉克的话，我打算前往加利福尼亚州。或许追逐演艺梦想的时刻终于到了。但是查莉似乎完全没有对我的种种不确定性感到惊慌失措。

2006年，因为被派担任活动的司仪，所以我独自出席了海军陆战队的舞会，而约会中的人在独坐的时候绝不会开心。查莉知道我去了之后，就和我们共同的一位海军陆战队里的朋友凯尔一同前来。在我完成主持的工作后，她过来和我坐在了一起。我被她迷住了。从那天晚上开始，我们就成了一对儿。

我回到家里，那个和我一起住的兄弟入了伍，从家里搬了出去。我需要找到一个新住处。达拉斯市的朋友们邀请我和他们住在一起，我想，搬过去我就能去上配音课了。但那时刚好过情人节，查莉给了我一张卡片，里面放着一把她家的钥匙。

她只有寥寥数语："你想搬来和我住吗？"

我忍不住微笑起来。在查莉的世界里，一切都简单得多，容易得多。我的生活里需要更多这些。

我搬进了查莉的家，我们很快就一起适应了自己的新身份。我们契合得刚刚好。我们的感情在很大程度上起了作用。她的家人很支持我们，我也因此开始步入一个全新的、安全的世界。我也想让这段感情继续下去。从夜晚在酒吧里乱来变成躺在沙发上看电影。从对目标的追寻到产生一种平静和满足感。在很长的一段时间里，查莉都是我生命中最美好的事物。

查莉的房子好得无可挑剔。这是我多年来第一段认真的感情，而且我们相处得非常愉快，都很确定自己想和对方在一起，甚至某天可能还会组建一个家庭。这座房子成了我们俩共同的家。那是我最幸福的时光，可能也是最安定的日子。也许"幸福"和"安定"有共通之处。我和别人相处的时候，从未像那时这样开心过。

电话终于来了。我即将前往伊拉克。但我八年的服役期在这次任务期间就会结束。也就是说，我能成行的唯一方式就是延长服役期。这真的是我想要的吗？

是。这就是我最想要的。要是从未被部队征召过的话，我就无法给自己在海军陆战队的历程画上句号。很长时间以来，这种遗憾就像是我心里的一个大洞。我们的国家正在战斗，这是我的使命，是我的服务意识，是我的目标。我延长了三年的服役时间，没有资金补助，只是为了有被征召的机会。最终，我得以填补这份缺憾。

就在那时，我们收养了贝拉。这样当我远在海外的时候，查莉就不会孤单了。这次任务共计时长十二个月：前五个月在弗吉尼亚州的匡蒂科基地和北卡罗来纳州的列尊营进行部署前训练，后七个月去往伊拉克的阿尔·塔卡杜姆空军基地，那儿就在费卢杰的西边。

在部署前训练中，我们大多数清晨都要早起，参加体能训练，然后跑上三至五英里；冲刺穿过足球场；在维修车间里时，我们不是花时间温习操作技能，而是清点工具库，站在那里看那些用得很少、不需要修理的设备。我们听了无数节关于交战和武力升级规则的课（我们称之为"死于演示文稿"）。我们修改了自己的遗嘱，并确保自己的委托书有效。事实上，海军陆战队人人都是步枪手——这句话在我的脑海中不断浮现——似乎比其他任何事情都更重要。在实操中，我们学习了护卫战术，在模拟战场中训练，在树林中巡逻，在临时搭建的城镇里对假想的敌人进行攻击。我喜欢训练中的混乱和兴奋。我觉得很自在。而且，重要的是，我没有空闲去想自己的事情。那个意志消沉的我，那个毫无目标、毫无憧憬的我，都消失了。重要的是当下的每一刻。我对被征召这件事充满期待。去海外作战似乎已经是板上钉钉的事实。我尤其希望到了海外，不要一直做修理的工作，因为我接受的训练真的不是那样的。

在我最终动身前往伊拉克的时候，贝拉才几个月大，还是一只小狗。但我已经开始带着她到处跑了，她也已经成了我的小影子。出发的那天早晨，我把第一堆装备搬到后院，然后又回来搬另一堆。当我再回到院子里的时候，贝拉正蜷成一个小球躺在我大行李袋（长长的绿色军用行李袋）的上面。她满脸好奇地看着我，好像在问："我会和你一起去探险，对吧，爸爸？"

"噢，宝贝。这次不行，"我对她说，"你要和妈妈一起留在家里，爸爸要过很长一段时间才能回来。但这并不表示爸爸不想念你，哪怕一分一秒。"

她的小眉头皱了起来。我弯下腰，抚摸着她光滑的皮毛。在看到贝拉和查莉相处得如此融洽之后，我确信养只小狗是个相当正确的决定。对于被征召的服役人员而言，这是件很艰难的事，但对那些我们深爱的、留在家里的人来说，这同样艰难。希望她们俩互相的陪伴能帮助缓解这种悲伤。

查莉已经向贝拉证明了自己是个多么棒的妈妈，她也在努力确保贝拉会成为一只规矩的小狗。查莉不允许狗狗举着爪恳求或者不听话，她立下了规矩，以确保贝拉不会那样做。在我离开之前，我们一起带贝拉上了一堂幼犬训练课，我走之后，她也坚持带贝拉去上课。我知道我会特别想念查莉和贝拉，查莉也保证说，她会尽力说服自己伊拉克并没有那么遥远。

到了要和查莉与贝拉说再见的时候，我既心痛又骄傲。我不确定这是否像我在学校里上的历史课，或是看的那些光荣服兵役的电影那样，但就像我很高兴能拥有这个新家一样，当我离开这里加入保卫家园的战争时，把她们安全地留在家里真的让我感觉无比自豪。我流着眼泪，把查莉紧紧抱在怀里，然后弯下腰，真挚地看着贝拉，以父亲的口吻对她说："好了，贝拉，我需要你帮我照顾妈妈，明白了吗，宝贝？"我亲吻着她湿漉漉的鼻子，她也想咬一咬我的鼻子。我们都被逗笑了。我站直身子，查莉和我最后拥抱并亲吻了对方。"我会回到你身边的，我保证。"

查莉每天都给我写信，告诉我贝拉的最新情况。她在每封信里都会附上贝拉的照片。我收到的信件太多，所以后来负责信件联络的准下士会说，他要去"拿库格勒中士的信了"。在内布拉斯加州我们舒适的家里，查莉甚至把她和贝拉的一张照片做成个性化邮票，贴在屋后的走廊里。当贝拉的乳牙开始脱落时，查莉还寄给我一颗作为纪念，一起寄来的还有贝拉绝育手术后留下的一些小小的粉红色缝线。反过来，我在信里给查莉写诗，把脏袜子寄给贝拉玩，好让她记住我的气味。

我珍藏着查莉寄来的信。她和贝拉都是我的家人。我简直迫不及待地想回家与她们重逢。但首先，我还有一项使命要完成。

回想那段在海外的日子，我的第一感受就是骄傲。当我踏上科威特土地的那一刻，我就感受到了这种情绪。严格意义上来说，那就是我们踏入战区的第一步。与伊拉克和阿富汗相比，科威特还算安全，但那里总归是战区。我在脑海里印下了自己穿着战靴踩在沙地上的样子。从那以后，无论有多少次行动，我的身份都会是一名参加过海外战争的老兵。我们为这一刻做好了准备，我也非常严肃地担下了这份责任。

我们从科威特飞到伊拉克，把装备卸在阿尔·塔卡杜姆临时机场的飞机跑道上。灼热的沙漠阳光温度太高，用来黏合我们褐色麂皮靴靴底的胶水都开始熔化了。

我们整理好装备，把它们拖到我们要待的迷你双人活动房屋里，我们管它们叫"罐头"。但很多年前就被征召的兄弟们当时只能住集体帐篷，和他们相比，这简直就是豪华旅馆。进攻期间，步兵们只能在地上挖洞住，那就更不用比了。我和另一个中士合住在一个"罐头"里，他叫布兰登·赫尔曼，后来我们也成了好朋友。

我们开始了第一天的作业，颇具讽刺意味的是，任务就是把我们的步枪锁进一个小小的康纳克斯牌盒子里，那是一个钢制的运输集装箱。因为我是最年长的中士，所以他们交给我一个笔记本，封面上写着"重型设备主管"几个字。我们锁起步枪，换来的是培训手册和扳手。我们的敌人就是残破的设备。我当时二十五岁，带领着一支十二人小分队待在车间里，完全不知道自己到底在干什么。我也希望我能说自己有所进步，做了份了不起的工作，但我根本就是晕头转向。我摸索着处理那些我完全不懂的文件，试图弄明白，试图冷静对待队里的那些年轻海军陆战队员。最终，我和一位上士发生了冲突，因为我觉得他和海军陆战队员们玩那种愚蠢的心理游戏只会让事情变得更糟。"你们车间给我装满一百个沙袋，然后搭一个金字塔出来！"我问他原因的时候，他回答说："这样我就能再让他们把它拆掉，挫挫他们的士气。"我拒绝了。这不是领导力，这是权力的游戏。尽管这场游戏愚蠢透顶，但他依然是我的上级。他把我调到了扫雷滚轮组，我在那里度过了余下的时间。他们需要一位重型设备操作员,而我虽然不太擅长修理重型设备,但操作得相当好。所以可以说,最终所有的问题都解决了。

总的来说,我对自己做的事还算骄傲,但这和我预想的还是相去甚远。我们的确是在战区里支援地面部队,但和他们的处境却天差地别。铁丝网和混凝土栅栏总是把子弹、迫击炮、火箭弹和简易爆炸装置隔在外面,把我们的基地和伊拉克的其他地区隔开。我是个海军陆战队员,但我觉得自己更像是一个穿着迷彩服的建筑工人。

当我在伊拉克的时候,铁丝网外面发生了一件事,彻底地改变了我的人生。

当我们在列尊营进行部署前训练的时候,我回家探望了贝拉和查莉两次。最后一次回去的时候,就在出发前往伊拉克之前,迈克开车把我送到了奥马哈市的预备役部队。我永远不会忘记,他把车停在停车场里,扭过肩,那双蓝色的眼睛坚定地看着我。"鲍勃[①],我爱你。"他简单地说。

[①] 作者小名昵称。

他脸色坚毅，语气诚恳，所以显然他说的是真心话。迈克从来都不是个擅长表达感情的人。他一直都在执行任务，而感情在执行任务时并没有什么用处。但把他的弟弟送往战区可能打开了他的心门。迈克已经上过两次战场了，他知道那对一个人会有什么影响，会如何改变一个人的人生观。他知道，不是每个人都能回来。

"迈克，我也爱你。"我也对他说。

在基地里，我们是有上网限制的，但我找到了一个方法，所以几乎每天早晨都能上网。我会略过早餐直接去健身房锻炼，然后在办公室的电脑上收邮件——都是我爱的贝拉的照片，似乎永远都看不完。好吧，"健身房"其实就是装满旧运动器械的帐篷，"办公室"就是一个旧的伊拉克飞机掩体里的木制脚手架。有时我甚至可以用电话打给国内的一个基地，然后转接到民用电话线路上。我几乎每次都会打给查莉。我告诉她基地里发生的事，她则告诉我家里的状况和朋友们的八卦。我会让她给贝拉听电话，这样我就能告诉她我也爱她，让她不要忘记爸爸。我很高兴能有这个机会打电话回家，这让我觉得，伊拉克也没有那么遥远。

2007年12月9日早晨，在和查莉聊天的时候，我正浏览着邮件，发现姐姐埃米给我发了条信息。我打了个寒战。在看其中的内容时，我就知道这不是什么好消息。她只是说：

"迈克出事了，你得打个电话回家。"

第七章
去追一只鸟

开始旅行不到一个月,就已步入了严寒的冬季,我们在车里开着暖风。抵达缅因州的波特兰后,我们停在码头上的一堆旧地桩旁,从车里出来,凝视着大西洋,嗅着大海咸咸的气息。才下午四点,黄昏就已经来临。车灯亮起,积雪覆盖地面,空气中弥漫着一层蓝灰色的薄雾。我看着贝拉,她的脸上洋溢着笑容,我也很开心有她在这里陪着我。就是这样。这就是我出发前想象过的场景。我曾想过要是没有贝拉,这次旅行会是什么样子;如果我等她离世之后再出发,如果我独自来到这里,会是什么样子。我想到心都要碎了,所以这也是促使我现在就开始这段旅程的原因之一。我要趁贝拉还活着的时候出发,我希望全程都能有她的陪伴。于是现在,我们来到了这里。罗布,贝拉,还有越野车露丝……和我想象中一模一样。我指的就是这个地点,就是这幅场景。我以前从未来过这里,没听过这个小镇,也没见过这个码头的照片。然而不知怎的,在好几个月前,我的脑海中就确确实实出现了这幅场景。

我们一路向北,进入了缅因州荒僻的阿卡迪亚国家公园。方圆数英里以内都渺无人烟。我们停进一个空旷的停车场,在露丝里睡了一晚。第二天一早,路上积了厚厚的一层雪,我们开始迈出探索的步伐。好像除了我和贝拉之外,这个星球上就再没有别的生灵一样。后来,我们发现远处有一只鹿,安静、忧郁且温柔地站在那里。贝拉蹦跶着试图追上去,然后那只鹿就优雅地跳跃着,消失在我们的视线中。夜幕降临时,我们发现那是2015年12月的最后一天,我和贝拉就蜷缩在露丝里,在停车场睡了一晚。我们已经来到了公园深处靠近海岸线的地方。我们计划着要早早起床,迎接新年第一天的太阳。在车外暴风雨的巨响中,我们沉沉睡去。浪花轰鸣着拍打着海岸,夜里的海风发出阵阵呜咽,大雪纷纷扬扬地飘落在我们周围。自八年前那通电话以来,这是我第一次感到满足。

2007年,迈克在海军陆战队的服役期已满。从1997年到2001

年，他一直在彭德尔顿营第三营第五海军陆战队里服役，从2001年到2005年，又在佐治亚州金斯湾的海军陆战队保安部队里保卫核潜艇。后来，他服役期满离开了部队，加入了独立的安保队——特种作战司令部（SOC）。他以平民安全专家的身份与其他队员一起去了两次伊拉克，保护伊拉克平民和美军军事人员的安全。后来迈克与SOC的合约到期，回到美国的家中，准备再次延长在海军陆战队的服役期限，但是那样的话，他在步兵团的"级内服役期"就会失效。那会是个沉重的打击，因为这意味着他当中士的五年半将毫无意义。他得重新开始。所以迈克没有回海军陆战队以中士的身份重头来过，而是在内布拉斯加州的空军基地找了一份保安的工作。就像在我签合同的时候他给我的建议那样："从步兵团退伍去做安保工作的人无法获得成功。"迈克很快变得焦躁不安起来。他是名战士，战士并不擅长每天花十个小时检查空军证件。

当迈克知道我终于被征召之后，他再次加入了SOC，准备第三次前往伊拉克。他要去的是距离阿尔·塔卡杜姆基地约四十英里的拉马迪镇。出发前，他对我说："嘿，我会想办法和你在那儿见面的。你能想象，两个来自美国小镇的男孩儿在伊拉克相聚会是什么样子吗？"我不仅终于得到了被征召的机会，而且我的大哥，我的人生导师也要和我一起去，就在咫尺之遥。

拉马迪和阿尔·塔卡杜姆基地之间的路充满危险。我发现我们正好有经过迈克所在基地的运输任务，所以我就想加入运输队伍中去，这样我就能去看他了。我甚至取得了能为运输队开车的悍马驾照，那样我就可以作为车队里的一员去和迈克见面。我很是兴奋，不仅因为能见到迈克，还因为我能从铁丝网里出去，去看看这个国家。然而，计划被中止了。出了新命令。我们排的任何人都不能加入车队。这不是我们的工作，我们不是司机，也不是步枪手。我们到这里来是做修理工的。

迈克让我不要担心。他说感恩节的时候会想办法来见我。但他没有，而我就像许多年前，他没能来参加我的新兵训练营的毕业典礼时一样失落。他寄给我一张他用奶瓶喂小羊的照片，而我回信给他说："我要把这张照片命名为：操羊的。"

那就是我和迈克之间最后的对话，是我对哥哥说的最后一句话。

日出半小时前，我的闹铃响了起来。贝拉从她的毛毯里往外看。这回似乎她才是想再小睡一会儿的那个。"没关系的，宝贝。你可以在我准备早餐的时候再休息休息。"我用几分钟的时间给自己泡茶、泡燕麦片,然后往贝拉的盆里倒了狗粮。贝拉竖起耳朵,迅速从毛毯里站起身,然后从容地拉伸了好一阵子,还打了个哈欠。虽然贝拉每天准时在下午五点吃晚饭,但她什么时候吃早饭完全由我们起床的时间决定。我喜欢她这样;我只需要在肚子里填点食物就能开始新的一天。贝拉一如往常地狼吞虎咽,我把她的盆抬起来,这样她就不用为了吃到剩下的那几块狗粮而绕着盆打转了。

我们从车里出来,活动了一下身体,然后在黑暗中沿着海岸线前进。我们似乎走到了凯迪拉克山,有块巨大的岩石俯瞰着海面。我们坐在那里,等着感受新年来临的庄严时刻。暴风雨后的海面清澈且宁静,我们周遭的世界也在慢慢苏醒。阳光开始透过云层照射进来,天空慢慢变亮,积雪覆盖着海岸边的岩石,高大的常青树向两边蔓延,绘成了一条天际线。天空变粉、变紫,当圆圆的太阳从地平线下探出头时,一束金色的光四散开来,照射在下方的海面上。

随后太阳升起。又是新的一天,新的希望,新的一年。我抱着贝拉,不敢相信我们竟然走了这么远。我在想,在这新的一年里,她还能看到多少事物。贝拉早已超出了先前预估的生存时限,并且也没有出现任何衰弱的迹象。她的呼吸依然顺畅有力,尾巴还能摇得又快又高,而且她显然还活得很快乐。

我带着三脚架去海边拍摄日出的照片。我设好定时,给我和贝拉拍了一张合照。我给贝拉拍了很多照片,但最后我想要做一个我们俩照片的合集,用来提醒自己她有多美,而我们之间的感情和关系本来就是美丽的。我按下快门,和贝拉一起走在岸边,一边对她说话,一边探索着海岸,让相机去自由捕捉最自然的时刻。当我回到相机旁查看时,我看到的正是我想要的画面。在清晨的天空上,粉色与紫色的云层如火焰般燃烧;在照片的左下角,男人和他身边的狗都在好奇地注视着海面。

对了,这就是我们,我心想。我们就是这样。两个探险者,一段旅程,相互陪伴着,直到最后一刻。一种温暖的感觉扑面而来,我知道这张照片捕捉到我们之间情感的一瞬,就算在贝拉离开很久之后,它也会一直存在下去。我收好三脚架和相机,然后去咖啡馆里上传了过去几天拍的照片。当我在全屏模式下打开那张照片,一种情绪涌上心头,我要将它抒发出来。于是我写下了这段话:

今天早上,当我看见大西洋上的日出时,这次旅行的真正意义震慑到了我。我们出来不只是为了活下去，而是为了能好好地活下去。

多年来，我一直在与慢性抑郁症和自杀的念头做斗争。我在这里告诉大家，希望是存在的。我们有无数个理由生存下去，并热爱这个美丽的星球。

我已经等别人让我谈论这些等了太久，但作为一名幸存者，我必须要对自己的力量有信心。我的目标是通过分享自己的旅程，激励别人继续寻找希望之光。我不会让一部分的自己决定我的整个人。

我会继续活着，去爱，去探索，并且，苍天可鉴，去无所顾忌地大笑。我有很多事要做，但承认这一点是理解的关键，理解又是自由的关键。像野火一样，散播光明吧。

第一次把自己的感觉写出来，并把它公开分享到社交媒体上对我产生了一种生理性的影响。多年来，我的肺里就像有一团压力似的，堵得我喘不过气。一把这些东西说出来，一把我自己的阴暗面分享出去，肺里的那团压力就好像被吹了出去。突然间，我觉得肺叶完全舒展开来。我终于能呼吸了。

我和贝拉又返回海边。我坐在一根浮木上，沐浴着温暖的阳光，手在贝拉的皮毛上来回抚摸，知道她无条件地深爱着我。我松开她脖子上的牵引绳，让她自由走动。她嗅了一两下，然后就用三条腿跑开了。她跳进海里，汪汪叫着，又游回岸边。她从水里跑出来，抖掉身上的水珠。她特别开心，跑回我身边，好像在说："爸爸，再来一次。"然后来来回回地玩了一趟又一趟。

　　我想我不希望这一切结束。我一点儿都不希望这一切结束。

　　这场旅行在拯救我的人生。

　　随着时间的推移，我学会了一些简单的方法来保证自己的安全。我家里有手枪，但我一直把它们锁在柜子里，枪和子弹也会放在不同的地方。我喝酒的时候也不会带着上了膛的枪。会有人和我争论这么做的必要性，但我知道那些服役人员都是在喝醉之后才选择自杀的。在战场上，禁止军人带着实弹喝酒是有原因的，因为那很危险。几乎每次把自己的生活搞得一团糟时，我都是醉酒的状态。如果你正在跟抑郁症或自杀的念头做斗争，家里又有酒和一把上了膛的、很容易拿到的武器，那你就是在为自己的失败做铺垫。做出错误的判断只需要一瞬间。要是手边有一把上了膛的枪，一瞬间过后，就再也无法挽回了。

　　贝拉帮了大忙。我每天都好像被四面墙围困着——不管是在家、在学校，还是在做着一份微不足道的工作——焦虑会如潮水般向我涌来，然后在我内心的围墙里构建起一种情境。但和我的狗一起待在外面时，我能看到四周的一切；在我们一起旅行的时候，看着贝拉那样热情地迎接新的体验；看到一种不与他人对战的仁慈。我的焦虑会因此而消失。这份自然、静止与宁静，这个我身边的、令人惊叹的伙伴。

这场旅行在拯救我的人生。随着时间流逝，我慢慢明白，这可能也是在拯救她的生命。

我和贝拉一路向南行驶，穿过卡拉汉隧道进入了波士顿。我们停下车付过路费，窗口后的那个人用超级浓重的波士顿口音说："兄弟，欢迎来到波士顿。"贝拉从后车窗伸出脑袋，对着他晃了晃脑袋。我们在东北部停下来付了那么多次通行费，现在贝拉已经会要东西吃了。收费站的工作人员对贝拉点点头，然后补充说："哦对了，兄弟，狗真可爱。"他扔给我一块吃的，我递给贝拉，她一口就吞了下去。我们开车进入隧道，已经有了受欢迎的感觉。

我们去了"干杯"酒吧，并排跑过波士顿公园，在芬威公园驻足，然后前往纽约市。从开阔的天空到林立的广告牌，从鹅的叫声到汽车的笛声。一到中央公园,贝拉就开始全速奔跑。我以最快的速度跟在她身边,好让牵引绳不绷紧。"宝贝,别因为我放慢速度!"她又跑得快了些,"努力跟上啊老爸!"我们跑啊跑,几乎跑过了整个公园。慢跑的、骑自行车的和散步的人都和我们打招呼、挥手,惊叹着贝拉的速度。她的前腿每蹬一次,耳朵就跟着扇动一下。贝拉把快乐传递到她去的每一个地方,收获的笑脸只会让如今的我更加快乐。

我和贝拉开车前往费城,来到了费城艺术博物馆著名的洛奇之路。贝拉看了一眼,就跑到了台阶最上面。我的脑海里不禁响起了《洛奇》[①]的主题曲。台阶顶上站着一群小孩子,他们一看见贝拉,就"哇"地叫出了声,既真诚又纯真。我看见:当这条只有三条腿的狗像真正的胜利者那样,征服这些具有象征性的台阶时,孩子们的脸上都洋溢着爱与敬佩。我跪下来,揉着贝拉的耳朵说:"宝贝,瞧瞧我们。我们在以自己的微薄之力让这个世界变得更美好。你和我。"现在,这是我们的故事了。

---

① 《洛奇》是美国家喻户晓的电影,讲述了失意的拳击手洛奇励志进取的故事。在影片中,洛奇经常在费城艺术博物馆门前的台阶上练习慢跑,电影一炮而红后,那里也成了费城著名景点。

当我们迅速看过自由钟[①]，正往露丝那儿走的时候，有个男人试图向我们推销游览马车的项目。"看在你这条狗的份上，我给你打五折。"他开玩笑说。我问他是否真的可以让贝拉坐马车，他表示完全没问题。这次旅行就是为了享受生活，所以我把贝拉抱上了马车。一路上，我们从车夫那里听到了些惊人的历史故事，但贝拉似乎对拉着我们的那只有蹄子的"大狗"更感兴趣。我不知道路人会怎么看待我们，但说实话，我并不在乎。只要我们自己开心就好。

离开费城，我们出发前往华盛顿特区。我把车停在国立美洲印第安人博物馆前，然后在车里睡了一晚。第二天早上，我和贝拉沿着国家广场一直走，看到了国会大厦，那幢圆顶的建筑隐藏在一层层脚手架下。当贝拉领着我开心地在国家广场上蹦跶时，我们看到有个年长的非裔美国人正坐在长椅上。他和我打了个招呼，还问我他能不能和贝拉问个好。他穿着一件褐色的大衣，头发往后梳得很光滑，胡子灰白。他有一个套着纸袋的瓶子。他拿起瓶子喝了一口，告诉我他无家可归。贝拉礼貌地嗅了嗅他，还让他抚摸皮毛、挠耳朵后面。我们就狗的适应能力和狗能给予人

---

① 美国费城独立厅的大钟，被视为美国独立战争最主要的标志。

的无条件的爱浅谈了几句。他又从瓶子里喝了一小口，然后开始滔滔不绝起来。他坚持说："狗就是爱的化身。"他提高了嗓门，还带着福音传道者那种有力的颤抖，"她不会因为我无家可归就评判我。她不会因为我是个黑人就评判我！"

"是啊，如果我们都是那样多好。"我想象着一个乌托邦的世界，在那里，我们都是快乐的小狗。

"好了，等一下，"他插了一句，"你要记住，她只是一条狗。狗不用负责任。狗也不用付房租。"

最后，他的声音越来越大，人们开始盯着这边看。我很想听听他有什么要说的，但我感觉这场对话现在已经变成了他的独白。而且那瓶子里装的东西已经夺走了他的理智，因为他已经彻底转移到别的话题上去了。他把视线从我身上挪开，开始对着人群絮絮叨叨地说话。于是我只说了句"好吧先生，祝您今天过得愉快"，但他也没有注意到。我们又继续往前走。

我和贝拉继续沿着广场走，直到华盛顿纪念碑高高的尖顶出现在视野范围内，我们就坐在草地上开始休息。我想起那个人说的话，"你要记住，她只是一条狗。"我一边看着贝拉的眼睛，一边抚摸着她。

但你绝不只是一条狗，我解释说。

有趣的是，当我轻抚着她耳朵后面时，我心里想，有些时候，我们之间的关系已经反过来了。我是贝拉的看护人，我爱她，让她活着是我的职责——从第一天起就一直是这样。但可能更公平地来看，这一段时间以来，其实一直是她在照顾我。

在抵达波士顿之前，露丝的刹车片就一直发出尖锐的声响，现在我们才得以把它送到一家修理店里去，看看是哪里出了问题。它需要新的刹车片和转子，但修理店的人工费高得惊人。我可以自己更换刹车片和转子——只要有地方待，不被雪淋就行。离开华盛顿特区后，我在一家汽配公司里买了部件，然后在脸书上发帖问道："有谁在华盛顿特区附近有车库吗？"

我在卢比孔团队认识的一个兄弟立马回复说，他哥哥有一家大型树木修剪企业，还有一个车间，他们自己的车坏了都去那里修。我们联系上了他哥哥，他回复说："没问题，把车开过来吧。"

他是个军人，我们一到，他就立刻安排了两个修理工过来。他们工具齐全，那些栓子、轴环之类的东西我自己根本就取不下来。修理着露丝的这两个工人身上满是油渍和污垢——他们是美国的脊梁。他们一边修，一边问我关于贝拉和我们这次旅行的事儿。不一会儿，他们就修好了露丝。我准备付钱，但那哥哥说：

"不用了，我们帮你出。我们很高兴能出一份力。你和贝拉——你们做的事很鼓舞人心。我们希望你们能继续前进。"

我惊呆了。心里充满了感激。我和贝拉对他道谢。我塞给修理工们四十美元让他们买啤酒喝，然后就又踏上了探索的旅程。

一路上，我们几乎碰到的每一个人都充满了能量，他们都想看到我们继续旅行。我不确定到底是因为什么，但有可能是因为这也是他们渴望做的事。他们被生活困住，不能放下一切，像我们一样踏上旅程。所以他们买我的照片，给我们提供落脚点，帮助我们继续旅行。或许这样，他们就能成为我们故事中的一部分。又或许，事情没有这么复杂：他们只是看到一条狗，在生命的最后几个月里经历的事比大多数狗一辈子经历的都多；或是他们看到一个男人，需要一些时间来弄清楚生命的意义；或是他们看到这条狗和这个男人需要彼此，还有这段旅程。不管终点在哪里，他们想伸出援手。当我们得知对方的故事，看到那些爱与伤，我们会把那些事联系到自己身上，然后最好的那部分自己就会展现出来。

我们的心。

在我们离开华盛顿特区的路上下了场大雪，狂风阵阵，天气预报员称之为"末日暴雪"。我们没出城，到处都有打滑的汽车撞在一起。露丝的轮胎没有钉钉子，但轮胎上的纹路很深，我把它调成四轮驱动的模式，慢慢地向前推进。我们登上了一座山丘，露丝可以顺利越过，但我们前面的汽车一直没能翻过去，还倒滑了下来。大家都没法快速离开这里。所以我把车停到附近的一个停车场里，摇下车窗好让贝拉能看见我，然后跑过去帮忙。

最前面那个人透过车窗对我点了点头，我走到车后，用尽全力把它往前推。我的推力足够让车获得牵引力，于是他成功翻过了山坡。在他之后，有个女人被困在了小货车里。她面露微笑，眼神里却满是担忧。于是我走到车后开始推。她也成功翻过了山坡。我又跑回去帮下一辆车。一辆接着一辆。十辆车过后，那条路就畅通了。当我迅速回到露丝里时，发现裤子都冻硬了。一片片的冰挂在我的夹克上，贝拉摇着尾巴，舔着我脸上结了冰的胡子。我冷得要命，但感觉很好。真的很好。一个男人和他三条腿的狗无法拯救世界，但我发现，我们在去过每个地方之后，都会让它变得比先前更好一点。

我和贝拉驱车前往弗吉尼亚州的弗雷德里克斯堡。天空中的雪依然下个不停，我担心道路可能很快就会被封，所以当路面的积雪厚到露丝留下了深深的轮胎印时,我们决定连夜赶路。在日出的光线中,天空放晴,太阳露出了真容,我们也抵达了谢南多厄河谷。头顶湛蓝的天空映着太阳的金辉,地面的白雪一片明亮,闪闪发光。

随后我们来到了北卡罗来纳州的列尊营,这个地方留存着我许多的回忆。冰雪已经消融,温暖的季节似乎已经来临。我们见到了我从前的指挥官布兰登·库利少校,他和妻子詹妮、他们的三个孩子,还有他们忠诚的老斗牛犬洛奇一起住在列尊营里。洛奇已经年老,脸色灰暗,步伐缓慢。

我和布兰登一起加入了预备役,也同时升为了下士。在他的婚礼上,我还荣幸地成了执剑者①之一。布兰登继续留在部队里发展,后来他接受任命进入了现役部队,以战斗工程师的身份去伊拉克服役。我很骄傲地对他行礼致敬,并称呼他为长官。布兰登是一个彻彻底底的海军陆战队员。他看上去就像是一个特种兵玩偶,甚至还作为综合格斗拳手参加过几次职业拳击赛。

如今,在离开伊拉克这么多年之后,我和贝拉来到了他的家

---

① 只有军官才可以要求在婚礼上进行剑礼仪式,高级军官如上校可以要求8人组成的剑礼仪仗队,普通军官如中校以下可以要求6人。

里。他一直都在海军陆战队服役，奉献自己，这让我不禁赞叹。他就是为海军陆战队而生的。我有些怀念作为海军陆战队员的日子，穿着那身军装，挺胸抬头地和兄弟们走在一起。那确实是无与伦比的感觉。但我真的曾是一名陆战队员吗？我觉得自己好像从来都不是真正的海军陆战队员。起初，我退伍回家时，布兰登在"医疗委员会"环节给了我很好的建议，最终部队允许我因病退役。"哥们儿，有的时候我觉得自己是坨狗屎。我竟然就这么接受了。"那时的我对他说。

"库格，你不准那样想，"布兰登说，"你已经尽了自己的职责。你和家人都牺牲得够多了。"

我一直在与疼痛做斗争，它从我一侧的骶髂关节附近起，扩展到整个臀部，穿过右睾丸，一直延伸到右腿。当我的身心与灵魂都完好无缺时，我似乎还能容忍这份疼痛。但在我灵魂缺失了一块、心神飘忽不定之后，痛苦妖精们就调高了数值。痛感加剧，阵痛不断，令我无法忍受。每一天我都更频繁地思索这份疼痛，它成了我生活的中心。但没人能真正找到疼痛的根源。

它的起因是个谜，我们搜寻着可能造成损伤的原因。一种说法是，在训练中，当我从军用卡车里跳下来时，落地太过直接。我记得很清楚。当时我身上穿着防弹衣，背着一大堆东西，脚一落地，我的整个背部就受到了冲击。另一种说法是，在本该用铲车搬运的时候，我却自己拎了那么多沉重的设备。我使出全身力气去搬设备，试图证明在健身房的力量训练确有成效。这是睾丸素①的众多诅咒之一——愚蠢。

如今，我们坐在布兰登的沙发上，盯着电视上的节目，但我们俩其实都没有认真在看。疼痛还在，但我看见布兰登穿着他的军装，就忍不住想，要是内心足够坚强，我原本也可以穿着属于我的军装和他站在一起。我说："你知道吗，我很内疚。我很内疚自己没有和它斗争下去。"

"别这样，放下吧，"他说，"不要纠结你没做什么，要关注你做了什么、你正在做什么、你还要做什么。你做的已经足够多了。"

作为我以前的指挥官和终生的好友，他的话很有分量。我的伙伴和长官们一直和我说着类似的话，但我为什么就不能接受这样的自己呢？

我和贝拉在他家待了几天，于是我得以近距离观察布兰登与他妻子和孩子们之间的互动。我不知道自己是否会拥有这样一个小家，而贝拉用尽浑身解数想和他们的老斗牛犬洛奇交朋友，但

---

① 一种男性激素。

它似乎对这位开心蹦跶着的新客人不太感兴趣。这家人接纳了我们，我们觉得自己是他们家的一分子，觉得自己是受欢迎的。我和贝拉是个关系紧密的团队，但偶尔加入大团体里也是件好事。他们的小儿子加布里埃尔是个早产儿，右臂有一些并发症，所以他需要接受大量的物理治疗。他们一家都说，右臂是他的"幸运鳍"，就像《海底总动员》里讲的那样。①

贝拉和她的三条腿吸引了加布里埃尔的注意。他们俩之间有一种明显的联系：都适应了有缺陷的生活，但都没有让自己的人生活得有缺憾。贝拉让遇到的每一个人都感到快乐，但在这些特殊的接触中，她带来的不只是快乐，还有关联和鼓励。我给一家人拍了张照片，加布里埃尔就坐在正前面，抱着贝拉。贝拉也爱他。当我准备离开的时候，加布里埃尔和贝拉一起上了越野车，最后抱了她一下，然后说："哇，这是贝拉的家吗？妈妈，过来看呀！"我看着这条有治愈魔法的狗微笑起来，就算是最复杂的情况她也有办法解决。

我和贝拉来到昂斯洛海滩，这里也属于列尊营基地。海军过

---

① 这部动漫的主角小丑鱼尼莫因为天生一边鱼鳍较小被别的小鱼嘲笑，而它的爸爸安慰它说，这是它独有的幸运鳍。

去常在这片海滩上练习两栖登陆,但最近这里变成了营里人休闲和露营的地方。我们从车里出来,当我凝视海浪时,就仿佛回到了过去。

在部署前训练时,我就是在这儿第一次看到了大西洋。我们进入列尊营后的第一个休息日里,所有人都在这片海滩上烧烤。我们在这片沙滩上踢足球,在这温暖的海水里游泳。我永远也不会忘记,有个年轻的海军陆战队员发现了一枚鲨鱼牙齿。然后我们就一起低着头,在海滩上搜寻了好几个小时,都想找一枚鲨鱼牙齿带回家。但在那场牙齿狩猎中,只有一个人获得了胜利。如今站在这里,就好像我的记忆被投射在海滩上一样,我看见那幅场景就出现在我眼前。哇,这真的发生了。我们真的去了伊拉克。这似乎有点不真实,好像这些记忆来自另一个人似的。我想尽可能地在这片海滩上待得久一些。海滩上空无一人,这似乎是把它据为己有的难得机会,并且,我终于可以松开贝拉的牵引绳了。

当我和贝拉沿着海边行走时,我越来越觉得自己与以前的生活联系了起来。我睁大眼睛寻找鲨鱼的牙齿,觉得我的兄弟们就在旁边。贝拉脱离了牵引绳的束缚,蹦跶着往前走,碰到感兴趣的东西就上去嗅一嗅。突然间,她捕捉到了一丝气味,然后就抬起头,往海里走去。走到海水齐胸的地方,她就停了下来。我放弃寻找鲨鱼牙齿，而是好奇地看着她。她在那儿闻到了什么？差不多过了五分钟，她还是待在那里，望着水面。微风吹起层层波纹，她的耳朵也在风中扇动着。贝拉回头看看我，又扭过头看着大海。我注视着她，不知道她是不是听到了归家的召唤——然后就游进海里，再也不回来了。但她转过身，往我身边跑了过来。

"不，我还没准备好呢，傻爸爸！我们还有很长的日子要过呢！"

不是今天——我很高兴。我们明天还会继续享受生活，但我不知道她有没有感觉到自己的时间所剩无几。我也不知道没有她的生活会有多寂寞。我无法认真想象那会是什么样子。我的心情很低落。

我们在越野车里睡了一晚，第二天去询问了海岸边那一排小木屋的收费情况，得知一晚的价格是四十美元。我们预订了一晚的住宿，享受着自己那一小片天堂。接下来一天，我们又回到布兰登和詹妮家住了一晚。我告诉他们我和贝拉做了什么，在海滩上时，觉得自己多有活力。第二天早晨，布兰登对贝拉眨了眨眼，递给我一张百元大钞，然后说："你们俩为什么不去小木屋里多住几天呢？"

我和贝拉最终又在小木屋里住了四天。白天的时候，海滩上只有我们俩。每天清晨，我们都会被闹钟唤醒，然后去看着太阳从辽阔的海洋上冉冉升起。地平线上似乎总堆着层层叠叠的云朵,太阳就常常从云层后面露出头。整片天空都被染上了橙色和其他淡淡的色彩。我们在海滩上走来走去,寻找贝壳和那踪迹难寻的鲨鱼牙齿。我们总是和别人见面,但相比于急着去见他们,我们更喜欢给他们留有空间,也保留着只属于我们自己的空间。这是一种奇怪的感觉,因为我不过多久就会想与其他人联系。然而在这里,和贝拉一起在这片海滩上,我拥有着自己所需要的一切。我们进屋休息了一会儿,煮拉面吃,编辑照片,然后又一起回到海滩上观赏日落。每次在海滩上散步时,我都要盯着贝拉看。如果不这样,我眼前就会出现排里那些年轻海军陆战队员奔跑着、准备奔赴战场的身影。我很好奇,不知他们如今是否也会像我一样内心挣扎,感觉自己从来都不算是真正的海军陆战队员,因为我们从来都没有真正参与过战争。如果他们和我一样,我就会把布兰登对我说的话一五一十地重复给他们听:"不要纠结你没做什么,要关注你做了什么、你正在做什么、你还要做什么。"

我和贝拉还有很多事情要做。

我看着她无忧无虑地跃过海面,去追一只飞得很低的海鸥。现在,要去追一只鸟。所以现在,这就是最重要的事。

第八章
盖着国旗的箱子

　　贝拉很快就学会了接住并捡回飞盘，这也成了她最喜欢的游戏之一。她会跳到空中，在恰当的时机张开嘴，然后在半空中接住飞盘。她把飞盘叼回我身边的时候，尾巴会像旗帜一样扬起，我就会好好夸她一顿作为奖励。

　　日子一天天过去，贝拉越来越懂得观察飞盘的运动轨迹。我可以在车库里猛地把盘子扔出去，贝拉会自己调整位置，接飞出去的盘子。有一次，我随便一扔，飞盘落在了车库的屋顶上。贝拉看着我，我也看着她。"爸爸，你干什么呀？！"她似乎在问。

　　我拿来梯子，让它抵着排水沟，确保它能稳住，然后开始往上爬。贝拉睁大眼睛盯着我看。我一爬上屋顶开始朝飞盘那儿走，她就开始对着我狂吠。我以前从来没有听到过那种叫声。

一条好狗能感觉到危险。一条好狗会保护她所在乎的一切。

"嘿！嘿！爸爸，这样不安全！"她似乎在说，"赶快从那儿下来！"

她一边狂吠，一边跑来跑去，好像要让所有邻居都知道我的危险处境。

"冷静点，宝贝。爸爸没事！"我大声喊道。

她完全不听，继续狂吠着，甚至把两条前腿都搭在梯子上。等我终于拿着飞盘从屋顶上下来时，她发出了混着吠鸣和些许咆哮的叫声。我知道她的意思。"爸爸，我很高兴你安全了。但以后再也不准这样做了。"

我揉着她的耳朵，让她的头贴近我的头。贝拉的保护欲让我大吃一惊。"哎呀，宝贝，"我对她说，"我还以为是我在照顾你呢。"

姐姐的邮件写得很简单："你得打个电话回家。"

我的脑海中闪过无数种糟糕的场景。在夜里，人的深度知觉会出现问题，所以偶尔护卫队司机开车时会撞到路边。我以为迈克碰到了这样的事故，他可能是失去了一条腿。如果已经通知了家人，那情况一定很严重。我从伊拉克打电话给奥马哈的基地，让他们帮我接通查莉的电话。我的声音在颤抖。查莉肯定听出了我的语气。而她只是说："你和梅利莎谈过吗？"那是迈克的妻子，"给她打个电话吧。"

查莉就说了这些。我能感觉到她很不安。她似乎想告诉我一些事情，但又必须要让梅利莎亲口告诉我。我试图保持住乐观的心态，又拨通了奥马哈基地的电话，要求接通梅利莎的手机。梅利莎立刻就接了。

"鲍勃？是你吗？"

"梅利莎，出什么事了？"

"迈克……"静音。"护卫队……"静音。

"梅利莎，抱歉，我听不到。"

"迈克的护卫队……"静音。

"抱歉，梅利莎，你的声音还是断断续续的。"

"我……"静音。"出去……"静音。

"鲍勃？你能听到吗？"

终于。"嗯。我听得很清楚。"

这将是梅利莎第四次重复这个难以开口的信息，这次是对我。她的声音听上去既心碎又平静。她言简意赅地说道："迈克所在的护卫队遇到了一个简易爆炸装置。他没能活下来。"

"等等……什么?"

"鲍勃,他没能活下来。"

"迈克死了?"

"对不起,鲍勃,真的对不起。他非常爱你。"

我不记得对话是怎么结束的。我从椅子上站起来,连退几步靠在墙上。我身子往下滑,一屁股跌坐在地。

具体的情况还不清楚。只知道是路边的一枚炸弹炸毁了迈克坐的那辆车。他们当时在巴格达东南部靠近阿尔库特的地方。还有两位安全专家也在同一场爆炸事件中丧生——来自得克萨斯州的史蒂文·埃瓦尔和来自华盛顿的迈卡·肖,迈卡有三个年幼的孩子。还有另一个人,比利·约翰逊,他受了重伤。迈克出意外了?他们的死不是意外。那枚埋在路上的简易爆炸装置本就是为了杀人存在的。

韦尔奇下士,那个因为壮实而常被我们忽略的高大男人看见我瘫在地上,便朝我跑了过来。

"迈克……我的哥哥。"我几乎挤不出完整的话来,"他……他死了。"

我要回家。我的家人需要我。我昏昏沉沉地站了起来。我知道我需要红十字会的报告来准备回家所必需的文件。我跑过去,找到我们负责这项工作的人员冈尼·诺尔特加。他带我进入指挥部，那是一座位于两架飞机掩体之间的单层办公建筑。我们的指挥官摩恩少校和冈尼·诺尔特加联系了红十字会，并开始为我办理紧急休假手续。在一片混乱之中，冈尼·诺尔特加收到了一条消息，就像给了我当头一棒似的。

"迈克在这里，"他说，"他的遗体就在我们基地。"

原来，在安巴尔省内，所有作战的联合部队都会把阵亡军人的遗体送到阿尔·塔卡杜姆基地。迈克和其他两人的遗体就在我们基地里。

而我只说了一句话："我想护送他回家。"

指挥官同意了，他暂时离开去帮我安排。房间里有位牧师，我们聊了一阵子。然后指挥官又带来了另一条消息："很抱歉，他的遗体已经运走了，现在已经在科威特了。"

迈克曾与我近在咫尺，但我们却这样错过。我知道自己一定要追上他。我要陪着他。我要做那个带他回家的人。

我跑着去收拾行李。我的好朋友，准下士斯图尔德和韦德尔中士跟在我身边，这既是出于他们自己的意愿，也是因为冈尼·诺尔特加下令给我安排了一个全天候战斗伙伴——一个能在危急时刻保护我、照顾我的人。

下一班飞机还有一个空余的座位。我往临时机场冲去。那儿有几顶帐篷和一些简易的建筑可供人躲避沙漠的烈日和风沙。我刚好赶上了航班,却听到一条令我崩溃的消息。有名军官下令重新部署飞机上的装备。我的座位没了。我得等。一个小时过去了,再一个小时过去了,又一个小时过去了。夜幕降临,我还在临时机场旁的一个帐篷里等待着。太阳升起。上午过去了,又到了下午。我依然在等待。

有位上士路过。我们之前一起参加过匡蒂科的训练。"库格勒!"他的语气里有种见到老同事的兴奋,"怎么了兄弟?"

我和他说了哥哥的事,以及我想亲自护送他回家的强烈愿望。上士的语气严肃了起来。他有个在停尸房工作的朋友,可以帮我去打听一下消息。十五分钟之后,他回来了。"库格!我问过我兄弟了。他们三个小时之前刚离开,正在往科威特去。"

"他们刚离开?"所以我昨天得到的消息是错的。我很沮丧,甚至可以说是很生气,我问他:"你觉得我能在科威特追上他吗?"

"这个嘛,哥们儿,情况不乐观。他们今晚就要飞去特拉华州的多佛,我们不能把三具遗体都留下,也不能只留下他一个人,因为我们还分不出谁是谁。等到了美国境内,才能验清他们各自的身份。"

我对他表示了谢意。我还能做什么？我打电话给妈妈，告诉她这些消息。关于多佛的事尤其难以开口。

"为什么他们会不知道谁是谁？"妈妈不明白。

我怎么才能和妈妈解释清楚，还不让它显得那么可怕？"妈妈，他们就是……还不知道。"

我坐在临时机场边，继续等待。有种度日如年的感觉。

那天深夜里，终于空出了一个座位。我坐在这架C-130军用货运飞机的红色运货网座上，系紧了安全带。几个小时之后，我们在科威特降落。我下了飞机，站在停机坪上。这是我从军生涯里，第一次觉得自己无比孤独。

好了，库格，你可以的。上交你的装备，然后找到迈克。我独自在萨勒姆空军基地里徘徊。我知道得上交我的凯芙拉尔头盔、防弹衣和M16步枪。我找到地方，从步枪上卸下三点式背带。这条背带是由军绿色的织物编成的，外层印着"库格勒"的字样。这是迈克寄给我的背带；我绝不可能把它丢下。没了步枪，我觉得有些奇怪。几个月以来，我都在诅咒这该死的东西，要拖着它到处走，却根本派不上用场；但现在没了它，我却觉得像没穿衣服似的。我询问周围的人，知道了停尸房的大致方向。独自走在基地里，没有步枪，我觉得有些不真实；但我还能自己走动，干脆利索地走动。迈克以前走路一直都很利落，我怎么也追不上他的脚步。没有时间可以浪费了。

我到了停尸房。迈克已经被运走了。该死的。这消息再次给了我当头一棒。现在唯一的机会就是在美国境内追上他。我打电话给特拉华州的查尔斯·C.卡尔森殡葬事务中心。在海外阵亡的服役人员和政府官员的遗体都会被送到那里处理，必要的话还会进行身份鉴定，然后再被送回到亲属身边。他们让我回家，等他们收到牙医的记录。他们会在国内给我回电。就算这样，也要等上几天。我已经无能为力了。

我走向下一趟航班——一架从空军基地起飞的民用大型喷气式飞机——准备再接着等。最终，我登上了飞机，那可能是我一生中最漫长的一次飞行。我们飞过大西洋，降落在美国。我已经超过两天两夜没合眼了，看什么都很模糊。几次转机后，我终于抵达了林肯的小型机场。

查莉正在那里等我，而且不止她一个。

艾弗里在那里。尼克·彼得森、米勒、萨克蒙、亚舒林等等——我一整队兄弟，我部队的所有海军陆战队员都在那里。

我从来不富裕，但我一直都有很多朋友。当倒霉的事发生时，你就去找你的朋友，然后待在他们身边。就这样。只要待在一起就行。我的朋友们就是这么做的。他们都出现了。

我和查莉一回到家,贝拉就跑出狗窝向我奔来。我很惊讶,她竟然已经长得这么大了。"宝贝,还记得我吗?"我问她。她绕着圈儿跑,摇着屁股,特别高兴地舔着我的脸:"当然啦,我当然记得你啦。你是爸爸!"她并不了解现在发生了什么,这很美妙,也很令人心酸。我想紧紧抱住她,和她一起流泪;但她却只想玩耍。她还只是一条小狗,还没有完全获得感知情绪的能力。但或许只有她真正知道我需要什么:一场用脏袜子进行的拔河游戏。"好吧姑娘,我们来玩吧。"我对她说。我还没来得及抓起袜子,贝拉就把它叼了起来,绕着咖啡桌跑了一圈,穿过厨房,在卧室里跑进跑出。我伸手去抓袜子,她顽皮地吼了一声:"我谅你也不敢来拿!"最后,我扑向她,用双手抓住了袜子。拔河游戏立马变成了一场摔跤比赛。我们为这只脏袜子而战,就像它是地球上的最后一片食物似的。我正需要分散一下注意力。愁思离开了我的大脑,笑声充满了整个房间。

比赛进行到第三轮时,我突然想起了一件事。我把贝拉从身上抱开,冲到里屋的梳妆台前,找到了一个密封着的马尼拉麻制信封,上面写着:"如果我死了,请打开这封信。"多年前,在迈克第一次要去伊拉克之前,他就把这封信留给了我。但我很讨厌留着它——我希望永远都不必打开它。而现在,我特别欣慰自己保留了这封信。我把它攥在手里,心里涌起一种奇怪的感觉。我知道信封上的那些字是他亲手写的,一旦拆封,我就是在揭开他的遗愿。我希望在信封里能找到一份遗嘱,一份说明书一样的、详细列好要做什么的、迈克擅长并喜欢的那种周密的安排和组织清单。但出乎我的意料,也出乎我们所有人意料的是,里面是一封真挚的信,他给家里的每个人都写了一段话。

致梅利莎:他说一想到这么快就要离开自己美丽的新娘,不能和她一起分享未来本该有的美好回忆,他就难以承受。他说她是自己一生中的挚爱。

致我们的妈妈:他感谢她,说她是自己的英雄和行为榜样。

致我们的哥哥约翰和姐姐埃米:他称赞他们在成年之后生活得很好,在各自孩子眼里都是特别棒的家长。他为此而感到骄傲。

然后他写道:

致我的小弟弟罗布:

啊呀,这封信怎么越来越难写下去了呢。我已经开始想你了。别告诉任何人,你从新兵训练营毕业的那个晚上,我哭得像个孩子。我被困在爱达荷州(救火),所以不能到场。我真的很为你感到骄傲。

我用尽浑身解数才能做到的事,你轻而易举地就能完成。去追逐你的梦想,为之奋斗吧。

爱你,兄弟。替我照顾好大家。

自从得知他去世的消息后,这是我第一次卸下防备,任由悲伤肆意奔涌。我倒在床上,声声哭喊充满了痛苦。查莉抱住了我。

"我会特别特别想他的。"我脱口而出,含糊得几乎听不清。

世界并没有毁灭,但我心里有一大块地方坍塌了。

这该死的生活会变成什么样子?

我刚到家一天,但我们住的地方离我妈妈家差不多有两百英里远,而我得回到她身边去。我与查莉和贝拉告别。"我有一些重要的事情要做,"我小声地对贝拉说,"这次我会早点儿回来的,我保证。"我独自上了车,朝在布罗肯鲍的妈妈家开去。失去哥哥的痛苦简直难以形容,但我无法想象,一个失去儿子的母亲心里会是什么滋味。妈妈在门口迎接我,我们拥抱了很久。我们坐在沙发上谈论着悲伤是怎样一阵阵袭来的,有时是在最初导致悲伤的事情发生很久之后才会来。她还没有哭过。"我为什么哭不出来?"妈妈问我。"别担心,"我温柔地说,"你会哭出来的。"

我联系上了迈克在海军陆战队服役时最好的朋友乔希·舒尔茨,邀请他和我一起去多佛。他说自己已经收拾好了行李。第二天晚上,我们飞往东海岸。但有件事一直困扰着我。

没有国旗。

迈克曾在海军陆战队服役八年,被部署到海外三次,为美国陆军工程兵部队提供安全保障。但他死亡的时候是个合同工,所以从严格意义上来说,他是作为平民被杀的。殡葬事务中心的工作人员告诉我,既然迈克已不再是服役人员,那他就不能盖国旗。这让我非常生气。迈克的服役对国家而言是有意义的。当他还是一名海军陆战队员的时候,他很重要;当他以合同工的身份支援部队的时候,他依然很重要。他的死亡很重要,因为他的生命很重要!那天晚上,在我和乔希抵达多佛后,我向机场的一位工作人员询问了相关政策。"亲爱的,"她说,"等明天早上飞机降落之后,你想做什么都可以。"我如释重负地喘了一大口气。然而我突然发觉……我之前从未想过自己带面国旗来。

我和乔希打车到了旅馆。那时已经是晚上十点了。在出租车里,我给附近的所有商店都打了电话。没有一家店开着。我责备自己没有早点儿想到这件事。设好闹钟后,我们就上床睡觉,但两小时后我就醒了。警察局!警察局里是有国旗的。我找到电话号码打了过去。没有国旗。警官让我去找联合服务组织①。对啊!当时已经快要凌晨两点了,但他们二十四小时都有人值班。所以我找到电话号码,拨了过去。他们有国旗——而且可以给我们用!

"我明天一早就去!"我说道。回内布拉斯加州的航班早上七点起飞。"我们会确保准时赶到的。"

闹钟响起时我才刚合上眼。我和乔希穿上我们的蓝色军装,确保所有纽扣上的鹰翼都相互平行。我们来到机场,前往机场里面的联合服务组织办公地点。果然,那里有美国国旗。但它高高地挂在靠近拱形天花板的墙面上,用普通的梯子根本拿不到。"我们已经打电话给维修部,让他们送一架剪刀式升降机过来了。"联合服务组织的工作人员告诉我们。

我们等待着。没有升降机的踪影。最后,我们必须要去赶航

---

① 为美国军人提供服务的机构。

班了。联合服务组织的志愿者记下了我的手机号,然后我和乔希就去过安检。安检人员要求我们脱下蓝色军装,因为那上面金属部件太多,所以我们就被带到一个单独的房间里去脱。我的手机响了。联合服务组织的人说:"真的很抱歉,我们没办法把那面国旗取下来。我已经给上级打了电话,她说附近还有一面新的国旗。我没找到。她今天休息,但现在已经在来的路上了!等她到了我就再给你打电话。"

已经到了上午六点。我特别感动。这位女士放弃了自己的休息时间,在天刚亮的时候就开车来上班,就为了给我找这面国旗。为了迈克。我和乔希过了安检,开始等待。我们的航班开始登机了。国旗还没到。当我的手机再次响起时,已经有一半的乘客登上了飞机。

"我们找到国旗了,你能来拿吗?"

我们能去拿吗?

他说他们不能过安检区。但在飞机起飞前,我们也来不及往返一趟。我找到最近的美国运输安全管理局工作人员,向他求助。

"不行。"他断然拒绝。

"不行吗?"我一脸试探地重复道。

"我们不能介入第三方的事情。"

我咬紧牙关,转过身看着乔希。我们要怎么做?乔希说,他可以跑过去拿国旗,而我要做的就是尽力争取些时间。现在别的乘客已经全部登机了。该死。乔希朝着联合服务组织所在的方向冲去。

"先生,我们马上就要关闭舱门了。"负责检票的女士说道。

"我朋友马上就回来。"我对她说。

她跺了跺脚。"我很抱歉,先生。我们不能让这整架飞机都等着……"

我微笑着,用礼貌、低沉且冷静的声音向她解释了事情的来龙去脉。我讲得很慢。

她听我说完,然后又跺了跺脚,但我并没有动。

"先生,"她说,"你现在真的必须登机了!"

我犹豫着。就在那时,我听到左边很远的地方,传来了机场摆渡车"嘟嘟嘟"的声响。它向我们飞驰而来,乔希就坐在副驾驶座位上。摆渡车闪着黄灯,人们纷纷避让。乔希的膝盖上就放着那古老的荣耀[1],它被叠成了著名的蓝白相间的三角形。这形

---

[1] 美国国旗的别称。

状象征着服务、牺牲，对留下的人表示悲伤。

乔希捧着国旗，满脸泪水。

看到这一幕，我的眼睛湿润了。我转过头看向别处，不让眼泪落下来。要坚强，为了迈克，要坚强。要替他照顾好一切。

航空公司的工作人员把我们领到停机坪上，指引我们朝一辆孤零零的行李车那儿走。车上盖着一块脏兮兮的塑料布，我们看不见里面有什么。我和乔希往行李车走去。我深吸一口气，拉开了塑料布。接下来看到的完全出乎我的预料。那不是个棺材，也不是照片里那种熟悉的金属盒子，那是一个纸板箱。一个底部围着一圈木框架的纸板箱。一端印着一个简单的词。

"前端。"

他像普通包裹一样被打上了标签。不，不能这样。我想找到罪魁祸首，拎着他的衣领，让他好好看看这有多不像样。但那又有什么用呢？还是先把该做的做好吧。我喃喃自语地问道："星星是朝前放的吗？"在海军陆战队预备役服役期间，我经历过无数次葬礼，知道所有的细节，还有幸叠了几次国旗。似乎有必要问问国旗摆放的方向。这是唯一一件有意义的事。

"是的，"乔希回答说，"我觉得没错。"他的声音听起来也很遥远。

我们把国旗盖在箱子上，把多出来的部分折好，让它看起来像样些，然后抬起了裹着国旗的箱子。箱子很沉，所以迈克的大部分身体应该都在里面。我们把箱子放在传送带上，传送带会把行李运送到飞机的腹部货舱里。当传送带开始缓慢地把迈克拉上坡道时，国旗散开了，我们赶紧上前将它重新塞好。一想到国旗被压在脏兮兮的传送带上，我就觉得难堪。但起码我们有国旗，我想道。感谢上帝，我们有那面国旗。

登机时，看到我们这两个穿着蓝色军装的海军陆战队员列队穿过过道，乘客们都安静了下来。驾驶员问我逝者的名字，我就告诉了他。一位空乘领着我们去坐头等舱的两个空位——这是我们意料之外的善意。驾驶员打开扩音喇叭，宣布飞机下方的货舱里有一位服役人员的遗体，他的名字叫迈克·多希尼，我们正在护送他回家。

我们抵达了第二个机场，下了飞机，然后直奔停机坪。我们会一直待在他身边。迈克被运下飞机，我们护送着他到了等候区，陪他一起在那儿等，然后准备把他运到下一架飞机上。

这一回，航空公司的业务人员没有使用破旧的行李车，而是把我们带到了一辆战车前。这之前也是辆行李车，但它被重新涂成了深蓝色，还装饰了各个军种的徽章。干净利落的幕布也让里面放着的东西显得有尊严。我们把迈克放进车里，然后带着他穿过停机坪，进入了一个更大的飞机库。有位工人解释说，曾经有位先生在战争中失去了他的儿子，护送他儿子的遗体时，用的也是旧行李车。那位父亲出钱置办了这辆新车，所以这个机场就再也不必用那辆旧车护送了。

飞机降落。我们护送迈克到飞机旁，再次将他放在传送带上，然后往奥马哈飞去。

这次飞机落地后，飞行员要求大家都待在座位上，让我们先把迈克的遗体移走。一下飞机，我和乔希就径直来到停机坪上。内布拉斯加州寒冷的空气透过了我的蓝色军装外套。我走过去，和我部队的那些海军陆战队员问好，他们都是官方仪仗队的队员。我握着他们的手，向他们致谢。透过航站楼的玻璃窗，我看见了梅利莎和她的妈妈。她们开始朝这边走，一位业务员让她们通过了出入口。梅利莎和她的妈妈都表现得很平静，她们都在为了彼此而保持坚强。

仪仗队排列在传送带两侧。盖着国旗的箱子进入我们的视线。梅利莎坚如磐石的意志力似乎即将崩塌。她知道迈克走了，但看见她丈夫的遗体盖着美国国旗从机腹里运出来，她才不得不承认，迈克真的不在了。

我和迈克是一起去的伊拉克，但他却躺在箱子里回到美国。我无法想象梅利莎内心有多痛苦。要是她看到纸板箱一端印着的那个词会怎样？感谢老天，我们拿到了这面国旗。

我拥抱了梅利莎，哭着向她道歉。真的对不起，我回来是为了让自己的良心过得去；真的对不起，我只能让她的丈夫躺在盖着国旗的盒子里回家。

梅利莎、我和乔希开着她的丰田轿车跟在灵车后面，驱车将近四个小时返回布罗肯鲍。当我们到达奥马哈市郊外时，我接到了一个未知号码的电话。对方介绍了自己的名字，说他是爱国者卫队的成员。

"今天实在是太冷了，不能骑摩托车，但我们就在你们后面的一辆雪佛兰里面，"他说，"如果你需要的话，我们一直都在。"

机车爱国者卫队是个在葬礼期间为军人家属提供帮助的群体，成员主要都是摩托车手。我自己就是其中一员，还曾和上百位摩托车手一起护送一名阵亡的服役人员回家。知道他们在照看着我们真的很让人感到宽慰。

我们一抵达布罗肯鲍，就一同出力把那庄严的、盖着国旗的箱子卸到殡仪馆里。然后我们就没什么能做的了，只好回家去休息一晚。第二天早晨，我和乔希又回到了停尸房里。迈克被安置在了一个漂亮的、天然木制的棺材里，上面盖着一面干净的新国旗。我们先前盖的那面国旗原本叠得很整齐，但现在它已经被传送带磨脏了。我问梅利莎想要哪一面国旗，她选择了我们盖的那一面，因为对她来说，那面国旗蕴含着更多的情感。我们把它送到干洗店，让他们小心谨慎地把它清理好，然后把它带回停尸间，替换了那面新国旗。因为在葬礼上，盖着棺材的那面国旗会被交给梅利莎，另一面则会被交给我们的母亲。

替换国旗的时候，我让乔希帮忙直接把弄干净的那面国旗盖在另一面国旗的上面，然后由我抓住上面那面国旗星星的边缘，再从迈克脚的方向抓着下面那面国旗条纹的边缘把它抽出来。我不想让迈克的棺材上空着，哪怕一刻也不行。我看着那两面国旗，内心百感交集。我抱着红、白、蓝三色的棺材抽泣道："哥哥，我爱你。"声音都是沙哑的。乔希把手搭在了我的肩膀上："鲍勃，他也爱你。"

葬礼当天特别冷，但数十名爱国者卫队的成员还是出现在楼前，组成了一列国旗队。他们肩并着肩，每个人手里都握着一根旗杆，上面那古老的荣耀在凛冽的寒风中飘扬着。我的妈妈在队伍里走来走去，向他们致谢，和每一个人握手。这就是我的妈妈。就算是在自己儿子的葬礼上，她也会微笑着感谢所有人。

葬礼上已经挤满了人。整个社区的人都聚在这里悼念迈克。我低声说道："看啊，迈克……他们都是为你而来的，哥哥啊。"我看着忧伤的人群，包括我们学校的所有老师、警察局和消防部门的所有工作人员、朋友还有家人，我微笑着，知道他们早已忘记或释怀了所有年少时犯的错，今天只是为了和他们尊重的那个男人道别而来。

我站在礼堂前面读了迈克的信。这封信传达了迈克对家人和朋友、对爱和服务的真心。他可能不知道自己的信会被读给这么多人听。我们家族里的葬礼很少能凑满一屋子的人，但今天我站在礼堂前，下面座无虚席。我俯瞰着人群中那一张张哭泣的脸庞，膝盖开始颤抖，但我坚持着读完了信。我把迈克的遗言分享给了全镇的人。迈克的导师，农场主凯文·库克斯利和他的两个女儿都作了发言。他们表述着失去迈克的感受。我永远也不会忘记凯文颤抖着说："现在我知道迈克为什么总是走得那么快了。他有那么多地方要去，却只有那么点时间。"

似乎这还不足以让我整个人都颤抖起来，于是风笛手开始演奏《奇异恩典》，这种深情的声音可以穿透最坚硬的情感盔甲。

抬棺者是乔希、我还有我在海军陆战队里的几个兄弟。我们把迈克抬到灵车上。当灵车驶进本地的公墓时,我部队的海军陆战队员已经以检阅时的休息姿势一动不动地站在了那里。他们戴着薄薄的棉手套,握着仪式用步枪枪管上冰冷的钢条。

说完了最后几句悼念的话。

我的外甥们放飞了气球。

二十一声礼炮划破长空。

从迈克的棺材上取下并叠好了国旗。军士长走到梅利莎跟前说道:"我代表美国总统、美国海军陆战队和充满感恩的美国人,请您收下这面国旗,它代表着我们对您爱人光荣且忠诚的服务的感激之情。"

然后,一切就结束了。

我是时候该返回伊拉克了。我可以写申请书留在家里,但我希望能完成部署的任务。我相信迈克也会希望这样。

我和布罗肯鲍的家人告别,和我年幼的外甥们分开尤为艰难。

"别担心,"我对他们说,"我的基地很安全。我发誓,我不会有事的。"

"他们之前就听过这样的话。"妈妈的语气里满是担忧。

我给了妈妈一个大大的拥抱,看着她的眼睛说道:"妈妈,我很快就回来。"

她又抱了我一下:"最好是这样。"

我觉得离开我的家人们是一种很自私的举动,但他们能理解。他们知道这对我来说有多重要。他们知道这也是迈克所希望的。

我回到林肯,又到了说再见的时候。我把贝拉带到外面,看着她无忧无虑地在雪地里嬉闹。我叫她到我身边来,弯下腰揉她的耳朵。我用自己的额头贴着她的前额,尽可能多地去汲取她那富有感染力的快乐。

与贝拉的相处很有疗愈效果。当你感到有压力、沮丧、焦虑或孤独时,狗会用鼻子蹭你的鼻子,或者会去舔你的脸,这有一种治愈人心的力量。贝拉已经证明了,她是一位了不起的治疗师——你可以一直揉她的耳朵,摸她的肚子,或是挠她的屁股。而她现在发现,我被困在了过去,我需要被带出来,回到现实。我抚摸着她,盯着她的眼睛,看着面前这个完美无缺的生灵。"别担心,爸爸,我爱你,这才是最重要的。"她似乎在说。我很感激她的提醒。我要让自己相信,这才是最重要的。

"爸爸又得走了,"最终,我开了口,"宝贝,替我照顾好妈妈。"

"答应我,你会平平安安的。"查莉说。

我站起身,最后拥抱亲吻了查莉,然后就往机场赶去。

有个念头一直困扰着我。直到赶路产生的肾上腺素开始消退,我才明白它意味着什么。这个念头让我疲惫不堪——不只是身体上,而且是精神上和情感上。它沉重得让我难以忍受。

在葬礼前,当我们和迈克在安保公司的同事们共进午餐时,这个念头就埋进了我的大脑。他们和我说了更多迈克在伊拉克的情况。安保队的任务就是在陆军工程兵部队清除和处理军火时,为他们提供安全保障。他们在反恐战争中发挥了直接性作用。在就餐时,迈克的一个好朋友告诉我,迈克接了一项本不该由他去做的任务。当天并不是他的班次,但那条路线会经过我驻扎的阿尔·塔卡杜姆基地。

他坐在餐桌对面看着我说:"迈克用尽一切办法也要去见你,鲍勃。这就是他接下那次任务的原因。"

这些话给了我重重一击。他不是在责备我;我知道他是为了表示赞许——直到最后,迈克都是爱我的。当然,我也知道迈克为了我这个弟弟接下任务所做的牺牲。但我还意识到,这些事有着一种无法否认的先后顺序。我不是在玩"假如"的游戏。我不是在责怪自己。然而,我不能忽视一个无可争辩的事实。

迈克接了一项本不应该由他去做的任务。

迈克在那场任务中被杀了。

迈克死在……来见我的路上。

第九章
我永远都不会离开你

我和贝拉在路上。当她躺在我旁边的座位上时,我正在和这些念头做斗争。天呐,要是失去她的话,我也会很伤心的。我伸出手,轻抚着她的耳朵,触摸着她的皮毛。我提醒自己,她现在就在这里。我抛开了因为她未来会死而产生的痛苦,回到了她现在活着的快乐中。我感觉好多了,呼吸也更畅快了。

我们来到萨凡纳①,在我兄弟乔希的一座维多利亚时期的老房子里住了整一个月。他是个军人,经常外出。因为他坚决不收钱,所以我和贝拉会在家里做一些零活儿抵房费。我们每天都去附近的福赛思公园,贝拉在我身边蹦跶着,向每一个看见她幸福

---

① 佐治亚州东部城市。

表情的路人微笑。最重要的是，贝拉只是想陪在我身边。她聆听我，不是因为恐惧或责任感，而是出于一种无法用言语表达的感情。这种感情只有和自己的狗有过紧密联系的人才能理解。她是属于我的狗，我是属于她的人。我们是一个团队。只要我们在一起，做什么都不重要。

福赛思公园里满是不拘一格的人。一个年轻的非裔美国女人戴着紫色的眼镜，正在织一套泳衣。一群年轻小伙子在玩沙包。我和贝拉走到一群摄影师旁边，发现他们大多都来自萨凡纳艺术设计学院。我和他们谈论摄影，贝拉趁机跑过去和附近的另一群学生们打招呼。而她所谓的打招呼，就是在他们围着一个实物上美术课时，直接从中间穿过去。

我跑过去道歉。一位年轻姑娘的铅笔素描上现在满是贝拉脏兮兮的爪印，她只是笑了笑，而贝拉并没发觉自己做了错事，还在骄傲地猛摇着尾巴。整群学生都被吸引了注意力，围在这条三条腿的神奇狗狗周围。他们都比我小起码十岁，似乎很高兴能来公园、能认识贝拉。但当我退后了一会儿，看着环绕贝拉周围的人群时，我发觉他们已经背上了世间的重担。烦恼的线条侵蚀着他们的脸庞，忧虑的皱纹在他们的嘴角留下了记号。不管多大年纪，这个世界对每个人都一样残酷。学生们都不停地和贝拉打招呼，他们抚摸着她的皮毛，挠着她的耳朵后面。我又走到圈子里，告诉他们我们在做什么、要去哪里，这样一来，学生们就更喜欢贝拉了。

"哇，想想你们在做的事呐。"一个男生说，"你和你的狗，想去哪儿就去哪儿。这就是梦想的生活啊。"

在我和贝拉离开之前，我真的觉得学生们脸上的线条变柔和了，皱纹也没那么明显了。我忍不住想：可能每个人都需要一条像贝拉一样的狗。

二月悄悄过去，转眼就到了三月。我得知下周"英雄计划"会有一场活动，为期一周。英雄计划是一个非营利性组织，通过骑自行车来帮助退伍军人修复生理或心理上的创伤。本次活动名为"墨西哥湾沿岸挑战赛"，要从亚特兰大骑自行车到新奥尔良。从萨凡纳开车到亚特兰大只需要三个半小时，这个与好朋友们见面的机会就在眼前，我不能就这么错过。他们都曾是我生命中很重要的一部分。

我并不打算骑完全程。只想参与第一天的骑行，从亚特兰大到班宁堡。我的好兄弟，前陆军训练中士菲利普就住在附近，他说在我去参加骑行的时候，贝拉可以待在他家里。我特别不想离开贝拉一整天，我也发过誓，绝对不会再把她送去狗舍寄养。但这次不是去狗舍，她会得到很好的照顾。每次和英雄计划的成员见面之后，我都会变成更好的自己。对我而言，长距离的骑行是一种冥想的方式，每天和老友们以及勇士伙伴们骑一段路，可以满足我对目标的需求。

不出所料，我一走进亚特兰大的旅馆，就看见他们微笑着过来和我拥抱表示欢迎。我见到了英雄计划的领导人兼创始人约翰·沃丁，他对我说："很高兴见到你，罗布。你要骑完全程吗？"

"不是，就今天一天。"我回答说。

约翰认真地看着我："别这样，罗布，我们需要你。你得骑完全程。"

这真是个挑战。哦，天哪。我打电话到菲利普家，问他们能不能让贝拉再多待四天，他们说没问题。每个人都该有条贝拉这样的狗，现在他们有了。关键的问题是，我已经两年没有骑车超过二十英里了。挑战赛第一天，我们计划骑到五十英里左右——之后每天的距离逐渐增加。挑战赛共耗时六天，累计距离将在五百英里左右。我又重了几磅，腿上的神经每天都在疼。我告诉自己，不管怎样，就算身上有伤痛，也要心存感激。许多参加英雄计划的退伍兵失去了胳膊、瘫痪在床，甚至双目失明。我四肢健全，只是身体有些疼痛，又有什么资格抱怨呢？

第二天早晨，我六点就起了床，和一群退伍军人一起，骑着自行车向新奥尔良进发。我们开始时很轻松。起初没有多少上坡路，这也算不上是一场比赛，每个参与者都会一起完成。我集中注意力，踩下每一次踏板，冲上每一座山坡。我保持在队伍的中间，希望自己能克服疼痛，完成比赛。我附近有几个骑手瘫痪了，或是缺了腿，他们骑着特制的自行车，用手或胳膊发力。他们的意志力让我惊叹，他们的积极性鼓舞了我。每隔一段时间，就会有人呼唤"推手"——去帮助他们越过山坡。每当听到呼唤时，就会有一名推手离开队伍往前骑，抓住一辆手动式自行车后面的特制推杆，然后用自己的力量帮助那个人翻过山坡，再回到队伍里。我的身体没壮实到可以去推别人。但当我听见呼唤的时候，没有时间犹豫，我每次都会上去推。

我一边骑一边想着。踩踏板……换挡……踩下去……到了……推我前面的那个骑手……起风我就能休息了。脚……腿……膝盖……背……肩膀……到处都疼。我希望今天马上结束。我想停下，但我们才骑了二十英里。

有人在呼唤。我离开了队伍，手扶到了推杆上。这位海军退伍兵粗壮的手臂使劲地摇着车。他的双腿不能动，已经萎缩得脱了形。每蹬一下，我的腿就更用力一些。我右腿的疼痛根本算不上什么。到了山坡顶上。回到队伍里。恢复体力。又有人呼唤……我又骑上前。再一次。我用尽全力推……帮他翻过山坡……然后往后退。踩踏板……换挡……踩下去……前面有座桥……又有人呼唤……我追上另一个伙伴，和他一起帮别的骑手过桥。往后退。

第二天过去了。第三天。第四天。

第五天，我们朝密西西比州的格尔夫波特进发。等我们到了那儿，就已经骑过了大约350英里，最后一天差不多还要再骑100英里。我骑了十英里。二十英里。三十英里。我试图踩得再重些，但我已经没有余力了。我积蓄起短暂的爆发力，勉强才能跟上队伍。我再也不能去推那些需要帮助的人了……我自己都快踩不动了……我的腿很疼……我的背像着了火一样……我没有力气了。一座巨大的立交桥出现在眼前。也许它只有半英里长，但看上去似乎长得永远也骑不过去，"推手！"我咬紧牙关，强撑着骑到队伍前面，靠着那辆手动式自行车。我的手摸到了推杆，但我的腿没有一丝力气。我往后退去。我骑得特别慢，感觉自己的车轮在往后滚。

我失败了。

我慢慢地骑着……特别慢……我的心坠入黑暗中。自我怀疑严重影响了我的思考。我试图摆脱那些消极的念头，但它们的声音是那么响亮：你现在就不应该在这里……你干吗要努力？……放弃吧……退出吧……我无法让这声音消失。我觉得它说得对。我应该退出。我像翻找目录一样搜寻着自己的内心，我想找到些什么，能让我重新恢复状态。

我看到了迈克的脸。我爱你，兄弟……你可以的。我的指挥官布兰登在我的脑海中一闪而过。不要纠结你没做什么，要关注你做了什么。

最后，我看见贝拉用三条腿开心地在山路上蹦跶的场景，她微笑着，没有一丝抱怨。截肢并不是一个容易的决定，但看着她手术后的反应，我确信自己替她做出了最好的选择。"只有三条腿，她的生活能有什么质量？"总有人这样问我。嗯，手术一做完，她就自己站了起来。虽然摇摇晃晃的，但她强撑着站了起来，用三条腿，从兽医院的走廊蹦到了我身边。兽医都被震惊了。手术后的第一天，她就开始绕着屋子奔跑。现在，她能登山，能跑过中央公园，还能爬上费城的洛奇之路。这样的画面推动着我攀上顶峰。她正在菲利普家里等我。等待着。我。

"我可以的。"我低声告诉自己。

我向前进。我跟上了队伍,和大家一起完成了比赛。

那天晚上,格尔夫波特电闪雷鸣,大雨滂沱。第二天早上,路上都能看见鱼。雨水不能阻止我们,但闪电可以。最后一天的骑行取消了。

当我回到菲利普家时,他的孩子们把贝拉放出了家门。她向我奔过来,吠着,呼哧呼哧地亲吻我。她往我身上跳,几乎要把我扑倒,然后在院子里乱转,不停地吠着。我跪下身,她又跑过来把我扑倒。我倒在地上,她就一边用那条前腿压着我的胸,把我按在地上,一边半示爱半责备地舔我的脸。"哦,爸爸,我太想你了!不准你再离开我了!"

我大笑着,使劲把她移开,坐起身说:"哎呀,宝贝,我也想你。你不知道你一直在我心里吗?"

她坐下来,靠在我身上,我揉着她的耳朵。她平静下来,在我腿上蜷成一团。"而且我永远都是属于你的。"

在返回萨凡纳的途中,科琳得知我和贝拉在附近,就邀请我们去阿拉巴马州的凤凰城待一天。她和丈夫还有孩子们都在那儿。她的弟弟是我在海军陆战队里最好的兄弟之一。天气闷热,他们开车带我们一起去河边乘凉。河岸边没有沙子,而是铺满了光滑的大石板,还有可以歇息的潮水潭和可以滑下来的天然滑梯。贝拉四处嬉闹,舔着河水,留意着孩子们,围着他们转,保证每个人都是安全的。一个小时后,我觉得我们已经看遍了这附近值得看的东西,我就问接下来要去哪里。

科琳说:"哦,不好意思啊。我以为我跟你说过了——我们准备在这儿待一整天。"

一整天?我想。呃。我们上次一整天都待在同一个地方是什么时候的事了?

我坐在一块被太阳晒得很暖和的岩石上,然后仰面躺下,望着天空,深吸了一口气。过了一会儿,贝拉跳到我身边,在岩石上晾干毛,我刚好可以挠挠她的屁股。她和我一样,常常预备着去下一个地方。今天,贝拉似乎很满意就待在这里。我意识到,很长一段时间以来,这是我们第一次放慢脚步,做着真实的自己。我不记得上一次能像这样躺着,不去计划接下来的行程是什么时候的事了。这是个重要的时刻。

它真的很有意义。我发现,什么都不去做,只是休息,原来是这么一种感觉。今天,我拥有这条河流、这束阳光和这片温暖的岩石;有朋友;肚子里有食物;有一辆能开的车。今天,有贝拉和我在一起。或许对今天来说,这就足够了。

第二天早晨，经过一整天真正的休整后，我们重新提起了精神。我和贝拉继续开车上路，在阿巴拉契亚山道上徒步行走了三英里。重点在于，我们做到了。和往常一样，我们沿路和遇见的那些人交朋友，贝拉欢快蹦跶的步伐让每个人都深受鼓舞。那天晚上，我们在外面露营；第二天早上，我俩都在一条清凉的河里洗了澡。当我们从河里上岸，我也穿好了衣服后，有个男人独自走了过来。他年纪很大，胡子已经完全变成灰白色了。他告诉我，他希望自己能在八月前徒步走完阿巴拉契亚山道。

孤身一人的男子。

没有狗，没有旅伴。

我低下头看着贝拉；她抬头看着我。我忍不住想，是否某天我也会这样。贝拉靠着我的腿，好像知道我心里在想些什么。

我和贝拉驱车前往美国最古老的城市——佛罗里达州的圣奥古斯丁。三月下旬，这里已经像是夏天了。我接到了亚当的电话，这是一位住在堪萨斯城的朋友。他说自己在做一个关于退伍军人的项目，一周之内就要启动了，他想请我帮忙。我和贝拉来不及开车去几百英里以外的佛罗里达群岛，所以圣奥古斯丁就是我们能到的佛罗里达州内最靠南的地方。我们掉头向北。已经到了四月初；当我们进入堪萨斯城的时候，树木林立的山丘上已经绽放出粉色的花朵。

亚当是工兵部队的一名医生，在萨德尔城之战中负责清除简易爆炸装置。他经历过伊拉克的几场最艰难的战斗。直到他回到美国，才发觉自己出了问题。无端恐惧症。几年前，巴克斯特斯普林斯镇被龙卷风侵袭，我和他响应卢比孔团队的号召，前往堪萨斯州协助救援。就在我遇见他的那天，他的恐惧症犯了。另一名志愿者迅速插手干预，向亚当展示了他在退伍军人全面康复项目中学到的呼吸技巧。那比亚当服用过的任何药物都有效。亚当当时就想加入那个项目。唯一的问题是：项目地点在加利福尼亚州的马利布，而与一百多个陌生人一起挤在机舱里，横跨全国，降落在国内最繁忙的机场之———洛杉矶国际机场，对一个容易惊慌失措的人来说并不容易。他请我陪他一起去，我毫不犹豫地答应了。在我最需要他们的时候，我部队里的兄弟们陪在我身边，现在，该轮到我陪伴亚当了。在马利布，我们通过冥想来放慢节奏。一周之内，我们对自己的了解比从前几十年的总和还要多。

快进到今天，亚当建立了自己的非营利性组织，名为"战士的崛起"。我和贝拉过去待了一周，用照片记录了参与者们的历程。这是我付出回报的方式。贝拉扮演着治疗犬的角色，把爱传播给每一个需要的人。对那些自身有残疾的人来说，她似乎有一种特别的意义——不管他们的痛苦是生理上还是心理上的，他们都能相互理解。这个项目中的能量非常外放，也非常脆弱。我相信，这种脆弱性能让参与者们珍惜那些贝拉在生命中保留的东西，让他们知道，生命正是因为有限，才更加美好。

通过研讨会、分组讨论和冥想，我们学着如何摘下自己的面具，露出自己的伤口，如何寻找真实的自我。战士们会有这种根深蒂固的服务意识，是因为我们接受的训练就是要为他人服务、为他人战斗，但在服役期结束之后，我们依然在寻找值得为之战斗的东西，寻找一个可以捍卫的事业。我看着贝拉，心里开始思索。她是值得我去战斗的事物。但等她不在了，我还能为什么而战？在我看来，这个房间里的那么多人都只是为了自己的灵魂而战，或许我也和他们一样。事实上，我知道我就是这样。这一整场旅行不只是为了贝拉，更是为了我。我在试图自我拯救。我救不了贝拉，但或许信守住诺言，陪着她直到咽下最后一口气，会有助于我拯救自己。

今天的战斗获得了胜利，我们与大家告别，准备回到内布拉斯加州，回到我一直租着的那间小房子里。我们已经离开将近五个月了。我的第一个念头就是，这场盛大的旅行已经获得了圆满。我们没有像之前说的那样去那么远的地方，但我们进行了一次大探险，现在是时候该继续生活了。或者——我艰难地接受了这个念头——就贝拉的情况来说，继续接近……死亡。

我又帮我的兄弟干了一两周的活儿，把门把手装到橱柜上。我上班的时候，贝拉就待在家里。下班之后，我就带贝拉去公园里远足。我们又回到了生活的起点。在路上的时候，我觉得我们的生活是有目的的。现在，我突然开始怀疑，这一切是否都是白费功夫。

我回到布罗肯鲍的家里待了几天，看看我的家人。我的外甥钱德勒即将从高中毕业，我给他拍了毕业照。当我从镜头里看过去时，我仿佛看见了鬼魂。他和迈克长得太像了。他的脸型、沙褐色的头发、引人注目的蓝眼睛。迈克和他的妻子没有小孩，虽然这可能被认为是一件幸事，但自从迈克去世后，我经常想，如果他的血脉有所存续该多好。如今，在看见钱德勒的牛仔帽下那双和迈克一样的蓝眼睛时，我知道，我的愿望成真了。

我和钱德勒一起在农场里工作了几天，差不多就是跟在他后面转。钱德勒告诉我，他想去旅行，但他要负责打理这个农场，所以休息的时间非常有限。

"那今年暑假,我带你去旅行怎么样?"我问他。"就你、我,还有贝拉。"

"好啊好啊。"他说。

我微笑着:"那就这么说定了。"

和我一起去过海地的兄弟科里经过镇上,发现我正在为接下来做什么而烦恼。贝拉看着状态还不错,而我却停滞不前,想着她的身体状况什么时候会变糟,不知道自己到时候要怎么做,以及再往后会发生些什么。这些念头在我的脑海中打转,让我不知所措。不知不觉中,那个沮丧的罗布又回来了。于是科里邀请我去参加密苏里州中南部的一个水上救援训练项目,也邀请贝拉一起去,于是我们就出发了。这个以家庭为导向的训练营里有各个年龄段的人,每天我们都有一些休闲时间。孩童、青少年和成年人们都大笑着,在清凉的河水里扑腾。有人在游泳,有人戴着游泳圈漂在水面上,其余人就在大橡树下乘凉。有两个男孩在扔足球玩,结果没接住。贝拉径直跳进河水里,往球那儿游过去,想着自己能不能也试试看。

我微笑着仰面躺在水里。肺里的气体让我的身体能够漂浮在水面上。河水漫过我的耳朵，我只能听见宁静的水流声。贝拉游过来向我报备，然后又游回到那群孩子那里。现在，他们就更快乐了。我的听觉又开始减退。我看见上方明澈透亮的蓝天，在想象力的作用下，那些云朵变成了一张张面孔和一只只动物。在微风的吹拂下，大树上的绿叶沙沙作响，在河岸上投下了大片的阴影。阳光洒落在河面上。我告诉自己，活着是件多么快乐的事。

　　我的脚向下碰到了河床，我站起身，确保贝拉没把鼻子伸进别人的饮料里或是做什么蠢事。她是一条好狗，尽管很不想承认，但她依然是条狗。有时，追逐某样东西的冲动——一只松鼠、一只鸟，或是一个她真的很想见的人——就是那么难以抑制。亲切是她最大的特点，也是她最大的缺点。我发现贝拉在离我大约二十码的地方。她正从几个孩子旁边往岸边游。她很开心，顽皮地吠了几声。但我立马就看到了她没发现的东西。如果她继续沿着这个方向游的话，很快就要陷入危险了。她附近的水流比较湍急，绕着四根硕大的电缆管旋转。管道引着水流进入地下，每一根直径都有三英尺左右。孩子们都被告知，不要从那棵歪树那儿走，但贝拉显然并不知情。

　　"贝拉！"我大喊道，"过来！"

　　她没听见。她继续游着，朝着危险游去。

"贝拉,停下!"我朝她挪过去,在齐腰深的河水中,我以最快的速度艰难前进着。在我脚下,河里的那些石头都很滑。如果贝拉不停下,她就会被卷进湍急的水涡。

"贝拉!"我吼叫着。第三次,她终于听见了我的呼喊。她掉转方向,开始往我的方向游。但已经太晚了。她已经被卷进了漩涡里,三条腿的力量不够,无法与水流抗衡。

我使出更大的力气向前挪动,拼命想快点穿过这奔流不息的河水。贝拉看起来很害怕。我几乎从未见过她面露惧色,她是一条那么顽强、那么坚韧的狗,但她知道,自己碰到了麻烦。她对此束手无策。她很狂躁,开始恐慌。

就在她的后半身被卷进去的时候,我挪到她的身边。我抓住她的项圈,光着脚抵住金属管扭曲生锈的边缘,然后死死撑住。水流往贝拉的身上撞,我觉得她八十磅的身躯似乎有一百六十磅那么重。多讽刺。我们学习的是水上救援,自己却成了需要被救的一方。我只能勉强分辨出对面有一些救援受训人员。河水从管道的另一边流出,他们正在那儿练习把绳子扔进水里。他们听见了岸边呼救的声音,正在往这边冲过来。现在我和贝拉已经离得够近了,我伸出手,拖着她的胸口把她举了起来。

"宝贝,我在呢。"我对她说,"有我在呢。"

我用尽全身力气托着她。我绝对不会松手。一位受训人员来到了我们上方,抓住了她的项圈。我们合力把她抬到地面上。她安然无恙!受训人员伸出手,把我也拉了上去。

我一动不动地在地上躺了一会儿。我重重地喘着气,看见蓝天上飘动的依然是那些云朵。贝拉身上的水哗哗地往下淌,她抖了抖,舔着我的脸。我把她从头到尾检查了一遍,看有没有受伤。她没事。我眯起眼低头看着自己的脚,生怕生锈的管道会割开一道大口子。然而一点擦伤都没有。我们都没事。

贝拉似乎并没有被这磨难吓倒。她又舔了我一下,然后就跳回了水里——这次是在安全的地方。她划水的动作依然很有力,她看上去是那么开心,那么放松。即使被打击得那么重,她还是不怕水,回到水里继续玩耍。

我还有很多东西要向这条狗学习。就在刚才,我们差点儿淹死。但贝拉并没有让这次经历的创伤影响到自己对游泳的热情。这是她热爱的运动。贝拉回到了战场上,继续充分地享受生活的每分每秒。这就是我们整段旅行的一个主题。我看见贝拉享受着她活在世上的每一刻,激励着我也以同样的态度生活。她即将死亡这件事很容易吸引注意力,但我们在刻意地避免。我们重视的是她活着的日子。

我们无法阻止死亡。那是无法阻止的。

但我们可以改变自己生活的方式。

那天晚些时候，在营地里，当我在吊床上慢慢地晃来晃去时，我抬头看着黑暗的天空，呼了一口气。几颗星星从我头顶的松树枝缝隙间探出了头。贝拉躺在我身旁，安逸地打着盹儿。我用一根棍子戳着地面，让吊床一直晃动，脑海里回放着白天的情景。在这夜晚的静谧之中我才意识到，今天发生了一些很好的事：

我会竭尽全力去帮助别人。

我今天发现，一旦有需要，我就会付诸行动。毫不犹豫。

今天在河里时，我在必要的时刻挺身而出。我把另一条生命看得比我自己的还重要。这次和贝拉在河里的经历提醒了我，这是我经常忽略的那部分自己。我总想着自己的失败，反复播放着那些烂片般的回忆。然而，要是能看见自己的优点，我就可以昂首阔步地向前走了。我把很多人从雪地里拽出来，给很多汽车充电，在很多次看见事故发生的时候停下来，以很多种方式帮助别人，多到我都数不清。我那样做不是为了被人知道，而是因为我就是这样的人，我从小就被教育要这样做。贝拉提醒了我，我应该为此感到骄傲。

我跳下吊床,走到正躺在毛毯上的贝拉旁边。一天的体力消耗之后,她睡得很沉,没有听到我靠近的声音。我俯下身,亲吻着她完美的额头。

"宝贝,谢谢提醒。"

我们离开了训练营。但在返回内布拉斯加州前,我发现我们离肯塔基州只有几个小时的路程,那是我们在旅程中没去过的唯一一个密苏里河以东的州。现在就是最好的时机。我带着贝拉穿越国家休闲区湖泊之间的土地。小时候的暑假里,爸爸就曾带我这样在野地里穿梭。他有一辆小型马自达四驱越野皮卡,当时真的很开心,我特别喜欢那些和他相处的时光。现在,我带着我的毛孩子开始了自己的越野探险。露丝像胜利者一样登上陡坡,贝拉睁着大大的眼睛,把头伸出车窗外,穿梭在狭窄的小径上时,躲避着迎面而来的树枝。我们停下来,在湖水里泡了一会儿,贝拉发现这湖水竟然像洗澡水一样温热,惹得我哈哈大笑。她困惑又失望地看着我,而我则试图哄着她往湖的更深处去,信誓旦旦地说,走得越远,湖水越凉。她不相信,扭头跑回了露丝旁边。我一想到贝拉竟然没有奔向水里,反而躲得远远的,就忍不住大笑起来。

　　回到公路上，露丝在向左转的时候有些卡顿，它一定是在越野的时候底盘上沾了些泥。我发现我们离纳什维尔并不远，而没去过纳什维尔，就不能说我们来过田纳西州。此外，我有个"英雄计划"里的好兄弟就住在那儿，他曾邀请我们去游览这座城市。我知道自己该回去工作了。但是，哎呀，重新踏上路途的感觉真好。就这样，露丝的转向有了更多的选择。我们前往纳什维尔，和我的兄弟在市中心碰了面。每间酒吧里都有现场演奏。乐队的表现都很好，好到可以出一张自己的唱片。我们在大奥普里剧院前停下了脚步，贝拉向她遇到的每一个人都打了招呼。

　　当我们准备离开的时候，我的兄弟说他想搭我的车去北卡罗来纳州的杰克逊维尔。他付得起坐飞机或者坐汽车的钱，但他不知道如何把他的狗也带上，那是一只长相帅气的斗牛犬，名叫布鲁斯。一开始，我跟他说我不能改变路线——我真的要回林肯去了，我才刚刚回家安定下来。后来，当我看见他和他的狗互动的场景后，我开始从大局考虑。如果我放手不管，如果我不送他一程，那他就要和最好的朋友分开了。我想象着自己把贝拉抛下的场景，心都碎成了两半。而现在，我可以阻止这样的事发生在他身上，而且我知道他也会为了我做同样的事，所以我必须挺身而出。我和贝拉用了两天的时间，带着他和布鲁斯开车到了杰克逊维尔。

就在那时，我发现：我们又踏上了旅程。

我和贝拉的旅行还没有结束。我们还有很多的事要做，而且我们刚刚才发觉，我们做的事并不只是为了我们自己。我打电话给房东，告诉他我不准备续租了。房东同意了，他准备把房子卖掉，让我在八月份之前把东西都搬出去。所以在返回内布拉斯加州之前，我们还有一个月的时间继续前进。

这个决定是几周以来最让我开心的事情。贝拉还活着，她享受着我们共处的每一刻，而我开始思考接下来要去哪儿。我们已经去遍了密苏里河以东的所有州。除了北达科他州以外，剩下的就只有西北部了。等等。佛罗里达州！我们第一次旅行的时候几乎就要踏过边界线了！这次我和贝拉要一鼓作气，直抵佛罗里达群岛，到美国大陆最南端的零英里标志那儿去。贝拉陪着我，我也陪着贝拉。我们是一个团队，我们要一起完成这件事。

第十章
一种成就感

迈克的葬礼结束后,我很快就飞回伊拉克,在阿尔·塔卡杜姆基地继续完成部署任务。迈克死后,我觉得一切都变得不一样了。基地里什么都没变,但我的思维方式彻底变了。一开始,我感觉似乎有一团雾笼罩住了我的思绪。然后我开始猜想,是不是那团雾一直都存在,只是现在才刚刚显露出来。以这种全新的清晰度观察事物让我难以承受。我一直生活的那个世界突然间就不复存在了。

我失去了动力。原先,身为海军陆战队员的自豪感让我心中的火焰熊熊燃烧,而现在它突然熄灭了,只剩下冰冷的空虚感。"这一切都是为了什么?""我算什么?我是谁?"我去基地周围执行的维修任务越来越少。每天早晨,我都试着去健身房锻炼,但我的手臂不想推重物，跑步的时候，我的腿也不想推动我的身体向前。我停止了早晨的锻炼，独自吃光了寄来的最后一盒混合麦片，而我之前一般都会和排里的伙伴们分享。我的身体状况在随着心理状态一起恶化。

迈克离开后我才发现，我生活的动力——做好每一件事——只是为了能向他汇报我的成功。但现在，这还有什么意义？我什么都不在乎了，甚至也放弃了自己。我受了伤，我很痛苦，我很悲伤——没有什么事是重要的。

冬天的风把沙漠吹得很是寒冷，也把沙砾吹得漫天飞扬。我呆呆地独自坐在维修工的车间里，几个小时之后才回过神。排里的其他人都走了。我还记得，"塔卡杜姆"是阿拉伯语中的词汇，意思是"进步"，但我并不觉得自己有什么进步，多讽刺。我很痛苦。前所未有的痛苦。黑暗的波浪来势汹汹地涌入了我的意识，淹没了我的思想。

我手里握着M16步枪和子弹，心里想，这样就能拦住它了。我从弹匣里拿出一枚子弹，让它贴着我的脸滑动，近距离体验那种感觉——想象着我把枪托立在地上，用枪管抵着下巴，再伸手扣动扳机。我握着子弹，让它滑过我脸颊的侧面、下巴、嘴唇和额头。只要装好子弹，拉上弹夹，调成开火模式，然后缓慢而平稳地扣动扳机,我就会从这个世界上消失了。一切都会安静下来。寂静和平静——那么诱人,那么容易,那么决绝。

在强烈的痛苦之中,我有那么一瞬间恢复了神志。我意识到,以结束生命的方式来结束痛苦是特别自私的行为。看看迈克死后出现的不幸——他的牺牲影响了很多事情,我怎么能结束自己的生命呢?我怎么能让我爱的人经历那种事情?

自杀不能解决问题。

当你决定自杀的时候,这个决定不只会影响你一个人的生活。就像往池塘里扔了块大石头一样,巨大的涟漪会往四面八方扩散开去,那股力量会强到足以掀翻那些你挚爱的人。我必须要努力找到活下去的理由。而我最终发现:我深深爱着、尊敬着我的朋友和家人,所以我不能让他们经历那些。如果你曾有过自杀的念头,想想你的父母、你的伴侣、你的孩子、你的兄弟姐妹……想象一下,那些爱你的人站在你的棺材前哭泣的场面,他们因为你的一个决定而心烦意乱,生活也变得支离破碎。我想象过,所以我还活着。

我把子弹放回弹匣里,走出车间,爬到一面防爆墙上面,抬头仰望着夜空。朝着某个方向,我看见了城市的灯火,那里应该是费卢杰;另一个方向上是哈宾纳亚镇,离我们这里很近;我甚至还看见远处有一丁点儿微弱的光，那里可能是拉马迪。我甚至不知道自己在哪儿，那我在这里做什么？我觉得很迷茫，很疲惫。真的太累了。

腿疼也无济于事。有时候，我已经习惯了身体上的疼痛，习惯被无法解释的神经状况困扰。在迈克死后的大多数日子里，痛感愈加强烈。我恨不得能把腿从大腿窝里扯出去。疼痛加重了我的抑郁，抑郁又加重了我的痛苦。我灵魂中的意志力似乎从一条裂缝中慢慢地流光了。我还是可以一瘸一拐地跑步，还能做引体向上，但我们新的战斗体能测试包含了消防负重和携弹药箱赛跑，我根本完成不了。因为我接受的体能训练着实有限。

他们说，有些伤口是看不见的。好吧，和其他一些服役人员所经受的相比，我这难解的痛苦就像擦伤一样微不足道。但我无法否认它的真实性。它就在那儿，一直在那儿，除了我，谁也看不见。

我也曾是一名积极的年轻海军陆战队员，我的伙伴、上级和下属都尊重着我。

现在的我支离破碎、垂头丧气，就像是一具行尸走肉。

在我完成部署的任务之后，那疼痛依然在。2008年3月，我从伊拉克返回家乡。我只想把烦恼抛开，全心对待查莉和贝拉。奥马哈体育馆的橡子上挂着欢迎我回家的横幅，我和查莉的家人都聚在那里。大家都张开双臂欢迎我，于是我也伸出手臂和他们拥抱。我特别高兴能见到他们，我也真的很高兴能回家。但直到那条硕大的尾巴出现在我面前，我才真的有了回家的感觉。天哪，在过去短短几个月的时间里，贝拉竟然长这么大了。她四肢修长，肩膀宽阔，肌肉发达。"你已经成为一条真正的狗啦！"她奔向我，撞在我的腿上。她体格增长得很明显，我都快被撞倒了。"宝贝，我告诉过你我会回来的！好了，那只袜子在哪儿？我们还有事情没做完呢！"

每个海军陆战队员在部署任务完成后都会在现役部队里待几周，这是回国之后的常见模式。我的新身份是一名军事顾问，指挥官延长了我的任期，好让我继续寻找治疗腿疼的方法。我做了无数项检查去寻找病因，医生想用神经阻滞的方式为我止痛，但还是找不到根治的方法。我不得不承认，神经性疼痛已经成了我身体的一部分。最终，部队把我列入了医疗委员会的考察名单，可能会让我因病退役——我起初根本不愿意考虑这种方案。只有四肢缺损的海军陆战队员才应该因病退役，那些因为抬了太重的东西或从卡车后面跳下来而受伤的人不该这样。我甚至见过有四肢缺损的海军陆战队员还坚持待在部队里，就是因为他们对任务、对军队里的兄弟姐妹们的奉献精神。难道现在因为这么点儿疼痛，我就要放弃吗？

但不只是因为这些。

部分原因在于，我并不确定自己是否想要离开部队。如果医疗委员会通过了提案，那就意味着我永远都不能服役了。我没有机会再回到兄弟们之间，为了实现更大的目标而努力。就算只是预备役人员，我最根本的身份还是一名海军陆战队员，我对失去这种依托很是畏惧。还有机会能改变这一切。如果我能克服这微不足道的疼痛，然后像下属们鼓励我的那样，成为一名准尉，我就能提前结束训练，去带领我们部队的士兵，向他们传授经验。我能保证让海军陆战队员们在收到召唤时就做好万全的准备。或许我能让他们不要重蹈我的覆辙。但我能做到吗？如果我内心已是支离破碎，又怎么能帮助其他海军陆战队员更全面地武装好，去应对他们内心可能爆发的战斗？

我希望迈克在这里，给我忠告，给我指明方向。但他已无法回应我，于是我找到了指挥官布兰登·库利。我非常看重他的建议。他说我已经做得够多了……好吧，我听他的。

最终，医疗委员会通过了提案，我也签下了自己的名字。

就这样，我脱下了军装。

我花了一段时间来适应自己的新生活。没有海军陆战队，没有迈克，也没有动力。贝拉帮助了我。某天晚上，大约七点的时候，我又像往常一样，坐在沙发上陷入了沉思。贝拉叼来一只网球，扔在我的脚边，然后开始往后退，摇着尾巴，眼神坚定。她看看我，又看看球，再看看我，看看球。"把球扔过来。拜托了爸爸，把球扔过来！"

我把球扔了出去。贝拉把它叼了回来。我又把球扔了出去。贝拉又把它叼了回来。几百个回合之后，已经差不多十点了，没完没了的抛球游戏几乎把地毯都磨出了印痕。贝拉缓缓地走向我。她松开球，坐了下来，喘着粗气，终于露出了疲惫的迹象。但她依然先看了看球，再看看我，然后又看了看球。我知道她在帮我振作精神。除了坐在这里想东想西之外，我终于做了些别的事情。

"明天吧，"我对她说，"我们明天再玩。"

第二天早晨，我从车库里找出了山地自行车，牵着贝拉，穿过两个街区来到了自行车道上。在散步的时候，贝拉表现得很好，牵引绳松松地垂着，她知道自己要走在旁边而不是冲在前面。但她一旦看见松鼠、别的狗、猫或是人，就会把我往那边拉。通常情况下，我只要迅速拉一下牵引绳就可以了。但这是我第一次尝试骑自行车带她散步。我预见到了潜在的灾难，但我叹了口气，告诉自己，唉……没有风险就没有回报，对吧？

我开始往前骑。贝拉小跑着跟在我旁边，保持牵引绳的松弛，就像已经做过无数次似的。我开始加速，她也开始奔跑。她伸展开肢体，加大步伐开始提速。我更使劲地蹬着踏板，尽力和她保持同样的速度，既不把她往前拉，也不把她向后拖。我想看看她自己能跑多快。速度计上的数字跳动着：十英里每小时，十五英里，二十英里。山地自行车粗糙的轮胎在水泥路上摩擦得嗡嗡作响，贝拉的指甲碰到地面，咔嗒咔嗒，就像一匹小马在奔跑。她的眼睛迅速转向大路的方向。有一只松鼠。

"别过去！"我轻轻地拉了一下牵引绳表示强调。贝拉的注意力又回到了小径上。这次奔跑太重要了。我知道，对她来说，以最快的速度全力冲刺比去追某只松鼠更惬意。贝拉往前拉。"冲啊爸爸！试试看来追我啊！"我把车调到更高的挡位，更加用力地踩着踏板。我的脸上绽放出了笑容。二十三英里每小时！贝拉简直像风一样飞了起来。

在离我们家那条街差不多一个街区以外的地方，贝拉开始减速。十五英里，十英里，五英里，然后又开始小跑起来。我停下车，抚摸着贝拉的脑袋，她抬头看着我，舌头伸在外面喘着粗气。"宝贝，干得漂亮！爸爸为你感到骄傲！"她满脸微笑，说明她特别满意能体验这种全新形式的自由。"这比玩几个小时的抛球游戏棒多了，对吧？"我问道。她跟在我旁边，小跑着穿过了最后两个街区，然后"扑通"一声，跳进了我家后院里的小泳池里。"对啦，"我继续说道，"你就在那儿休息休息，恢复一下体力。你刚才肯定费了很多力气。"

我当时还不知道，冷水能让一条年轻的拉布拉多犬那么迅速地恢复精神。贝拉从水里跳出来，抖动着身子。水珠四处飞溅。她跑过去，叼起自己的球，然后把它扔在我的脚边。她看了看我，然后看了看球。

作为一名预备役人员，除了被部署期间以外，我一直都有另外的工作。从十四岁起，我几乎每天都在干活儿，但因病退役并不意味着停止工作。相反，这意味着我需要获得新的生活，新的身份。我想跟查莉和贝拉一起度过这段空闲期，去享受简单的生活。我爱查莉，我这辈子从来没有这样爱过别人。她也爱我。在伊拉克期间，她每天的来信就是对我们感情的一种承诺，之前从没有谁能做到这样。于是我把她带到了马奥尼州立公园的观景台上,那里对我们来说有特殊的意义。日落时分,在观景台顶端,我单膝跪地,请她嫁给我,做我的妻子。在我充满爱意和期待的目光中,查莉说,她愿意。

我们在查莉父母家的后院里举行了婚礼,一切都很完美。海军陆战队的兄弟们穿着蓝色军装,举着佩剑,构成了那道著名的拱门①。我的父亲主持了婚礼。这是我两岁以来,父亲一家和母亲一家首次聚在一处,并且在整个流程中没有发生任何不快。

查莉全家都像对待自己家人一样接纳了我。查莉的爸爸帮我做起了自己的草坪保养生意。我给公司起名为"高密割草与除雪"。我买了一辆旧的雪佛兰2500皮卡车,取了个昵称叫"老雷德"。它是一辆单排座四挡汽车,干活儿的时候用。我也备齐了所有必要的设备:一台约翰·迪尔牌坐式割草机和一台手推式割草机、一台除草机、一台磨边机、耙子、袋子、肥料、额外的草坪用草籽,还有一辆能装下所有东西的拖车。

春夏时分,我就去修剪草坪;秋日里,我就去用耙子处理落叶;冬日里,我就去清理车道和人行道上的积雪。贝拉坐在老雷德的后车厢里,常想坐到前面的座位上来。在我去工作前,她会

---

① 用军刀或军剑搭成的拱门是一种祝福新人的仪式传统。

从咖啡桌上叼起卡车钥匙。我一开门，她就会径直跑到卡车那里，准备去工作。而她的工作就是在院子里东嗅嗅西嗅嗅，看看能找到什么宝贝。

贝拉和我一样熟悉我们的客户，我的生活也有了不错的节奏。在新成立的小家庭里，我感受到了平静和幸福。我有一位美丽的妻子，有能为我提供目标的一份事业，晚上有这间完美的小房子可以回，还有我们令人惊叹的、充满爱心且爱冒险的拉布拉多犬。和朋友们一起吃烧烤为这种慢节奏的乡村生活增添了亮色。

但我不得不打破这一切。

还在海军陆战队里的时候，我用尽浑身解数去鼓舞士气，让大家放松情绪，让休息时间里充满欢笑。

海军陆战队员们会围成一圈，让我给他们讲那些有趣的故事，像阿诺德·施瓦辛格或洛奇·巴尔博亚那样讲话，或是模仿等级更高的海军陆战队军官。他们会大笑着对我说："兄弟，你一定要把这天赋利用起来，千万不要浪费！你得去追逐自己的梦想！"我总想着某天能去好莱坞参演一下，但现在，我更想和查莉在一起，想给她和贝拉一个真正的家。但我无法忘记迈克在信里说的话："追逐你的梦想，并为之奋斗吧。"除草的生意——

嗯，很可靠，我也心存感激，但我似乎并没有梦想实现的感觉。迈克希望我走得更远。如果我不去尝试，那就永远不会知道我究竟能不能做到。然后我这一辈子都会不停地想，假如……会怎样？

我问了查莉，她的回答就是我这么爱她的原因："那就去试试吧，罗布。只要你觉得合适，我和贝拉就立刻搬过去和你在一起。"

就这样，我们改变了生活的方式。

最初说好的是，我自己先去洛杉矶待六个月。如果事态往好的方向发展，查莉就会辞掉她在林肯的会计工作，把我们的小房子租出去，带上贝拉，到这个大城市来和我在一起。对于查莉来说，洛杉矶同样意味着无限的可能，而对我来说，能开始追求梦想很令人激动，尽管离开查莉和贝拉的确很难。我和查莉在一起有几年了，但我们三个月前才刚结婚。我特别想念她和贝拉。

一开始，我住在哥们儿那里，跟他们夫妻俩还有他们年幼的儿子住在一起。这是离家千里之外的另一个家。一到那儿，我就在一所高级即兴表演学校里报了班学习。"底层"是国内最好的即兴表演团队之一。我之前从未真正地表演过，所以和那些一直在表演的人一起学习时，觉得有些吃力。但我通过了这门课，踏入下一个阶段。一切似乎都很顺利，我特别兴奋。这说明我千里迢迢来这儿是有意义的，我也知道自己会竭尽全力去追逐这个梦想。自信和目标感笼罩了我。我不再追随着迈克的脚步，我开始听从他的遗愿。我并不是一定要成为一名演员，我只是要不断地去尝试。那就足够了。我和查莉没有等到六个月后才重聚。我并不想催她，但她说一直想来大城市生活，而且也做好了心理准备。安排就绪。我飞回了内布拉斯加州，这样我、查莉和贝拉就能一起开车来洛杉矶。

贝拉喜欢坐车，但她还缺乏长途旅行的经验，我们也不确定她将如何应对这段持续数天、长达一千五百英里的旅行。我把那辆工作的皮卡卖给了我爸爸，因为我更想在洛杉矶开通勤车。我和查莉把我们的本田雅阁收拾得干干净净，在后座上给贝拉留了一块盖着毛毯的舒适空间。查莉的父母开着搬家卡车跟在我们后面。我们出发了。

贝拉似乎很享受这次长途旅行。她时不时地从后座的车窗里悄悄往外看，或是去捕捉某些飘过的气味。大多数时候她都蜷在小窝里。我们离开内布拉斯加州，进入了科罗拉多州界内，贝拉也开始习惯在山间加油站旁的草地上迅速地排泄一下。然而，进入新墨西哥州之后,贝拉只能在尘土飞扬的石块上尿尿,她看起来很困惑。我试着把她带到各种鼠尾草和其他一些干枯的沙漠植物旁边,但她不愿意在那儿排泄。贝拉把鼻子凑向地面,疯狂地寻找她熟悉的青草:"爸爸,草地在哪儿?我一直都是在草地上尿尿的!"

"对不起啊,宝贝。"我对她说,"但你只能将就一下啦。"

我的话似乎起了作用。贝拉冷静下来,尿在了石头上。她的脸上露出了放松的神情。

"对呀,去加利福尼亚州生活意味着我们都要做出些改变,"我接着说,"但会找到解决办法的,贝拉。我们都能找到的。"

在洛杉矶这个拥挤的城市,很难找到一间可以养八十磅大狗的公寓。无数次碰壁之后,我们终于在卡尔森的公寓楼群里找到了一间能租的两居室。卡尔森是组成洛杉矶大城市圈的众多城市之一。公园里的艾尔·科尔多瓦酒店有条狗狗跑道,就在公寓楼后面。这里的许多住户都养狗,不过他们养的大多都是些小狗。贝拉很快就和一条友善的斯塔福郡㹴交上了朋友,它叫卡修斯。我们经常看见它,但大多数时候那条跑道都空着,于是那似乎成了我们自己的后院,可以在里面一起跑来跑去。我很高兴有这么一个地方,可以不系牵引绳让贝拉自由地玩耍。

在这个城市的新社区里,贝拉这么大体型的狗显得很是特别。虽然她在遇见别人的时候还是那么友善,但不是所有人都能立刻喜欢上她。当守夜人第一次看见她时,他倒吸了一口凉气,用那浓重的克罗地亚口音说:"我的天哪,哥们儿。你的狗有多重啊?"

"八十磅。"我对他说,"别担心。她脾气很好的。"

他不可置信地摇了摇头。"太重了!如果她想咬死你,你根本就拦不住她。"

我大笑着。"你看。"我轻轻地掰开贝拉的嘴,让她的牙抵在我的脸上。贝拉热情地舔着我的脸。我接着说:"你看到了吧?就算我想,也没办法让她咬我啊。"

我一直都没能说服那位保安,让他相信贝拉只是一个有趣的大团子,但一个年轻人取代他和我们成了好朋友。每次看到我们外出散步,他都会来挠一挠贝拉的脑袋。我们的邮递员也成了贝拉喜欢的对象之一。以前,只要走到路边的邮箱那里就能迅速拿到信件;现在,我们要穿过这片公寓楼群,才能到锁着的巨大方形金属网格状社区邮箱里拿信。虽然有些麻烦,但团队合作的机会明显增加了。

我把邮箱钥匙从车钥匙串上取下来单独放,这样贝拉就不会因为钥匙碰撞的"叮当"声就以为要去兜风,而变得兴奋不已。我会抓起邮箱钥匙,然后大喊:"准备好去拿信了吗?"贝拉就会从她的床上站起来,歪着脑袋。我会接着说:"你的项圈在哪儿呢?去把项圈找来。"贝拉就去客厅里找,很快就能发现被放在长毛绒皮椅上的项圈。她会把项圈叼过来,让我帮她戴好。"好姑娘。那你的牵引绳呢?去找你的牵引绳!"我会给她一些提示,因为她的牵引绳可能被放在闲置的房间里。她一找到,就会冲过去把它叼起来。她会摇着尾巴准备去工作。我把牵引绳钩在她的项圈上,然后我们就要出门了。贝拉会贴在我身边,让牵引绳松松地垂着一直穿过大楼。等我们到了巨大的邮箱前,贝拉就会坐下,盯着十七号邮箱看。我把钥匙插进去,再转一下钥匙打开小邮箱的门,露出一堆信封和一些乱七八糟的广告。我会把它们整理好然后递给贝拉。"丫头,给你!"她就把它们都叼在嘴里,然后自豪地一路小跑,跟我回到公寓里,再把它们都扔在门口。"真是爸爸的小帮手!"我会这么对她说,然后蹲下来,表示感谢地挠挠她的耳朵。

有些时候,我们会在邮递员把信放进邮箱之前遇见他。他很友善,每次看见贝拉把信轻轻叼过去都很惊讶。他说:"你知道吗,要是能有更多人像你这样对待他们的狗,那这个世界就会变得更美好了。"我并不觉得自己对贝拉有多特殊——因为每条狗都应该被爱,被尊重。或许更重要的是,只要我们给彼此一个机会,世界会变得更加美好。

来到洛杉矶后不久,我们就知道自己必须要离开这座城市——哪怕只一天也好。我们收拾好凉鞋、毯子和毛巾,前往亨廷顿海滩,因为别人说,那里有最大的免牵引绳狗狗海滩。停车场里满是汽车和卡车,车后放着自行车架,车顶放着冲浪板架。货车和运动型SUV里面涌出来一家又一家的人,还有各种各样的狗。大部分都是中小型犬,但也有几只大型犬。"贝拉,我们到啦。"我一边从车里往外拿东西,一边对她说,"我觉得这儿超级棒!"贝拉深表赞同,拼尽全力拉着牵引绳往前冲,几乎要被自己的项圈勒得喘不过气。"放松点儿,小姑娘,"我接着说,"我们这就过去!"

贝拉很兴奋,耳朵紧紧地贴在头上。她一看见水,鼻子就开始抽动。浪花拍打着海岸,我在想贝拉看见海浪的时候会有什么反应。走近一看,这个尘世间的狗狗天堂就这么映入了眼帘。牧羊犬、纽芬兰犬、脊背犬、西班牙猎犬、斗牛犬、牧牛犬……应有尽有。我说得出的所有种类的狗都在这片海滨天堂里跑来跑去。有几十条狗在沙滩上玩耍,但只有三条狗在水里:两条金毛和一条拉布拉多寻回犬。

"唔，贝拉，"我对她说，"你想去凑成二对二平局吗？"

贝拉跳上跳下，重重地蹬在沙滩上。"让我过去！"

我看向查莉，她示意说可以。于是我松开了贝拉的牵引绳，她径直往水里冲了过去。加州的阳光衬托出她健壮的体格，棕色的皮毛闪耀着金色的光芒。就在她刚到海岸边的时候，一个两英尺高的浪头卷着拍了过来。就像做过无数次似的，贝拉纵身一跃，跳进了浪里。她的胸膛迎着拍过来的波浪，头抬得高高的，海水从她的肩膀两侧分流而过。她的腿就是有力的桨，在下一个浪头来临前，推着身体向前进。

就这样，贝拉在开阔的海洋里游起了泳。她游到住在海边的本地狗那边打了声招呼，我不禁骄傲地高兴起来。贝拉介绍完自己后，就转身朝着岸边游，然后俯下身，美美地喝了一大口海水。"别，别！贝拉……等等！"我呼喊道。但是已经太迟了。她已经咽下了那口咸咸的海水。贝拉的脸以我从未见过的方式皱了起来，她的鼻子往后挤，露出了门牙。她的脸颊颤抖着，好像要把早餐吐出来了似的。但我的贝拉不会让一口咸咸的海水毁掉自己的快乐时光。她向我们跑来，摇着尾巴，像一台巨大的洒水机一样把水甩得到处都是。她看着我手里那系着绳子的、塞得鼓鼓的帆布圈。

"嘿，爸爸，把你手里的那个玩具扔出去！扔得越远越好！这个水池超级大！"

我助跑了几步，然后把帆布圈扔进了海里。贝拉追过去，越过了一个小浪花，把它彻底拍散进另一侧的水里。玩具落在海面上，溅起了很大的水花，一只金毛游过来一探究竟。贝拉发现了它，在这场角逐中开始发力往前冲，胸膛微微超出水面。那只金毛起步早，优势更大，先游到了玩具那里，但它在贝拉靠近的时候开始往后退。贝拉叼着玩具游回了岸边，尾巴骄傲地竖着。

然而，一到沙滩上，一群不会游泳的狗就团团围住了贝拉。显然，他们一直在翘首以盼。他们或许对游泳不感兴趣，但他们绝对喜欢去游泳的狗狗们从海里带回的玩具。贝拉尽力保持礼貌，想躲开这些懒惰的"小偷"，但有条红色赫勒犬身手实在太过敏捷，从贝拉嘴里抢走了玩具。贝拉没有反抗，而是走到了我身边，那表情好像在说："爸爸，那条狗把我的玩具抢走了。"

"呐，小贝拉，"我对她说，"有的时候我们要把自己的东西跟别人分享，而有的时候我们要拼尽全力去守护住它。"

贝拉决定把玩具和别人分享。她跑回红色赫勒犬旁边，一同奔跑了起来。整个沙滩都充满了纯粹的快乐。快乐的狗，快乐的人,快乐的生活。对啊,在沙滩上,我想。我们适合这里,这里是我们的归属之地。

回家的路上,我们在长滩市停下车,去吃冻酸奶。我注意到当地人的特殊之处。他们在自行车道上骑沙滩巡洋舰①,懒洋洋地躺在餐馆的露台上,餐馆多到一眼望不到头。在许多餐馆的门前,都有狗趴在露台的阴凉处,牵引绳就绕在一根柱子上。大多数狗都在主人的视线范围内,但我发现也有人会自己进店里去,把狗拴在自行车架上,让它们在店外等。显然,人们不仅完全信任狗,也完全信任社区里的人。路人会跪下身抚摸狗狗,和它们拍照;如果需要的话,陌生人甚至会为狗狗解开勾住腿的牵引绳。许多店主在门外放了装水的盘子,有露台的餐馆也会给狗狗水喝。我想,这就是人类与狗在一起生活该有的样子。一个有凝聚力的团体,一个紧密黏合的家庭,一个值得信赖的社区。

某天,在刚到达长滩市的罗西狗狗海滩之后,我把贝拉最喜欢的玩具扔到水里。贝拉越过一个迎面而来的浪花,落下时吠了一声,然后一瘸一拐地回到了我们身边。我检查着她的脚垫,看她是否被割伤,但看起来似乎一点儿事也没有。于是我们就让她

---

① 一种高端自行车,可在沙地骑行。

试着游一游。她跑回水里,但那条腿还是使不上劲。我们决定带她回去休息,但这似乎让她更难过了。"爸爸,拜托啦。我们刚到海边来耶。现在就要走了?我三条腿也游得很好——我们继续玩吧!"

休息了几个小时后,贝拉还是一瘸一拐的。那天晚上,我们决定带她去看急诊。X光片显示,她右膝后部的颅十字韧带(CCL)撕裂。和人类的前交叉韧带(ACL)一样,颅十字韧带把大腿骨后面、膝盖上方的骨头和胫骨前面、膝盖下方的骨头连接在一起。它是保持膝盖稳定的关键因素,只有做手术才能修复完全撕裂的颅十字韧带。我们有两个选择:第一种可能会限制她的行动能力,第二种可能会让她重新焕发活力。区别就是后者要贵一千美元左右。我们放弃了价格实惠的那种,选择了效果更好、费用更高的手术,大约要花三千五百美元。兽医们都会为自己的宠物选择这种方案,所以我有理由这样决定。我们即刻安排好手术时间,刷信用卡预支了手术费,以后再慢慢还信用卡。

做完手术之后,贝拉得戴上那讨厌的"耻辱圈"[①]防止她去

[①] 名字来自动画电影《飞屋环游记》。剧中的小狗道格因为放跑了巨鸟而被同伴套上了"cone of shame",直译过来就是"耻辱圈"。也因为和伊丽莎白女王时期所盛行的英式脖套长得很像,而被称为"伊丽莎白圈"。

舔伤口。恢复需要六周的时间。这期间她并不能真正地玩耍，只能在屋子周围逛一逛。我们一起看电影，她的毛又长成了原来的样子，然后没过多久，她的腿就恢复如初了。

这让我有所领悟。在这件事发生之前，我并不明白人们怎么会在自己的狗身上花那么多钱——我爸爸的狗做了很多次手术，花了特别多的钱。我从不理解。但我现在理解了。当这种事发生在贝拉身上时，我没有一丝犹豫，我愿意尽一切力量，让她得到最好的照顾。

当我在洛杉矶逐渐施展开拳脚的时候，查莉却逐渐陷入了困局。她极为重视经济保障，于是接受了临时工服务中介为她安排的第一份工作，在康普顿的一家广告销售公司里上班。朋友们想帮查莉寻找更好的工作机会，但出于对新老板的忠诚，查莉拒绝了他们的好意。这是她第一次远离家人和好友，她很难过。我越感觉到自己对洛杉矶的喜爱，就越能察觉到查莉背负的压力。

但查莉是个很可靠的人，这是我爱她的另一个原因，而且我俩都全身心地投入在新生活里。我们在卡尔森的公寓里住了两年，然后在皮科里韦拉买了第一间房子。买房子意味着我俩想要认真地在洛杉矶生活下去。计划的下一步就是在有了个"毛孩子"的基础上，再添一个人类的小宝宝。我们都想要孩子，但我想先等五年，等我们的事业都踏上正轨再说。我希望自己有一定的经济能力，能买得起我小时候没能拥有的那些东西，让我的孩子不至于遗憾。但在第一年结束后，查莉不愿再等了。我坚持要等，她坚持要提前。很长时间以来，这一直是个令人愉快的话题，但如今，它却在催生我们之间的裂痕。我预想的是，等到我们的孩子要上学的时候，我赚的钱能让我们一家搬进离我工作地点更近的社区。我优先考虑的是影视城的郊区。在买第一间房子之前，我曾看中过那儿的几幢联建住宅，但查莉觉得那里没有家的感觉，她喜欢的是皮科里韦拉的那间房子。

我想找一份稳定表演工作的目标成了现实。搬来洛杉矶后不久，我参加了退伍军人事务部的一个广告试镜，那是我第一次试镜。我得到了那个机会，虽然并没有拿到多少钱，但我很荣幸能再次穿上那身军装，在那么大的一个平台上为退伍军人代言。那之后没过多久，我加入了工会，定期会有些额外的工作来减轻支付账单的压力；我得到了更多拍广告的机会，还参加了几个独立的项目提升经验。我能在一些大片中扮演小角色，还遇到了一些我喜爱的演员。我进入了一个名叫"媒体界和娱乐界的老兵"的组织。我的新朋友都是各种演员和艺术家，其中很多都是退伍军人，他们希望在服役结束后追逐自己的梦想。我们前往表演工作室和电影首映礼。我真的在那儿，这简直像做梦一样。我不是什么特别的人，但在一步一步地向前走。我在洛杉矶的电影行业里工作谋生。每天我都凝视自己的内心，对迈克说："我在追逐梦想，哥哥。就像你说的那样。"我是从内布拉斯加州农村里来的一个穷孩子，别人总是说："说实话，罗布，你做不成什么的。"但我现在在这里，终于实现了我的梦想。我觉得自己是在为每一个被告知他们做不到的孩子而活。

就像洛杉矶的交通一样，我的生活并非一帆风顺。从皮科里韦拉到好莱坞长达一小时的通勤时间逐渐令我感到疲惫。我心中的怨气开始滋长，因为是查莉想住在皮科里韦拉的。在好莱坞或伯班克演出、试镜结束后，我会坐在车里，在高速公路的拥挤车流中，注视着前方望不到头的尾灯。我会经过我想住的影视城联建住宅区的出口，但我还有一个小时的路要熬。踏进家门时，我还带着这份痛苦。当时的我并没有察觉，但查莉能感觉到我的怨气，她在完成学业的同时，还在做一份全职工作来支撑我的梦想。我们的完美世界开始出现裂缝。

第十一章
我的整个世界

盛夏里的某一天,我们的空调打不开了。我打电话给军队里的一个朋友,他开着自己的工作货车到了我家。在查看屋外的部件时,我们发现是某种神秘的、牙齿尖利的妖精咬断了电线。

贝拉正忙着嗅货车的轮胎,我叫了她一声。她摇着尾巴小跑过来,一脸好奇的天真感。我指着被咬坏的电线,用责备的语气问道:"那是谁干的?"

她的好奇变成了担忧,尾巴也摇得慢了。

"贝拉,是你咬的吗?"

她低下头,在我面前羞愧地转过身去,然后尾巴缩得紧紧的,走开了。我并不是真的难过,但我想让她知道,我对目前的状况也并不兴奋。充分显示:一条犯了错的狗看起来确实有些吸引人。对我来说，这是一种承认，一种理解："噢，不。我做错事情了。我不喜欢让爸爸知道我做错了事。"否认得也有些可爱，"如果我不看他，也许问题就会消失。"

贝拉趴在走廊边，避免和我有眼神交流。我的朋友开始修理电线，但我不忍心让贝拉继续沮丧。我叫她过来。她有些犹豫，脑袋还低垂着，于是我说："过来吧，没事的。"她依然挪得很慢。我单膝跪地，语气里多了一丝玩闹："过来，宝贝。爸爸没生气。"贝拉抬起了头。我张开双臂，她轻轻抖了一下，然后朝我跑来，冲进我的怀抱里，好像在说："在说我吗？真的吗？"她舔了舔我的脸，然后四脚朝天地躺下，让我好好揉一揉她的肚皮。她又大幅度地摇起了尾巴，"扑通"一声跳到了草地上。

"去吧，宝贝，我原谅你啦。"

虽然她很聪明，知道自己做了错事，但这个教训的影响力并没有持续下去。就在修理好的第二天，空调又无法启动了。我去检查电线，不出所料，证据显示，咬断电线的还是那个小妖精。这一次，我甚至没有叱责贝拉。我又给朋友打了个电话，然后去商店买了些铁丝网来盖住空调，从根源上消除了这份对贝拉的诱惑。

我们都做过类似于咬断空调电线的事。诱惑使我们偏离了正常的轨道。我用了更长的时间才咬断电线——尽管最终获得了原谅，但我造成的伤害是无法弥补的。

2010年时，一场毁灭性的地震撕裂了小国海地。时隔一年后，这个国家仍然伤痕累累。我的兄弟科里拥有国际救援的学位，他打电话给我，说他要去海地援助，想让我也一起去。我对他说："我拿不出买机票的钱。"我和查莉的资金状况确实不佳。科里是基督复临安息日会的成员，他说："上帝会提供的。"我不信主，但我想试一下，就在脸书上分享了我的需求。果然，我的朋友们纷纷给我捐了款。我买了一张去海地的机票。我们在那里帮忙过滤水、教授急救课程、去学校和孩子们见面、分发牙刷，尽自己所能给他们提供帮助。我在海地找到了某些自从开始表演之后就失去了的东西：一种服务意识。

又能帮助别人的感觉很棒。这是我擅长做的事，而且我想做得更多。查莉对我表示支持，而且只要我不离开太久，贝拉也能接受。回到洛杉矶后，我发现一群退伍军人成立了自己的救灾组织——"卢比孔团队"。我立即报名加入，然后就和团队一起前往伊利诺伊州的马赛，协助抗洪救灾。我热爱这一切。艰辛的工作、汗水、团队和任务。最重要的是，我们帮助的那些人。

巨大的龙卷风袭击了俄克拉何马州的摩尔，我立即与查莉和贝拉吻别，重新收拾好行李，再次动身前往灾难现场。整个街区都被夷为平地，大树倒在地上，车辆扭曲成了大金属块，还有汽车被刮到了一家医院的楼上。我们就在废墟的中心地带工作，靴子踩在地面上，双手探进瓦砾中。我终于有了在前线服役般的感觉。这就是我想要的。这些人都是我的伙伴。很快，我就被提升为组长。我寻觅了这么久，终于有机会为我们国家的人民服务了。

我想，要是能一直有付费演出的机会，那我就可以在空闲时间做志愿服务。这简直不可思议，就像是一个能解决人生所有问题的完美方案。这就是我回报的方式，我可以两者兼顾。然而，兴奋是短暂的。

我的表演经纪人给我打来一通电话。

"嗨，罗比，"他说，"我给你安排了一场特别重要的试镜，角色是热门电视剧《真爱如血》里的一名海军陆战队员。我希望你明天就过来。"

"明天？"我对他说，"我和卢比孔团队的伙伴一起在俄克拉何马州呢。我可以两个星期之后去，明天绝对是到不了的。"

"你说什么呢，罗比？这是你关键的突破机会！买张机票，赶紧回来。"

"还会有别的机会的。我现在就想待在这里。"

我们来回争论着。他气愤地挂断了电话，我俩就此分道扬镳。我拒绝了一个在他眼中不容错过的良机，在他看来，这是一个错误的决定。但我感觉很好。很诚实。很有原则。我重视志愿活动胜过所谓关键的试镜机会。志愿者致力于帮助有需要的人。我确定自己做出的是正确的决定。

但与表演经纪人分道扬镳，意味着我刚起步的演艺生涯将缓慢地走向死亡。

这也是某些事情走向终结的开端。某些重要得多的事情。

从俄克拉何马州返回洛杉矶后，我依然沉浸在灾区工作的兴奋感之中。查莉很高兴我回到家里，准备与我和贝拉一起去海边玩一天。就我们仨。就我们这个小家庭。我们到了海滩上，但我的心思还飘在别处。我还满心想着拯救世界，能谈论的也只是我有多想再做更多这样的事。

"那表演呢？"查莉问我，"我们搬来这儿是为了你的表演梦啊。"

"我可以兼顾！"我说。

"那我们呢？对你来说，有我们还不够吗？"

我没有回答她。相反，我有个无法表述清楚的问题：你为什么不希望我拥有这一切呢？

我参与的救灾活动越多，我们之间的关系就越混乱，也越疏远。我们都试图挽救——为了我们自己，也为了贝拉。我们都不想拆散这个小家。我邀请查莉和我一起去参加卢比孔团队的活动，但她每周要工作四十个小时，还在网上学习全日制的课程，根本无法像我这样花一周的时间做志愿者。我最近又喜欢上和英雄计划里的成员骑自行车，就试着让查莉和我一起去。查莉是个跑步爱好者，而且我知道她能迅速学会一项新运动。对我来说，自从后背和腿部的疼痛占据上风以来，骑自行车是我能做的第一种运动项目。我迫切地希望她能加入，一次次地询问她。她终于心软了，和我一起参加了一次环法、环意的伟大骑行。她勇敢地接受挑战，骑得特别好。每一次她意志坚定地翻越高山，都让我和队里的其他人敬佩不已。偶尔她需要帮助时，我就会推着她，帮她登上山顶。虽然并不容易，但这感觉就像是某种和解，某种团队合作。

那场骑行快要结束的时候，我突然意识到了一件事。骑车翻过这些高山就像是一种比喻。在我们的婚姻中，我总是推着她，让她去做那些她并不真的想做的事情。查莉是个很有运动天赋的人，她经常陪在我身边，但推着她就是阻止了她，让她不能去做那些真正想做的事。她为我放弃了工作、家人和朋友，还把生孩子这件事往后推。我们想要的东西完全不同，我必须接受这一点。

然后，深层汹涌的冲突再也无法抑制。从法国返回美国的第二天，查莉就搬回了内布拉斯加州。我们明确提出，这将是无限期的。

"我就是不知道如何从情感上支持你，"查莉说，"你太不专心了。"这是真的。我的注意力很分散。在将"服务"加进我的人生梦想的过程中，我把自己的精力分散开来，对每个点来说，得到的关注都太少了。

我们分开得很友好。我们都真心希望对方能快乐。我们说好，给彼此一年的时间独自生活，或许之后我们还能重新走到一起。贝拉。贝拉怎么办？这是我们在分手过程中第一次产生争论。我们不是争着要留住她，而是争着不把她从对方身边夺走。我们争辩着贝拉为什么更适合和对方在一起，几轮过后，查莉说服了我。她说，有家人的陪伴，她在内布拉斯加州会过得很好；但我需要贝拉，需要她提供给我目标。我知道查莉说得没错，但我也明白她为我所做的牺牲。

查莉离开的那天晚上，我们拥抱了彼此，并互相道别。我和贝拉站在门口，看着查莉开车离去，她的车尾灯融进了洛杉矶繁忙的车流中。我们缓缓走回公寓里，然后我倒在地板上，陷入了深深的悲伤之中。我把脸埋进贝拉的毛里，放声痛哭，把她抱得越来越紧，就像紧抱着泰迪熊的孩子一样。贝拉舔掉了我脸上的泪水。我做了什么？

我毁掉了自己的家庭。

几周后，在尝试弄清新生活将走向何方的时候，我得到了一个工作机会：圣地亚哥的"骑行康复"队里有份付薪水的工作，工作地点在海军医疗中心，工作内容就是通过骑行，帮助近期受伤的海军陆战队员和船员们修复创伤——我的第一个念头就是打电话给查莉。她为我感到兴奋，真诚地表示了她对我的支持。

"如果我选择这份工作，你会考虑和我一起搬到圣地亚哥去吗？"我问道，"情况会不一样的。我会专心致志。我会有可靠的收入。"

电话那头沉默了许久。"我不知道，"查莉最终说道，"我的家人都在这里。他们在哪里，我的家就在哪里。"

我很挣扎。这是人生中一个重大的决定。如果我接受了这份工作，那我实际上就是推开了自己的婚姻。我需要好好考虑。

我回复说能不能给我一些时间考虑是否接受这份工作，这份犹豫让我失去了直接得到工作的机会。不到一周，他们就对外公布了招聘的信息，而我很快就发现，求职者们竞争得异常激烈。我决定，无论如何我都要申请这份工作。我不像其他人那样有着漂亮的简历，但我能证明我具备这份工作需要的东西，有价值的东西。从某种程度上来说，为了增加申请的筹码，我报名参加了蓝草挑战赛。这也是一次长达一周的骑行挑战，骑手们需要穿越肯塔基州。我会证明我个人的价值比任何证书或奖状都要高。

我和贝拉开着我的马自达踏上了路途。计划是，先去科罗拉多州斯普林斯市看望我的父亲、继母和祖母，然后到我姐姐埃米在内布拉斯加州的家里度过复活节假期，再去肯塔基州。一切都按着计划进行。然而，在耶稣受难日①那天，我在埃米家接到了我父亲的电话。

"奶奶中风了，还在昏迷，"爸爸告诉我，"医生认为她挺不过来了。"我简直心都碎了。我特别特别爱我的奶奶，她真的是我见过的最善良的人。我想开车回科罗拉多州去见她最后一面，但我几天前才刚与她分别，我有点儿想要只记得她那时的样子。

---

① 复活节前的星期五。

此外，如果我有可能得到这份工作，那我就得按计划继续前往肯塔基州。我不能再搞砸了。爸爸和我的继母唐娜都表示，他们理解并尊重我不回去的决定。我告诉爸爸，如果祖母过世了，就打电话给我，我保证到时候一定立刻出发返回科罗拉多州。与此同时，我知道他们会陪在她身边。她并不孤独。

两天后，在复活节的早晨，我接到了堂姐的一个电话。她歇斯底里地大叫着，让我马上给爸爸打个电话。她不愿再多说什么。

一定是奶奶去世了，我想。情绪不必如此激动，奶奶已经九十三岁了，她已经精彩地活过了。

我打电话给爸爸。互相问候之后，他停顿了很长一段时间，然后语气平静地说："鲍勃，不是这件事。孩子们要回来看奶奶，他们在路上出了车祸。"他又停顿了一会儿，然后接着说："夏丽蒂死了。"

我的姐姐。

她不久前刚来加州看过我。

带着她的孩子们。

夏丽蒂和乔伊都来拜访过我。那是我三十一岁的生日，我带他们去了威尼斯海滩，和他们分享我的新生活。有家人在身边的感觉真好。我们谈论了关于表演的事，以及住在洛杉矶的感受。

他们开玩笑说，等我大获成功之后，走红毯一定很棒。我说只要有人邀请我去走红毯，我就会邀请他们一起去。我们都要去——库格勒一家、多希尼一家、查莉和贝拉，他们是这个世界上我最爱的人。那是我所计划的。我们之中有很多人完全没有走红毯的机会。

夏丽蒂被自己的体重困扰了很多年。她说："算了。被别人看见你和我走在一起的话，会让你丢脸的。"

我回答她说："什么？不，我不会的。你们是我的家人，我为你们感到骄傲，也为我自己的出身感到骄傲！"

夏丽蒂、乔伊和贾森开车从爱荷华州往科罗拉多州去，已经完成了近四分之三的路程。奶奶躺在医院里，如今冲破种种艰难，竟苏醒了过来。夏丽蒂开着车，与一辆半挂车相撞。卡车把他们撞出了路边，他们的车翻滚了好几圈。乔伊和贾森被送进了医院，医生说他们的伤势很轻。但夏丽蒂没能挺过来。我又要埋葬另一个手足，我的父母之中又有人要埋葬自己的孩子。又有一块大石头被扔进了我们的池塘里。

我在电话里保持着坚强，不想让爸爸难过。我保持着坚强，从客厅走进厨房。我保持着坚强，在餐桌旁坐下，但我现在得把这件事告诉埃米，我的声音嘶哑着，泪水滴在了餐桌上。

我离北普拉特只有几个小时的路程，乔伊和贾森正在那儿的医院里。于是我尽可能快地开车过去，一到那儿就紧紧地拥抱了他们。我同父异母的弟弟托尼也在那里。候诊室有种不真实的感觉。我们根本不应该在这里。而且乔伊和贾森从身体上来看，几乎是毫发无伤，那夏丽蒂怎么就死了呢？

我问乔伊和贾森想让我们做些什么。乔伊还是想去探望奶奶，但和贾森商量之后，他们都决定回到自己的孩子身边，还要去夏丽蒂的孩子们那里。夏丽蒂才四十出头，还很年轻。她有两个孩子，后来贾森决定把她的孩子带回家抚养。

于是我和托尼开车送他们回到爱荷华州，然后在那儿待了一整晚，确保备齐他们需要的东西。除了陪在他们身边，我们无能为力。你只是想陪在家人身边。有的时候，这就是你唯一能做的事。陪在他们身边。

我想念在肯塔基州骑行的日子。

我没有得到那份帮助老兵的工作。在返回加州之前，我和查莉约见了一位顾问。或许我们的婚姻还有一线生机。我们都觉得，只有等到加州房子租期结束，等我全力筹备完接下来的试镜工作之后，我才能毫无遗憾地全身心投入这段感情里。我们都明白那个若隐若现的"假如"有多大的杀伤力。于是我回到了洛杉矶。这回,我问查莉能不能留下贝拉。我讨厌与贝拉分开,但查莉在内布拉斯加州的房子有一个巨大的后院,我在洛杉矶只有一间二层的公寓。我希望在我外出试镜的时候,贝拉可以自由地奔跑,而不是被关在水泥丛林中的公寓里。和贝拉道别对我来说特别残忍。我拥抱了她很久,她低垂着眼睛,尾巴一动不动地夹在两腿间。她都明白。

我要做一些艰难的自我反省。我在便利贴上写下我最重要的东西,然后把它们贴在浴室的镜子上:帮助别人。表演。贝拉。查莉。追逐梦想。家庭。

最后那个词在对着我吼叫。

我真正的梦想是拥有自己的家庭。与贝拉和查莉一起,我已经拥有了一个。我最快乐、最满足的时刻,就是拥有自己小小的除草事业、有自己家人陪伴的时候。当我研究那些便利贴时,我感觉自己产生了巨大的转变。我想回家去,和我的家人在一起,去过那个我曾经拥有的生活。但一切都太晚了。我已经犯了太多的错。我把那该死的空调电线咬断了太多次。我拖着查莉走得太远太久了。

她提出了离婚。

悲伤迅速淹没了我。死去的是曾经拥有的人生，这真的很糟糕。从我的角度来看，这感觉就像是查莉和她的家人都在空难中逝世了似的。你不是和某一个人离婚，而是要从那一整个大家庭里脱离出去。他们曾在那里，然后他们都离开了。贝拉也是。

只剩下试镜这件事了。我错失了几个不太重要的机会，但眼下还有一个重要的机遇。我约到了《海军罪案调查处》（NCIS）的一次试镜，这是我实现"重大突破"的机会——但我在试镜的时候心不在焉，心思完全没放在上面，所以我就搞砸了。我没有勇气再去参加别的试镜了。这个虚幻的世界似乎不再重要。我曾为了梦想放弃了家庭——但最终，我失去了一切。

一股深深的挫败感笼罩了我。我在浴缸里哭了很久，不知道我的生活怎么会变成这个样子。我怎么会想当演员呢？我是那个从电视里发现一种逃离现实的方法，就被追逐梦想的执念困住了的小男孩吗？我只是想证明那些说我做不到的人是错的吗？我是在寻求大众的认同吗？突然间，一切都显得那么自私，那么空洞。浴缸上方有一扇天窗，我躺在浴缸里，泡到皮肤起皱，看着头顶的天空变黑，没有一颗星星。我的思绪也一同变暗了。我对一切都失去了兴趣。

我得离开加州。我必须离开这座城市。我把马自达换成了越野车露丝，还买了一辆货运拖车。我把摩托车放进去，收拾好所有家当，签字终止了租约。我没有家了。我准备沿着西海岸旅行，穿过公园，驶过冰川，或许会再回到内布拉斯加州。在途中，如果有什么地方感觉像是家，我就会待在那里。我没那么在乎了。

准备出发的那天，我接到了一通电话。又是个该死的电话。奶奶去世了。我放弃了去西海岸旅行的计划，开车前往科罗拉多州参加在教堂举办的追悼会，然后接着去内布拉斯加州参加她的葬礼。我的祖母真的很高尚。在医院的最后几周里，她最大的快乐就是为所有照顾她的医护人员和医生祈祷。她提醒每一个踏进她病房的人，让他们为其他正在苦苦挣扎的人祈祷，为所有需要帮助的人祈祷，甚至为囚犯们祈祷，因为他们同样需要被救赎。她的一生都过得很好，没有一丝虚情假意——这很能鼓舞人心。

我呢？去过墓地之后，我发现回到内布拉斯加州的自己无处可去。现在怎么办呢？我不知道自己想要什么了。我为了追逐表演梦而失去了简单而美好的生活；我放弃了梦想，去实现为灾区民众服务的愿望；我舍弃了婚姻，以确保自己能自由地做那些事情；我计划了一场越野探险，但死亡再一次打乱了我的计划。

我想要什么？我应该做什么？

我拿出笔和纸,开始写我能采取什么行动去成为我想成为的人。

"把已经开始做的事情做完"排在第一位。在做别的事情之前,我得先把这些零碎的事情处理好。优先考虑:上完最后那些课程,拿到我的消防技术专科学位。

学校在林肯市,所以我想还是要尽快付诸行动。我回到大学校园里,发现如果立刻开始学的话,只要花九个月,到六月的时候我就能毕业。于是我走进书店,购买了必要的书籍和蓝色T恤,回到消防大楼里,在浴室里刮干净胡须,穿好T恤,然后去上课。

我勾掉了清单上的第一项。

"找到住的地方"可能更适合列为首项,但人总是后知后觉的。我想找个临时的住所,但没能找到。当查莉得知我返回林肯之后,她问我要不要再把贝拉带回来——查莉有一份全职工作,整天把贝拉留在家里让她感觉很内疚。我特别渴望能把贝拉接回来——我想她想得要命,就像失去了灵魂的一部分似的——但我自己都还没有住的地方。我借宿在兄弟们的沙发上,要不就睡在我的越野车里,所以我没办法把贝拉接来。她需要一个合适的家。但我害怕这次要是拒绝的话,以后我可能就没有这样的机会了。这样说来,只有一个选择。我把贝拉接了过来。

在很长一段时间里,这都是我做的最棒的决定。

我离了婚,住在这个大多数好朋友都离开了的小镇上,睡在朋友的沙发上或是自己的车里,工作就是给橱柜安装门把手。我即将拿到一个学位,但我并没有真的投入其中。我只是要完成这件事——我需要再次品尝到一些成就感。如果你天生就有把事情做完的习惯,那你就很难理解我的想法。有很多事情我都只开了个头,然后就把它们丢在一边。我必须控制一下自己的生活,把那些在我生命中留下巨大缺漏的事做完。这就是我的内心世界,而在这混乱、悲伤、失落和绝望的旋涡中,贝拉成了我的全部。

我搬进了一个好朋友正在施工的房子里,帮忙改造房子来抵租金。我给贝拉买了一张矫形床,给自己买了张折叠床。没有厨房,我就在地下室里的电炉上做饭。我们并不富裕,但我们拥有所需要的一切。每天晚上我们都会去公园散步,贝拉会带着一种足以点亮黑夜的快乐滑下滑梯。某天晚上,我躺在折叠床上,贝拉在我旁边。我写下了自己深深感激着的事情:

感谢我的贝拉,一直陪在我身边。

感谢她的尾巴,在我进门的时候都摇晃着。

感谢她愿意睡在我旁边，就算是在拥挤的折叠床上。

感谢她湿润的鼻子和长长的胡须，每天早上让我痒得醒过来。

感谢她脸上的微笑，还有她无数次让别人脸上露出的微笑。

感谢她无条件地爱着我——就算我伤心欲绝、怒气冲冲，就算我犯了错，就算我一败涂地。

感谢她教会我，快乐地活着并不需要很多东西。

感谢她成为我最好的朋友。

几个月后，在2015年8月中旬，我从大学毕业，完成了一项任务，可以进入下一个阶段。但贝拉已经被诊断出了癌症，被截去了腿。她已经活过了三个月——这是兽医最终预判的最早可能死亡的时间——生命的钟表正在嘀嗒嘀嗒地走。但我还是停滞不前，充满了不确定，我们还没有踏上那场伟大的旅程。

某天下午，电话响了。这通电话可能会让我重新活跃起来。

"你的名字在名单上！"那位女士说，"你被选上了，快回洛杉矶来。"

她是"底层"的一名行政人员，这通电话带来了一则重大的消息。我被选进了高级班。走到这一步，竞争真的特别激烈，如果我通过了这个班的课程,那就意味着我将重返赛场,回到演员的行列,继续追逐梦想。

接到这通电话,我就离这些东西很近了。

挂断电话,我欣喜若狂。那天晚上我几乎没能入睡。第二天,我匆忙地四处奔走,收拾行李,辞去钻孔的工作,然后排着队,准备重回天使之城①。尽管困难重重,但在这座城市里,我昔日的梦想依然存有生命力。

那天下午,我匆忙地走下楼梯,贝拉正站在楼下对我摇着尾巴。她的脑袋歪向一边,睁大眼睛看了我一眼。这只代表着一件事情:她准备好去探险了。她叼着我的车钥匙,察觉到某些事情要发生,并且已经准备好要和我一起面对。

突然间,我的所有注意力都集中到了重新拾起加州的生活这件事上,我的情绪高涨起来。我的目光坚定而锐利,说道:"贝拉,现在不行。"然后步履匆匆地走下楼梯,要把一大堆东西放进四驱越野车里。贝拉拦在前面,我只有绕过她才能继续走。我走到露丝旁边,把东西放好,然后转身上楼梯。贝拉又拦住了我。

"现在不行,贝拉。"我又说了一遍,这次语气更坚定了。但当我

---

① "洛杉矶"一词在西班牙语中是"天使"之意。

拎着行李箱,再下楼梯的时候,贝拉又拦在了前面。

"走开!"我大叫着,用膝盖把她顶到一边,"我在忙,你却挡着我的路!"

贝拉低下头,钥匙"吧嗒"一声落在了地上。她用三条腿跳到了楼梯平台上,然后重重地叹了一口气。她好奇的眉毛耷拉着,眼神也不像之前那样兴奋了。她可能听不懂我说的话,但她明白其中的语气和含义。

我放下行李箱,坐在她旁边的地上。

我看着行李箱。我的箱子。我的衬衫、裤子、鞋和山地自行车都被收拾好了。我抚摸着贝拉棕色的皮毛,挠着她松软的耳朵后面。我用手摸过她的后背,揉着她尾巴上面的后臀部。我长长地叹了口气。

我刚刚让我最好的朋友别挡着路,然后我就能离开,过我自己的生活。

难道我还没学到什么东西吗?我还不明白追逐梦想不值得以牺牲我最爱的东西为代价吗?但我又是这样,只关心我自己。我不想再犯同样的错误,对贝拉,对查莉,对任何人。现在这一刻,眼下——才是至关重要的。我现在可以做出改变。成为我要成为的人比做我想做的事,或是我自以为我想做的事更重要。

"贝拉,"我低声说,"你没有阻拦我去生活,你就是我的生活。"

她察觉到我们之间重新连接的情感,于是竖起了耳朵,尾巴也开始摇摆。她又恢复了笑容。贝拉叼起我的车钥匙,友好地甩了甩。

我又叹了一口气。

我打电话给"底层"的那位女士,谢绝了那份邀请。她说会把我放在候选名单上一年,一年之后,就彻底没有机会了。它会成为别人的梦想。我挂断电话,立刻反思了自己的决定。我的选择是对的吗?

我盯着贝拉看了很久,这是我一生中见过的唯一完美的事物。那个问题的答案显而易见。"我们去公园玩吧,宝贝。那儿有个新的滑梯,你肯定会喜欢的。"

第三部

无条件去爱

第十二章
狗的积极性

我和贝拉在靠近南卡罗来纳州的某个地方。天色已晚,我们正在寻找停车点去露营,但运气不好,没有找到。我们驶离高速公路,很快就到了一片住宅区——我并不清楚具体是哪里。那儿是一片有很多空地的公寓楼群。树木茂密。一切都显得如此安全和宁静。这不是我们的首选,但还算可以。我把露丝开到停车场的另一端,尽量不引人注目。我停好车,带贝拉去散了一小会儿步让她撒尿。我在车里留了一个三十二盎司[①]的宽口佳得乐饮料瓶,以备不时之需。

我和贝拉爬上露丝的后座,依偎着过夜。贝拉已经闭上了双

[①] 1 盎司约合 28.350 克(毫升)。

眼,然后就像打开了开关似的开始打鼾。我很羡慕她这种本领。在钻进睡袋之前,我脱光衣服,拿出些湿巾,在阴部抹了些婴儿爽身粉。为了保持卫生,在不能洗澡的日子里,我都会用婴儿湿巾迅速擦拭一下,然后撒上爽身粉,保持身体的清爽。贝拉并不在乎我是什么状态,但我在竭力坚持一些原则。正当我躺在车里,脚几乎抬到了头顶时,有人敲了敲我的车窗。

"等一下。"我对那人说,然后匆匆忙忙地把自己盖住。把车停在不该停的地方是一回事,在车里翘着光屁股就完全是另一回事了。

"怎么回事?"有个声音传来。他是个年轻人,二十八九岁的样子,是个巡视的保安。我猜这里的房客们都有停车证,而他查看了我的挡风玻璃,发现我并没有证件。

"呃,我在和我的狗一起旅行,"我透过窗户的缝隙对他说,"我们想找个安全的地方过一夜。"贝拉被吵醒了,铜褐色的眼睛紧盯着窗外的人影。

"好吧,我是不太介意,"保安说,"但早班的人很可能会叫人把你的车拖走。你最好在天亮之前离开这儿。"

我点了点头,他也点了点头,然后就走开了。想想看现在的情况——一个半裸的男人,一条大狗——我很欣赏他的冷静。

他一走出安全距离以外，我就继续给我的下身抹粉，确保每一个角落都被覆盖到。虽然我经常裸着睡在睡袋里，但从现在开始，我会记得要穿裤子。腾起的粉末飞到了贝拉的鼻子上，她打了个大大的喷嚏，吓了一跳。她恼怒地看了我一眼，我不禁笑出了声。哎呀，我的小贝拉。谢谢你提醒我不要太把自己当回事。你真是一个男人能有的最好的朋友。我们蜷在一起，又陷入了梦乡。

到了夏天，这里空气比南方大火还要热。我和贝拉驱车前往佛罗里达州的基韦斯特。外面的气温似乎有一百万摄氏度，所以我们根本无法在车里露营。我们必须要找到有空调的旅馆。幸运的是，我们找到了香蕉湾度假酒店，工作人员给我们打了很大的折扣。

我们跳下车，贝拉一下子就捕捉到一只鬣蜥蜴的气味，她的眼神变得锐利起来。她拽着牵引绳脱离了我的控制，把蜥蜴追上了树，然后向我抛来一个惊讶的眼神。"爸爸……你看见那只松鼠身上的鳞片了吗？"蜥蜴是一种新的松鼠。我看着贝拉激动的神态笑了起来，嘴角几乎咧到了耳朵根儿。

贝拉喜欢狩猎。我要做的就是说出一个开放式的问句，来吸引贝拉的注意力。"那是个……"后面接的词能直接决定她的反应。"松鼠"会让她直盯着树上看;"鼹鼠"会让她把鼻子贴到地上;"虫子"则会让她注意客厅里的灯。

松鼠和鼹鼠只是为了玩闹,但她从不会真的想抓住它们。然而,虫子就完全不同了,尤其是家蝇。我没留神的时候,贝拉会第一个注意到苍蝇恼人的嗡嗡声。她那专注的目光提醒我,来了个不受欢迎的闯入者。我跳起来,扫视四周。贝拉检查着窗户,鼻子里喷着热热的气息。目光所及之处,并没有敌人的踪迹。我用最佳指挥的语气喊道:"客厅安全!"

嗡嗡声又出现了,但我找不到它的来源。贝拉的脑袋歪向厨房的方向。"走,走,走!"我对她说。我们从客厅的地毯上跑到厨房的油毡上,几秒钟之内,就锁定了目标。那是只大苍蝇。它在玻璃上飞上飞下,从这扇窗户飞到那扇窗户,嗡嗡作响,完全不在意自己的入侵。贝拉知道,要等这位有翅膀的入侵者飞低一点。她成功一击的最佳点是在后门的玻璃上。我们都等待着,让敌人觉得安逸,然后犯下这样的错误。

随着时间的推移,我们的耐心得到了回报。当那傲慢的苍蝇碰到后门的那一刻,贝拉发出了致命的一击。她还不够快。苍蝇逃脱了她的利爪,飞到了厨房窗户的顶上,躲在窗帘后面寻求庇护。贝拉追了过去，但苍蝇离她太远了。我知道我要做些什么。我向目标靠近，精心估量着用手掌猛地一拍，把它打飞。它重新确定好自己的位置，改变方向朝窗户飞去，然后又一个猛击，一枚毛茸茸的棕色导弹把它压在了墙上。贝拉带着胡须的嘴巴大张着，粉色的舌头弹了出来。那只苍蝇被刽子手吞了下去。威胁消灭了，家园安全了。"解除戒备，小贝拉，解除戒备。"我在贝拉的头顶放了一只玩具，来祝贺她的成功，然后补充说，"我们真是一个很好的团队，亲爱的贝拉。"她舔着嘴唇，回头往营地走，然后趴了下来，闭上了一只眼睛，已经为下一场战斗做好了准备。

我还在大笑着想着这件事。我们在酒店的房间紧挨着游泳池，我和贝拉也仔细检查了房间里面，没有发现带翅膀的入侵者。我们过了两个晚上的豪华生活，睡在那张特大号的床上。有这张特大号的床是我的幸运，我想。贝拉再也不会想在车里露营了。

我们继续前进，到了零英里标志，这是美国大陆接近最南端的地标。有块牌子上写着"距古巴九十英里"。人们排着队要和那个标志合照，但我并不想让贝拉忍受七月的闷热，让滚烫的地砖伤到她的脚垫。我们在不远处发现了一片小小的狗狗沙滩，贝拉能去凉快凉快,我也在水下拍摄了一些贝拉游泳的照片。

从她小时候起,我就一直想拍这样的照片,但我们碰到的都是浑浊的水。这里的海水如水晶般清澈透明。我在水下拍摄时,能看到她划动时三条腿的每一个动作。她的前腿把水从胸口中间往下拨,后腿就是正常的游泳动作,尾巴像船舵一样不停甩来甩去,以保持直线前进。她的身体适应得这么好,我都不确定这是不是她思索的结果。这场面简直太壮观了。真的非常神奇。

"她游的时候怎么可以做到不打转呢?"常有人这么问。好吧,现在我有答案了。

等贝拉从水里出来后,我用毛巾帮她擦干身体。我特别喜欢她好奇地看着我,不知我为何如此兴奋的样子。这是另一个值得珍惜的瞬间。这一刻,我已经想象了很多年。真幸运,贝拉活到了现在,我们能一起度过这一刻。我深深地吸了一口气,回过头看着大海,心里想:哇,我们来了。我们真的做到了。

我们在把梦想活成现实。我又想起了迈克的信。"梦想""去追吧"。也许这就是我要学的东西。梦想可以改变,但如果我们不"去追",梦想就永远无法实现。而我和贝拉正在追逐我们的梦想。

我的三表哥在奥马哈的一家新闻电视台工作。我只见过他两次，但他还是主动联系了我，询问能不能把我们旅行的故事介绍给他的制片人。起初，我并不愿意接受采访，但后来我转念一想，世界上有那么多消极的东西，或许人们想听些积极的故事来换换口味。当我们开车经过佛罗里达群岛之间的标志性桥梁时，我和表哥所在电视台的主播在网络电话上进行了一次短暂的采访。我把手机固定在挡风玻璃上，一边开车，一边说话。

第二天，故事就被发布出去。我们把露丝停在路边看直播。一切都是那么坦率。我谈到了贝拉的诊断结果；她的腿是怎么被截掉的；她预计只能活三到六个月，但现在已经过去了十四个月。故事中穿插播放着我们的照片。主播描述着这条狗和她的主人之间的纽带，这条纽带联系得有多紧密，多么牢不可破。我也提到了这次旅行的事，说我希望它能激励其他人勇敢生活。"我亲眼看到，不去做自己想做的事情会有什么结果，"我简单地说道，"那就是，你会失去行动的机会。"

看完之后，我转身面向后座，看着贝拉："宝贝，干得漂亮。希望我们能激励更多的人。"贝拉摇着尾巴，为让我感到开心的事而高兴。我觉得是这样的。

第二天，美联社报道了这篇故事——突然间，它就四处流传开来。不到四天，这个故事就被传遍了美国。它被传到了印度、英国和新西兰。我们简直不敢相信。我们在新闻网站上滑动的照片得到了数百万的点击量,开始收到来自世界各地的电话和邮件,那些人都看过我们的故事,受到了我们旅程的激励。我们尽力去回复每一封邮件和每一个电话。我们惊呆了。对我们的探险之旅及其传达的信息感到惊讶。贝拉所表现的坚韧非常鼓舞人心。贝拉面对生活的快乐很有传染力。贝拉的爱甚至可以用来疗伤。

我们发现自己成了业余的治疗师,为成千上万想找人谈谈他们垂死的狗的人提供帮助。有些人不知道该怎么办,有些人希望我们帮忙筹集治疗所需的费用,还有些人只是想找个人倾诉。我想帮助他们。我竭尽了自己的所能。同时,我和贝拉继续前行。我们不断地旅行,全身心地投入其中。继续拍照。继续与别人相遇。继续和别人交流。继续学习着生活的意义。继续抓住每一个机会,好让自己活得充实。

七月中旬的某天,我收到了一封邮件:

嘿,小伙子,我今早看到了你的故事。我的子女都不在身边,就我和妻子住在萨拉索塔。我们有一条拉布拉多和搜救犬的混血狗,名叫因迪,家里还有一个游泳池,欢迎你和贝拉来玩。如果你愿意的话,就来待一天吧。我们很乐意招待你。

——斯坦和劳里

我们并不认识斯坦和劳里,但我和贝拉决定去见见他们。我们开车来到他们的家里,作为陌生人的我们受到了欢迎。贝拉和混血狗因迪一起玩耍,斯坦和劳里则带我去一家卡真餐馆①吃饭。那家餐馆就像是一个古老的丛林酒馆。墙壁上挂着鳄鱼头和响尾蛇皮。餐馆旁有一条河,浑浊的河水里潜伏着野生的鳄鱼。餐馆老板在河上搭起了一些小桥,让松鼠们可以迅速过河。当人们问起,我在旅途中去过的最酷的地方是哪里时,我都会说是这家餐馆。

当我们回到斯坦和劳里的家里时,贝拉跑过来迎接我,但在看见一只蜥蜴之后又改变了方向。我在和斯坦聊天,突然就传来了劳里的叫喊声:"罗布!罗布!贝拉到池塘里去了!"

我们冲了过去,果然,贝拉追着蜥蜴跑进了池塘里,那池塘

---

① 源于路易斯安那州的特色风格食物,食物以海鲜为主。

更像是一个小湖。麻烦的是，池塘里不只有那只小蜥蜴。另一边还有一条七英尺长的鳄鱼，它正摇着尾巴，舔着嘴唇，虎视眈眈地盯着这顿新鲜的狗肉晚餐。不能任由事情这样发展下去！

劳里比我靠得更近，她迅速冲过去，抓着贝拉的项圈，试图把她从池塘里拖出来。当我冲上前时，她跪在地上，奋力伸出手臂，托着贝拉的肚子，把贝拉抱回了院子里。我紧紧地抱着贝拉，摇着头，用我的双手感受她的心跳。而贝拉在这场混乱中没有受到一丝影响，她抬起头看着我，好像在说："你觉得那条鳄鱼有机会赢过我？得啦，爸爸，对我有点儿信心吧。我都活到现在了！"

那天晚上，我们四处闲逛，还看了《一只海豚的传说》那部电影。贝拉的头靠在我的膝盖上，我俩在这陌生人的家中都很放松自在——当然，他们现在已经像是老朋友一样了。电影改编自一个真实的故事，一只名叫温特的海豚被捕蟹笼缠住之后，尾巴严重受损。一个名叫索亚的小男孩和温特成了朋友，他说服兽医给温特做了个假尾巴，这样它就能继续游泳了。我被这个故事震慑住了——对人们竭尽全力帮助动物的心感到敬畏——我想认识这样的人。在电影结尾，我发现帮助温特的水族馆就在佛罗里达州的克利尔沃特，离这里并不远。

第二天早晨，我打电话给克利尔沃特海洋水族馆的工作人员，问他们我和贝拉能否去参观。我们开着车，前往水族馆。贝拉看见了池子里的温特，抛给我一个好奇的眼神，好像在说，世界上都有些什么东西？工作人员听说了贝拉的故事，这段时间以来，所有人都很喜欢她。和往常一样，她也爱他们。我们拍了照片，捕捉到了这一瞬间。在准备离开的时候，我们碰到了一个坐着轮椅的年轻姑娘。她问我能不能摸摸贝拉，我欣然同意，我们就是为了这才来的。她抚摸了两三分钟，然后才更仔细地看着贝拉。她发现贝拉少了条腿，脸上露出了灿烂的笑容。她大声喊道："嘿！她就像我一样！"我把贝拉的诊断结果和她的坚韧告诉了那个女孩，她又看了看贝拉，接着说道："宝贝，我们太太太相似啦！"她的笑容里不只有快乐。那是一种连接，一种理解。嘿，我理解你。这条狗也理解我。

回到车里，我看了一眼手机。收件箱里全是邮件，脸书的消息系统已经不堪重负，照片墙的消息框已经爆满。我依然不太能相信，人们竟然这么想和我谈论关于贝拉的事情——或是谈论他们自己的狗，以及他们正在经历的事。我们点开了几条信息，准备过会儿回复。有条信息上写着："我喜欢你的故事。它今天被刊登在我们的报纸上了。在西伯利亚。"

我知道，对无条件的爱的渴求没有边界，对有意义的生活的追求是全世界所共有的。我现在对我们正在做的事彻底地安心了，我不想去别的地方，也不想和别人在一起，因为在我心里，毫无疑问，这儿就是我和贝拉该在的地方。

我和贝拉回到斯坦和劳里的家里又住了一晚上。傍晚时，他们带着我们去了西耶斯塔海滩。夕阳西沉，海滩上铺着白色的沙子，细碎的浪花轻柔地打着卷儿，美不胜收。五十码外，有对新人正在海滩上举行婚礼。贝拉在沙滩上打着滚，我把飞盘扔出去让她去追。她一头扎进海水里游着，叼住飞盘，从水里跳出来，然后又开始在沙滩上打滚。我担心这块巧克力色的饼干会跑到婚礼那儿去，做一位额外的伴娘；或是跑到新娘身边，用力甩干身上的水。但贝拉只想再跑进海里，玩接飞盘的游戏，一次又一次。

几个孩子走了过来，问他们能不能给贝拉扔飞盘，他们扔了几分钟，然后就蹦蹦跳跳地沿着海滩走了。有个膝盖以下装着假肢的男人走了过来。我们互相问好，贝拉跑了过来，他弯下腰，抚摸着贝拉的皮毛。他的名字叫大卫，他说因为他的脚破了，感染严重到了无法复原的地步，所以需要截肢。大卫又抚摸了贝拉一阵子，贝拉也认真地注视着大卫的脸。大卫微笑了起来，贝拉则摇着尾巴。

第二天早晨，我和贝拉与斯坦和劳里道别，然后继续踏上了旅程。我们已经和这对陌生人成了朋友。我查看手机，发现自己在推特上收到了贝齐·兰丁的消息，她是《一只海豚的传说》里的一位演员。贝齐在电影中饰演凯特，是克利尔沃特海洋水族馆里的一位海豚专家。我们查看了她的个人简介，发现在演完电影后，她和朱莉·戈尔茨坦医生一起创建了一个播客，名为朱莉博士与贝齐·兰丁的野外播客。朱莉医生是一位兽医，她也参演了《一只海豚的传说2》。

贝齐问我们愿不愿意参加她们的节目，如果能让朱莉医生检查一下贝拉的身体状况就更好了。我和贝拉在佛罗里达州的墨西哥湾岸区，而她们在另一边的维罗海滩。时间在流逝。我们要在两周内回到内布拉斯加州，把我的东西从出租房里搬出去。但我算了算，发现时间还来得及。我们给她们回了信息，然后驱车三小时迅速穿越了佛罗里达州。我们在她们的工作室里一起录制了播客，她们绝对很爱贝拉，不停地揉着贝拉的肚子和耳朵。后来，我们又和她们的朋友史蒂夫见了面。史蒂夫是一位水下自然摄影师，我们一起去海里游泳。贝拉能和这些真心关爱动物的人待在一起，不仅令人欣慰，而且着实是一种意料之外的惊喜。几天前，我才说想认识像他们这样的人，然后陡然间，我们就来到了这里。

　　游完泳后，史蒂夫为我们烤制了令人垂涎的牛排串。一块牛肉从签子上掉落，我还没来得及把它捡起来，贝拉就迅速地把它咬进了嘴里，但她立马就把肉吐了出来。当我们吃得饱饱的，开始喝着红酒闲聊时，戈尔茨坦医生把听诊器按在贝拉的胸口，听了听，然后说："她的肺听起来很健康。"

　　贝拉患的那种癌症——转移到肺部的骨肉瘤——侵略性极强，朱莉医生不太相信贝拉患上这种癌症之后还能存活十四个月。她深度怀疑是不是一开始的诊断出错了。贝拉看起来那么健康，那么快乐。我能理解，人们很难相信贝拉竟患有这种侵略性极强的癌症。朱莉医生在大约两百英里之外的尤利城有位兽医朋友，她替我们安排了一次详细的体检，还有X光片的检查。

　　第二天早晨，我们驱车前往尤利城，在洛夫顿湾动物诊所和杰米·邓恩医生见了面。她和诊所里的人像家人一样迎接了我们。在准备给贝拉做更详细的X光检查时，她说她坚信，要是贝拉的肺部有癌细胞，根本不可能存活这么久。

　　但那并不是误诊，我已经确认过了，因为之前也有过这种推测。说实话，我已经爱上了兽医的表情从怀疑变成困惑的那一瞬间。我很希望那是误诊，我当然这么希望，但我确切地知道贝拉所面临的是什么。我也知道她在病魔面前做得有多好。

果不其然，肿瘤医师拿来X光片的结果，证实骨肉瘤的确转移到了肺部。邓恩医生在试图弄清贝拉存活至今的原因时，她的表情变化和我之前在其他医生脸上看见的一样。更令人费解的是，在将新的X光片与一年前的X光片对比时，一些面积最大的病灶明显缩小了，这根本无法解释，也没有任何科学的依据。

"我从来没有见过这种情况，"邓恩医生睁大了眼睛，"我只能猜测，是你们不断的冒险让她活了下来。你们的探索，每天见到的新鲜事物——这些给了贝拉活下去的全新理由。继续做你们现在做的事情吧。"

她的话鼓舞了我。这是一场帮助别人也帮助自己的旅行，或许正是它延续了贝拉的生命。我改变了自己的决定：只要贝拉还能奔跑、跳跃、游泳、散步，还能坐在车里兜风，能做她喜欢做的事——我们就会一直这样走下去。

我们的任务是活着。

我们能做到的。只要彼此陪伴着，这就是我们擅长的事。

我和贝拉在停车场里露营，睡醒后观赏了日出。几个小时内,我们下方的海滩上就挤满了参加特殊奥林匹克运动会①冲浪训练营的人。一个年轻人朝我们走来。他说他叫乔-乔,患有唐氏综合征②。他的妈妈陪在他身边,告诉我们他曾两次患上癌症,但都挺了过来。

她说话的时候,乔-乔对贝拉表示了爱意,贝拉也回应了他。他妈妈告诉我,对乔-乔来说,和那些去医院拜访的治疗犬见面意义有多么重大。我们在加州的时候,贝拉的身体还很健康,那时我就开始训练她去成为一条专业的治疗犬。但当我们回到内布拉斯加州后,我发现那里并没有这样的机构。后来,在贝拉的病情得到确诊后,我联系的新机构认为贝拉的身体状况无法胜任治疗工作。"很抱歉,这对她不公平。"他们这样回复说。

在探险中,这件事曾多少次浮上我的心头?三条腿的贝拉比大多数四肢健全的狗做了更多的事:去全国各地旅行,在密苏里州的河里游泳,攀登阿迪朗达克山脉,沿着阿巴拉契亚山道开心地蹦跶了数英里,在五大湖、大西洋和墨西哥湾里游泳——她一直在为遇见的每个人提供"治疗",包括我。贝拉不需要所谓的

---

① 专为智能障碍者设计的国际体育竞赛。每两年举行一次,在夏季和冬季交替进行。
② 唐氏综合征又称先天愚型综合征,是一种由染色体异常而导致的疾病。患者多存在智能落后、有特殊面容和生长发育障碍的情况。

证书。我们只要继续做现在在做的事情。我喜欢这种目标感，并为贝拉不断教会我这么多而心生敬意。我转过身，最后久久地打量着贝拉在我的脚印旁留下的爪印。当太阳爬到更高的位置时，我深深吸了一口气，然后又把那口气呼了出去。

作为一个曾捏着子弹滑过嘴唇的人，一个那么痛苦、那么绝望的人，我发觉自己已经走了很远。而我前进的每一步，都有贝拉的陪伴。

第十三章
迈克的日落

一家丰田汽车经销店听说了露丝的转向问题,主动提出帮我们维修。他们要把我的车留一晚,所以我拿出手机,在脸书上搜寻,看有没有朋友住在这附近。就在那时,我的照片墙上收到了一则消息:"嘿,如果你经过佛罗里达州的潘汉德尔的话,我在那儿有一处房子,一个游泳池,还有一条狗。我们随时欢迎你们过来住。"这位女士的名字叫希瑟,我们从未见过面,也从未说过话,但因为她的相册里满是狗狗的照片,所以我很放心。于是我们给她回了消息,然后她说:"过来吧。"

我们见到了希瑟和她的狗狗穆斯,这条巧克力色的拉布拉多犬与比特犬的混血狗一下子就喜欢上了贝拉。穆斯精力很充沛,转着圈儿四处跑。它的尾巴摇得特别用力,撞到墙面的时候把薄石板都撞裂了。贝拉也很喜欢她的新朋友，但却不太能跟得上他的步伐。她和穆斯一起跑了一会儿，和他摔跤，咬着他的玩具，然后就"扑通"一声趴在了床上。穆斯还想继续玩，但贝拉对他咕噜了一声，好像在说："这就够了，兄弟。"

我和希瑟坐着聊天，她与我分享了她做志愿者，和当地的狗狗收容所一起救助狗狗，帮他们找到收养人的事。希瑟对贝拉的故事和她现在的状况真的很感兴趣，因为她曾见过太多生病的狗狗因为主人凑不出治疗费而被安乐死。这是无数动物和人都会面临的难题。

露丝在店里维修的时候，我开的是一辆迎宾车，并不像四驱越野车那样方便露宿。希瑟有一间空闲的卧室，我们可以住在那里。第二天早晨，我从维修工那里收到了一条最新消息，他说要再过三天才能拿到正确的部件，而希瑟的工作常需要出差，当天早晨稍晚些时候她就要出门。但当她听说我们的困境后，她说："这是我家的备用钥匙，你们可以住在这里，冰箱里有啤酒。"她微笑着补充说，"别偷东西就行。这是唯一的规矩。"

我从她手里接过那把备用钥匙，拿在手里细细查看。有人曾告诉我，你可以通过观察一个人如何对待他的狗，来了解关于他的很多事情，我不知道希瑟是不是也从我身上发现了那些东西。

又或许她可能天生就这么慷慨。在不到十二个小时以前,我和希瑟还是两个陌生人,而现在,她把自己家的钥匙交给我和贝拉,然后就这么出门了。

在遇见希瑟和像她这样的人之后,我比从前有了更多的希望。这不只是一间房子的钥匙,这是她家的钥匙。我感受到了如此深厚的友谊——即使是在我和一个陌生人之间。在这次旅行中,我和贝拉在各处感受到的爱都是那么不可思议。要是用金钱衡量我们的生活的话,我和贝拉仅仅是在贫困线附近挣扎。但我们是以爱来衡量我们的生活,这样我俩就是我所知道的最富有的人和狗。

露丝终于被修好了。我们来到德斯坦的海滩上,别人说,踩在这里的海滩上就像"在糖里散步"。贝拉迅速地向海滩上的全部游客介绍了自己。在海浪中嬉戏过后,她跳到了坐在海滩上的一位年轻姑娘身边,摇晃着身体,把水甩向四面八方。这样的事总会发生。我跑过去道歉,而她只是大笑着,向贝拉示好,瞬间就和贝拉成了朋友。她俩相处的画面真的很美好,我问她能不能给她和贝拉拍一张合照。她看上去很端庄,黑色的秀发随风飘动,与背景里雪白的沙滩和美丽的灰色天空形成了巧妙的对比。

她的父亲也在，当我看着相机里的照片时，他说："我听说了你家的事，很抱歉。我在网上看到了你的故事，还有你哥哥的事。"

我们才刚认识这个男人和他的女儿，他就已经发觉了我外表下深藏的东西。他们明白我故事的核心，还有在很大程度上塑造了我的事物。他们问我过得怎么样——不是出于怜悯，而是因为热心和尊重。

这位父亲告诉我，几十年前他也在海军部队里服过役，然后我们谈论了更多关于人生道路和障碍的事。我发现他没有为我感到悲伤，我很感激这一点。他和我说话，是因为他明白我经历了些什么，尽管我并不了解他的故事，但很明显，他也曾失去过什么。当我们跟这个男人和他的女儿分别时，我突然发现，我有了被人注意到的感觉。其他人，陌生的人，他们的心灵比视野更开阔，他们发现了能被译成任何语言的东西：爱、失去、心痛和热情。它们存在于我们每个人的内心。

请求帮助的消息如潮水般涌来。有位男士问我能不能帮他付兽医的账单；有位女士说要给她的狗找个新家，问我能不能帮忙；有人留言说他要把狗从加州送到明尼苏达州，但他不知道该怎么做；还有人从南非发来了消息，附着狗被活活剥皮的照片——"嘿，你能帮忙阻止这件事吗？"

我和贝拉无法满足所有人的需求，那需要一群人共同努力。但我们还是想尽自己的一份力量。经过筛选，我们决定捐钱帮希腊的狗狗做绝育手术。接着我们电话联系了一位老兵，他的德国牧羊犬在得克萨斯州被枪打中了后腿。我们聊了很久。子弹穿过了两条大腿骨，狗活了下来，但还需要做很多手术。我在网上分享了他的故事，人们聚集起来，给他捐献了大部分费用。另一条狗得了脑癌，我们也帮忙集资给它治疗。还有一条狗患有淋巴瘤，当我和那位女士见面时，她说自己已经推迟了婚礼，还准备从护理学校退学，来省出治疗费用。我在网上分享了她的故事，不到二十四小时，就凑足了钱。这场旅行似乎体现了一种使命感，其重要性远胜过我和贝拉本身。然而，我必须摆脱外界的嘈杂，信守我陪伴贝拉的诺言。于是，我们继续踏上了旅程。

我和贝拉坚持穿过了阿拉巴马州、密西西比州和路易斯安那州，沿着墨西哥湾一路向前，朝着得克萨斯州进发，期间时不时地停下来游个泳、休息一下。我们来到了得克萨斯州大草原城里的卢比孔团队全国运营中心，和我曾共事过的朋友们聚了聚。他们都认识贝拉，我也很高兴能让他们见贝拉最后一面。我们不能在这儿待太久，我的房租快到期了。夏天的州际公路上很是炎热。我们可以看到黑色的路面上蒸腾的热气。

在堪萨斯州边界附近,我们停下来上厕所。我想动作尽量快一点,这样我们就能迅速回到露丝舒服的空调间里。但在我们重新上车之前,贝拉飞快地跑到紧急停车带旁,吞了路边的什么东西。我看不见她嘴里的东西,就叫她吐出来,但她已经咽了下去。我晃着她的脑袋,对她说:"好吧,我希望你刚才吃的东西不会让你不舒服。"

我们坐回露丝里,继续往前开。一股恶臭突然钻进了我的鼻孔。贝拉正坐在我旁边的副驾驶座上,她呼出的气息闻起来像是一片用脏了的尿布。我凑近闻了一下。肯定是那样,没错——她吃了屎。婴儿的屎。我摇下车窗让自己呼吸,但俄克拉何马州的热气像吹风机一样朝我们猛烈地袭来。我就又把车窗摇了上去,打开了空调。这也是个错误的决定。贝拉在我耳边呼出热尿布的气息,那股恶臭几乎让我无法忍受。

我让她到后座上去趴好,但贝拉突然固执起来,坐在副驾驶座上不肯动。我推着她的屁股,想把她推到后座去,但她却朝我这边靠了过来,带着那股便便般的气息。我越用力推,她就越起劲儿地往我这里靠。她觉得我是在和她玩游戏。

"贝拉,"我对她说,"到后座上去!"

呼哧，呼哧，呼哧。似乎在嘲笑我。

"贝拉，"我又说了一遍，"到后面去！"

呼哧，呼哧，呼哧。

"贝拉！"我大喊着说，"到后座上去趴好！立刻！"

贝拉的耳朵耷拉下来。她轻手轻脚地溜到后座上，羞愧地蜷缩成一团。

前座的空气终于变清新了。我深吸了几口气，凝视着前方道路上的点点微光。然后我看了下后视镜，看见我美丽的宝贝正蜷缩成一团。她铜褐色的大眼睛里流露出一副悲伤的神情。她是怎么理解我刚才对她的吼叫的？她只知道自己享用了一顿美餐，然后爸爸就狠狠地骂了她一顿。一阵阵悔恨涌上心头，我换了语气说："噢，宝贝，对不起啊。爸爸向你道歉。过来，宝贝。让我好好疼疼你。"

我每说一个词，贝拉就摇一摇尾巴。她站起身往前探，靠在我的脖子后面。我伸出手抚摸着她，她用舌头随意地舔了一下我的脸。真好，沾着屎的舌头。但这回我只是大笑着说："好了好了，也许我没那么疼你。"

贝拉的举止完全不一样了。她又变成了那个快乐的贝拉。她重新趴好，这份宽容让我感到惊奇。狗能迅速地释怀。这和人际关系并不一样。如果她是人,那么一年之后我们还会重复这段对话。我们那时可能正在开车前往某处,贝拉会嫌弃地看我一眼,我会回望着她:"怎么了?"她会翻着白眼说:"哦,没什么。"我就会接着说:"别这样,跟我说说吧。"然后她会说:"好吧——还记得那次在俄克拉何马州,我吃了片尿布,对着你呼吸,然后你——(喘气)——对着我大吼大叫吗?"我会结结巴巴地说:"但是……但是亲爱的,我那时候向你道歉了。"然后她会皱着鼻子说:"嗯,我觉得你应该再向我道一次歉……"

不。这种对话不可能发生。狗不会这样做的。

七月底的一个深夜,我抵达了林肯。那天是我三十四岁的生日,但我得尽快把东西从租的房子里全部搬走。第二天,我打包好箱子,把东西搬到一间仓库里,然后把它们捐给慈善机构。最后,我放好了最后一个箱子。贝拉钻进露丝的前座,我们开着车离开了。

我们又没有家了。

我们又没有计划了。

但这没关系。我们总能弄明白的。

我带贝拉去了附近的霍尔姆斯湖,这是贝拉截肢后第一次游泳的地方,我们在八月初的阳光下划着船。查莉到这儿来和我们会合，她想再看看贝拉。我和查莉闲聊了几句。她的头发在微风中微微扬起，她脸上的笑容真的很令我感到开心。

她开始和别人约会，她说自己现在很快乐。这对我来说是很重要的消息，因为我真心地希望她能快乐。我问查莉想不想让贝拉陪她几天，好让她们之间重新建立联系，但查莉说："一个下午就足够了。我想，和你一起前行就是贝拉该有的生活。我希望你们都能继续走下去。我希望你们都能有始有终。"

查莉对我们继续探险的祝愿对我来说意义重大。贝拉也曾是她的狗，知道我没有把贝拉从她身边夺走是很重要的事。

查莉问我在旅程中有没有遇见什么人。我告诉她，我在途中遇见过一些人，但没有谁能让我停下脚步。也许有一天能再遇见。也许。

她问我有没有想好这次旅程的终点会在哪里，对我来说，怎样才算是完结。

"俄勒冈州，"我回答说，"但我不确定接下来会发生什么。"

这似乎有点武断，但那一直是我心目中的终点所在。唯一的问题是，那时候贝拉还在不在我身边。因为她的陪伴就是最重要的事。

最重要的是给她我全部的爱。也就是说，不停地带她去探险——让她活得舒适快乐——只要她还能坚持。这么久以来，我一直在"外面"寻找某种神奇的长生不老药，像一条追逐尾巴的狗那样追逐着梦想。但是在贝拉被确诊之后，我逐渐发现，长生不老药根本不存在。贝拉就是陪在我身边的万能灵药。

贝拉是把我与社群、爱、宽恕和治愈连接在一起的桥梁。在寻找目标的时候呢？嗯，我当然没忘记最近一次给贝拉做检查时，兽医说的话：

"是这些探险让她活了下来。继续做你们现在做的事情吧。"

"你会爱上俄勒冈州的，"查莉很有把握地说，"我有一种直觉，你可能会留在那里。"

我知道她为什么这么想。俄勒冈州似乎具备我生来所喜爱的一切。海岸线和山脉，森林和山丘，湖泊和瀑布。我想我们一到那儿就能确定自己的心意了。

我和查莉互相道别。或许离我们最后的道别还有一段时间。"对不起。"我对她说，为相处时的自私向她道歉。"你不必这样，我没事。我一点也不怪你。"这些话瞬间治愈了我在分手后逐渐溃烂的一些伤口。我常常责备自己，觉得自己变了。听到这些话，我知道查莉会没事的，这也让我觉得，至少有些事终于有了结果。我在今天的交流中感觉到了完结。我感受到了一种很久未曾有过的平静。贝拉跳进了露丝的后车厢里，在我们往车里收拾东西的时候深深地望着我的双眼。她能感觉到，我心里的一道伤口正在愈合。

我和贝拉来到内布拉斯加州中部开阔平原上的农场里，提醒我的外甥钱德勒，几个月之前，在他的高中毕业典礼上，我曾答应过他，在暑假结束前和他一起来一场旅行。钱德勒已经满十八岁了，再过几个礼拜，他就要去内布拉斯加州大学农业技术学院学习。他并没有忘记我们的约定，我也没有。他有很多酷炫的露营装备，都是他参加教会青年团旅行时带回来的——精美的野营食物，可折叠的碗——当我提及现在出发去旅行时，他只是说："我准备好了，走吧。"

清早时分，我们装好行囊，开始出发去探险。我轻抚着贝拉的耳后时，她张开了嘴，露出了标志性的微笑。我注意到她的牙龈上长出了一个新的小肿块。我拍了张照片，发给我们的兽医。她立即回复说这可能只是炎症，让我给贝拉买点漱口水。找本地的兽医重新检查过贝拉的情况之后，我照做了。总的来说，兽医认为这并不严重，贝拉看起来也并不难受，所以我准备密切关注小肿块，看它会不会恶化。我希望它不会恶化成脓疮。

有那么一瞬间，我在想还要不要和钱德勒去旅行，但我要坚持我的核心观念，把已经开始的事做完，履行我的承诺。贝拉是我的整个世界，我愿意为她做任何事，但我也不想违背和钱德勒之间的约定。我有些难以取舍。两位兽医都告诉我情况并不严重，所以我还是准备出发。我会保护好贝拉。如果她需要帮助，我们会在路上想办法帮她。

钱德勒有一辆自己的福特巡逻兵皮卡，他很想开着它，这样就能带上自己的皮艇了。于是我们像是和车队一起出行似的，开着两辆车上了路，因为我的露丝后部有一个车架，上面放着一个车顶帐篷和两辆自行车。我们还带了对讲机，以便在行驶中保持交流。相比于手机，对讲机可能已经过时了，但按下一个按钮还是比打电话拨号简单得多，也有趣得多。贝拉教会了我什么是乐趣。我们编了呼叫代号，还有相应的风格。

我带着乡下口音说："白匪白匪，我是黑狗。我在你六点钟方向约五十米处。往下一条碎石路上开。我的副驾驶员贝拉要去那边的田野里跑一会儿，拉个屎。欢迎你加入，拉不拉屎随你。"

钱德勒以卡车司机的口吻回答说："我觉得可以。完毕。"

我们首先来到南达科他州的恶地国家公园。这儿就像是另一个星球似的，到处都是泥土裂缝，一直延伸到地平线的尽头。头顶是一片开阔的蓝天。地面上分布着各种深浅不一的棕色和红色土块——可可色、咖啡色、焦褐色、黄褐色和棕褐色,质地就像是被折过的灯芯绒。

我们去了拉什莫尔山和那附近还在修建中的疯马纪念碑。在拉什莫尔以南,卡斯特州立公园里的西尔万湖边,钱德勒跃上他的皮艇,往湖里划去。我把自己的充气式单桨冲浪板充好气,从岸边把它推出去一英尺远,然后拍了一下冲浪板的前端,贝拉立刻跳到那里,趴了下来。

我站在她身后,操控着冲浪板往湖中心去。贝拉彻底放松下来,时不时地抬起头环顾四周,看看湖岸,看看头顶的飞鸟。更多时候,她只是在享受乘坐这辆浮动战车的乐趣,心满意足。微风裹挟着雨点,细密地洒落在我们身上,带来了一阵异乎寻常的寒冷。贝拉打了个哆嗦,我弯下腰,轻揉着她的皮毛。钱德勒划到了岸边的某个地方,巨大的岩石直插进水里。他拐进一个洞穴里避雨时,我们就看不见他了。在他消失的那一瞬间,贝拉竖起了耳朵,疑惑地看了我一眼:"他去哪儿了,爸爸?"

我也把冲浪板划了过去,于是钱德勒的身影又出现了。确认他的安全之后,贝拉立马平静了下来。

"洞穴里还有我们俩的位置吗?"我大喊道。

"有点儿悬，但我们可以挤一挤！"他也大喊着回答道。

我们都进了那个洞穴里，缩成一团。外面大雨倾盆，我们对自己的窘迫大笑出声。不过，没过多久，天空就放了晴，我们返回岸边，搭建了露营式的简易灶台。当贝拉大嚼狗粮的时候，我和钱德勒热了些汤喝。夕阳垂落在高原上方，天空被晕染上粉色和紫色。晚餐后，贝拉自由地四处奔跑。夜幕降临后，我们仨一起躺在我新装在露丝上的车顶帐篷里。

第二天傍晚，我们开车来到了北达科他州的西奥多·罗斯福国家公园，发现了一大片住着草原土拨鼠的山丘。内布拉斯加州也有相当多的草原土拨鼠，但它们在那里是被捕猎的对象，所以一发现人的踪迹，它们就会迅速地躲进自己的洞穴里。然而，在这座公园里，草原土拨鼠们正懒洋洋地晒着太阳，像这块地的主人一样惬意，互相叫喊着，谈论着草原土拨鼠小镇南边发生的事情。与此同时，我看见远处有一头丛林狼正卧在一条山脊线附近，舔着自己的嘴唇。这是它的用餐时间，它正悄悄地接近草原土拨鼠小镇的广场。

"贝拉你看，"我说道，"所有的狗以前都是这样生活的。"

贝拉还没注意到那头野生的丛林狼。她依然尽力把头探出车窗外，目不转睛地盯着那些毫无戒心的草原土拨鼠。我不知道她究竟是想去捕捉它们,还是想和它们一起玩耍。但她的表情似乎在对我说:"来嘛爸爸——往那边靠点儿。我想嗅一嗅那些草原上的松鼠!"

我们离开了草原土拨鼠的小镇,一路蜿蜒着穿过了公园。路两旁的高原迎向我们,我们追逐着日落,想尽可能地在天黑前多欣赏些风景。在翻上某个山顶后,我们看见前方的路上挤满了野牛,多得根本数不清。离我们最近的是一头大公牛,他的后腿肌肉发达,前胸上覆盖着一层铁锈色的皮毛。它正在路边的草地上吃草,对别的事情都毫不在意。

我和钱德勒减慢车速,缓缓地往前挪。贝拉在露丝后座上跑来跑去,从这边车窗里往外探,再从那边车窗里往外探。她特别兴奋,想吸取这些看起来很有趣的奶牛身上的每一丝气味。"这是什么东西?我想过去嗅嗅!我想认识它们!"当然了,不管碰到什么活物,贝拉都想去见一见。她并没有感受到威胁——就算在野牛面前也一样。她有信心在必要的时候摆平一切麻烦。她没有沉浸在对过去或未来的思考之中,而是全神贯注地集中于我们所处的当下。而眼下,这头长毛的奶牛正散发着她从未闻到过的臭气。

我们从野牛群里穿过,越过峡谷,翻上另一片高原的顶端。

在我们前方大约五十码远的地方，一群野马正奔跑着穿过道路。我说不出话来。我以前从未亲眼见过野马，在这个夏天的傍晚，听着它们如雷鸣般的蹄声，看着飞扬的尘土，我脖子上的汗毛都竖了起来。真正的野生力量正完完全全地呈现在我们眼前。我觉得自己联系上了一个被遗忘的世界，在这里，马儿自由自在地游走，不归任何人所有，也无须回到畜栏里去。

马群离开了。太阳正往地平线下方沉去。我用无线电联系钱德勒，让他在下一个瞭望台停住，以便我们更好地看看天空。我先停好了车。稍作平静后，我看着他停下车，瞬间哽住了喉咙。我很惊讶地发现，这就是十七年前，我从新兵训练营里毕业时，扛在肩膀上的那个孩子。而更早之前，钱德勒出生的时候，十五岁的我和妈妈就在姐姐的产房里。我的姐姐完全不介意我们陪着她生产。埃米希望自己的孩子能出生在一个充满爱与保护的环境里，有会照顾这个孩子的家人，有会看着这个孩子长大、帮他指引方向的一群人。所以，从这个孩子第一次呼吸开始，我就认识他了。

钱德勒从卡车里钻了出来。他身材高大，四肢修长，农场里的工作让他的肌肉变得紧实。我特别为他感到骄傲。还有他这辆卡车——原来的变速器老旧了，钱德勒就在易趣网上找到了堪萨斯州的一辆报废卡车，有些零部件还能拿来用。他开着农场的卡车前往堪萨斯州，把那辆报废的卡车运回了家，然后自己更换了变速器。那个时候他才十六岁。"我就是看了个YouTube[①]上面的教学视频，"钱德勒告诉我，好像那是世上最简单不过的事，"我当时只希望能把所有的零部件都装对。"如今，他已经开着那辆卡车驶过了数千英里，而这辆车只是体现了一种他拥有的技能。因为那些能力，所以我相信这个年轻人一定会成功。

我、钱德勒和贝拉一起看着日落，直到太阳完全沉到地平线以下。天空中布满了各种色彩——红色和橙色，黄色和紫色——在最后那短暂的瞬间，我的心里闪现出迈克的形象。他一直都特别为我感到骄傲。当然，他会为那些大事感到骄傲，比如我被提升为中士；但他也因为我的那些小事而骄傲，比如我在餐馆的一张纸巾上迅速地画出海绵宝宝的卡通形象，用这简单的图案逗得我们的侄女展开笑颜。

我脑海中闪过的最清晰的画面是，迈克在我和查莉曾拥有的那座屋子的后走廊上放声大笑。那是我的送别派对。迈克坐在屋后的台子上，靠着屋子的墙。他笑得合不拢嘴，往后仰着头，眼睛眯成了缝。那时，迈克让我扮演的是流浪汉安东的角色，他会

---

① 全球著名视频网站。

随身携带一个空泡菜坛子，好往里面撒尿。具有讽刺意味的是，我最近一直带着一个空佳得乐瓶子，就是为了这个目的。但和安东不同，我不会在别人身上擦鼻屎，也不会用高亢的、鼻音很重的、舔着舌头似的声音说话。我在模仿时，充分地表现了走路的步伐，耸着肩膀，随时准备打个响指。迈克在木头台子上跺着脚，爆发出了歇斯底里的笑声。

"哎呀呀！"他深深地、急促地喘了口气。"你太厉害了。"又继续擦眼泪，"某天你一定会在这方面有所成就的！"

哥哥，我好想你。我心里想。我永远爱你……你猜怎么着——我才发现——我的确在这方面有成就了，但和好莱坞没关系。重要的是，我在家人面前表演，逗乐了走廊上的每一个人。对我来说，没有比你们更好的观众了。

天色渐暗，但天空中依然有着明亮的色彩。我转身面向钱德勒，对他说："我希望迈克能看见你这个样子。因为他一定会真心地为你感到骄傲。"

钱德勒点了点头，但他什么也没说。

我仰起了脸，我俩都沉默不言。心房被打开了。我们一起注视着天空。我打破了寂静，接着说道："其实，迈克能看见你。他真的为你感到骄傲。"

八月底，我和钱德勒开车返回内布拉斯加州。我帮他收好行李，把他送进了大学。我是个满心骄傲的舅舅。我和贝拉是时候该继续出发了。贝拉正忙着追逐农场里的猫，我叫她到露丝那儿去。她又把一只猫追上了树，然后过来跳进车里，缩在床上："爸爸，我差点儿就能抓到一只猫了。"

"下次吧，宝贝。下次吧。"我把身子靠过去，揉着她的耳朵。贝拉舔了一下我的额头。我刚在炎炎夏日中帮着整理行李，出了一身汗，所以我不确定贝拉这是出于对我的爱还是对盐分的渴望，但我不在乎——只要贝拉爱我就好了。我用手掌抚摸着她的脸，而她依偎在我身边。我紧紧地抱住她，她又偷偷地舔了我一下。在关车门之前，我决定检查一下她的嘴。

糟糕。贝拉牙龈上的肿块变大了一点儿。很难说变大了多少，但我确定，没有一丝好转的迹象。

我们开车去了内布拉斯加州萨金特的一家兽医诊所。这时，离贝拉第一次被诊断患了癌症已经快过去十五个月了。兽医看了一眼，做了些快速的检查。她说这肿块很可能是某种感染。她给贝拉开了些抗生素，还开了新的漱口水。但她也不确定这是否有效。

"这看起来并不严重，但你还是要密切观察。"她告诉我。她友善的行为和平静的态度很让人放心。

  我会关注这个肿块的情况。如果用抗生素治疗七天之后还没有任何好转的话，我就马上带她去看别的兽医。

  这看起来并不严重。

  希望能保持这样吧。

第十四章
就再兜一圈吧

我和贝拉来到了内布拉斯加州的一处湖畔,我爸爸和继母就住在这里。我继母的妹妹和妹夫开了一家小餐馆,名叫湖畔咖啡屋。这家店已经倒闭很久了,但它有一间附带的公寓,我的爸爸和继母就住在那间公寓里。附近有一条火车轨道,每次有火车鸣着笛呼啸而过时,公寓里的窗户就会嘎吱作响。

我和贝拉在湖畔住了几天,准备离开时,我和爸爸坐在走廊上一张橙色的双人椅上。和往常一样,贝拉就待在旁边,肚皮朝天地躺在茂密的绿草地上。四周都是各种各样的植物,它们在室内过完冬后,就被带到外面来为这旧旧的小咖啡屋露台增添生机。天色已晚,我们在走廊上不能待很久,因为蚊子大军很快就会对我们的身体展开夜间突袭。我告诉自己,"当下"很重要——

这是我在和贝拉相处时学到的——于是我敞开心扉，告诉爸爸我有多感激他在旅程中对我的支持。

他对我说："鲍勃，我真的爱你。我为你感到骄傲。我确信你在做你该做的事情。"

这些天里，他时常对我说他爱我，我知道把这话说出来对他而言有多重要。他的父亲不常对他表示爱意，所以他想让我能听到。所有父母都不希望重蹈覆辙。小的时候，我和爸爸的关系很好，但当我长大一些之后，我就开始怨恨他在我童年生活中的缺席。小时候，我每年暑假都会见到他，他教会了我很多东西；但大多数时候，我都是在没有爸爸的环境里成长的。如今我明白，他和我妈妈之间的复杂关系不太允许他俩共同抚养一个孩子；但在那时，那个幼小的我很容易觉得自己被遗弃了。我们又聊了一会儿，对我来说，让他知道那些日子已经过去了，是很重要的事。

我对他说："最近这几年，我放弃了传统的工作去追逐自己的梦想，我知道谁真的信任我，谁并不信任我；我知道谁真的支持我，谁并不支持我。你和唐娜一直都从我的立场出发。我心里明白，这对我来说很重要。我们拥有的就是今天，还有充满希望的明天。我从你身上学到了特别多的东西，我也很感激你能出现在我的生命里。"他点了点头。虽然这还不是我说的全部,但我的进展很顺利。我深吸一口气,真诚地继续说道:"爸爸,我也为你感到骄傲。你教会我怎么去做一个好儿子。你为奶奶所做的一切,我永远也不会忘记。"

奶奶从昏迷中苏醒过来后就一心想要回家。爸爸扛住了很大的阻力才达成她这个愿望。安排那些事情并不容易,但他坚持把她带回家,握着她的手,直到她躺在自己的床上咽下最后一口气。在蚊子大军抵达之前,我说完了这些话。爸爸坐在那儿听着,只是又点了点头,没有别的回应。他也在接受新事物,在以自己的方式对待着一切。

第二天早晨,我跟爸爸和唐娜拥抱告别。我和贝拉坐进了四驱越野车里。当我们即将开走的时候,爸爸到外面来又说了一次再见。我停下车,他从车窗外探进来,顿了顿,然后盯着我看了一会儿。他眨了眨眼,摇了摇头,说道:"嚆,我第一次在你脸上看到了年轻时候的自己。你身上有我的影子。"

这是他对昨晚交谈的回应,这些话对我来说很有分量。它们提醒了我,我是他创造出来的。因为他,我才存在,但我之前总会忘记这一点。我对他说:"爸爸,别担心。我们又不是永远都不再见了。很快我就会回来看你的。"

这似乎是我和爸爸之间一个更慎重的约定。我们身后的岁月并不都是美好的，但今天很好，明天也充满了希望。

当我和贝拉穿过内布拉斯加州的边界，进入怀俄明州时，我停下车，给贝拉拍了最后一张在内布拉斯加州的照片。我把一株向日葵也拍了进去，算是捕捉了这个地区的精髓。这朵黄色的向日葵也为中西部明亮而蔚蓝的天空增添了一些色彩。我不知道我们何时才会再回到内布拉斯加州，但我有一种预感，我再回来的时候，贝拉可能就不在我身边了。我觉得，自己做一个好爸爸的日子就要结束了。

我们一路向南，来到了科罗拉多州的科林斯堡。我和贝拉停在市中心的学院大街上，用一小会儿时间喝了杯咖啡。当我们准备回到露丝里时，一位年轻的、身材娇小的阿根廷姑娘伸出手来抚摸了贝拉。她告诉我，她叫玛利亚。在得知我们的名字，以及我们正在国内四处旅行之后，玛利亚睁大了眼睛看着我："哎——你是那个谁吗？我从阿根廷来，你们的故事已经被登在南美洲的新闻上了。这是贝拉吗？等一下，我要告诉我妈妈我遇见你们了！"

玛利亚问我们到这儿有多久了，还告诉我，这里即将举办

"环脂肪自行车赛",科林斯堡这场一年一度的比赛会吸引成千上万的民众前来。比赛日就在明天,这简直不容错过。她的丈夫还有他们的朋友都会去。玛利亚坚持让我们明早九点去他们家会合,然后一起去比赛现场。

那天晚上,我和贝拉去了马齿水库。因为明天的比赛,露营地里人满为患,所以我们只能在路口的碎石停车场里露营。正是黄昏时分,水库就在不远处,于是我拿出冲浪板,好让贝拉去游会儿泳。我们划到了湖中央,一切似乎都放慢了节奏。这是我最喜欢的瞬间。贝拉穿着救生衣,趴在冲浪板的前部,一只爪子在水里晃来晃去,她的脸上绽开了幸福的笑容。安静地思考了一会儿之后,她站起身来,跳进水里,心满意足地打着圈儿游。她没在追一条鱼或是一只松鼠,只是为了纯粹的快乐而游动。过了一会儿,她划着水游回到我身边,我就帮着她回到冲浪板上。

第二天早上九点,我们去往玛利亚的公寓,见到了她的丈夫乔恩、室友埃里克和他们的两只小狗。还有一大群朋友也来了,大概有十八个人。大家都是爱探险的狗狗爱好者,我们把所有的狗都放在院子里,让它们自由地嬉闹。我们去看比赛的时候,小狗们就在公寓里玩。我希望能有个自行车拖车,这样贝拉就可以和我们一起去了,但她自己睡一两个小时也没什么问题。

"环脂肪自行车赛"简直令人叹为观止。人们装扮成维京人、仙女、马戏团演员和卡通角色的样子,乐队现场演奏新潮的音乐,到处都是喝着本地产啤酒的人。空气中洋溢着节日的气氛,充满了快乐的色彩,我很高兴我们留下来参观了这场活动。之后,玛利亚和乔恩邀请我和贝拉在他们的公寓里住一晚。我很高兴能回到贝拉身边,这美好的一天几乎让我抛开了对贝拉身体状况的担忧。

玛利亚和乔恩的朋友们都来和我们一起看电影。起初,一切都很不错,但当我们坐下来,准备看电影的时候,有人大声询问说,是不是有条狗放屁了。出于好奇,我伸出手在身边扇了扇,试试看自己能否闻到那股气味。不出所料,我捕捉到了一股难闻的气味,但那并不像我闻过的任何狗的屁味。比那更难闻。贝拉趴在地上,我俯下身,摩挲着她的皮毛,然后小心翼翼地掀起她的嘴唇,检查她牙龈上的肿块。

那股气味是从贝拉的嘴里散发出来的。

在昏暗的光线下,我能看见那肿块现在已经成了一个开放性的创口,比脓疮严重多了。她的嘴巴闻起来就像是一张腐烂的纸巾。我紧紧抱住她,低声说道:"天啊,贝拉,真对不起。我们会处理好的。有我在呢,宝贝。"她看着我,好像什么都没有改变一样，而我正努力地掩盖着内心如潮水般袭来的恐惧感。我抚摸着她的皮毛。现在已经很晚了——所有的店应该都关门了，但我需要马上带她去看兽医。

碰巧的是，科林斯堡的科罗拉多州立大学里有着全美数一数二的动物癌症研究教学医院。第二天一早，我做的第一件事就是给那家医院打电话，但我们不可能迅速赶到那里。我在社交媒体上发布了关于这个问题的帖子，有位朋友联系我，说她在四季兽医诊所里工作，就在拉夫兰以南几英里远的地方。她说，诊所里有一些兽医是从加州州立大学毕业的，他们的口腔外科医师特别棒。

我和贝拉开车前往拉夫兰，诊所的工作人员立刻安排我们就诊。贝拉蹦蹦跳跳地跑进诊所里，就像她来过这儿无数次似的。她兴奋地嗅着这里陌生的气味，认识陌生的人。我一直对她在兽医面前的表现感到惊讶——毫无畏惧，只有到新地方、遇见新朋友的激动。工作人员也很高兴认识她，并且都迅速地喜欢上了她。我亲吻着贝拉跟她道别，把她的牵引绳交到了兽医的手上。贝拉跟在她身边，蹦跶着走进了诊疗室，尾巴高高翘起，骄傲地摇来摇去。兽医给贝拉用了镇静剂，我被叫过去，看着她躺在检查台上。台面上放了一个舒适的垫子，贝拉就躺在垫子上，身上还盖了一块粉红色的毛毯保暖。

　　失去知觉的贝拉看起来和平时完全不同。她侧身躺着，嘴唇耷拉下来。兽医把她的嘴唇往后掀开，说他准备拔掉一颗被感染了的牙齿，再切除牙齿附近的一小块牙龈。他要在那块区域做个活检，把样本送去大学检测。他向我保证，这只是例行程序。但是，最坏的情况是，测试可能会证实，贝拉肺部的骨肉瘤细胞现在已经扩散到口腔。

　　清醒过来之后，贝拉有一点儿困惑，但她很快就恢复了原来的活力。她还是没有表现出丝毫痛苦。我们现在能做的就是等待，几天之后检查结果会反馈回来。在这期间，她一点都不像是条癌细胞已经扩散了的狗。

　　那天晚上，我带贝拉去了公园。她肆意地奔跑，在草坪上打滚，没有一丝衰弱的迹象。我再次惊叹于她的灵活、坚韧和快乐。第二天下午，我碰到了一个好朋友，乔登。他原来是一名海军老兵，后来也加入了卢比孔团队。我们和乔登的朋友们一起踢球。等轮到我跑垒时，在场边等待的贝拉忍不住了，她跟着我一起奔跑，每个人都为她鼓掌欢呼。看到一条快乐的狗，用仅有的三条腿奔跑，耳朵在微风中扇动，每个人都深受感动。在下一次击球回合中，我击出一个超远球，然后转身向下一垒冲刺。我能跑完全垒！当我跑过三垒，开始向本垒跑时，贝拉径直向我冲了过来。在我碰到本垒板之前，贝拉就拦住了我，劈头盖脸地一顿猛亲。我艰难地爬过去，碰到了本垒板。贝拉兴奋地吠着，尾巴摇来摇去。不是因为我得了分，而是在提醒我，她还有能把我扑倒的力量。

兽医诊所里的护士莉萨把她在科林斯堡的一间空余卧室给我们住，我们周末时就待在那里。每天早晨，我和贝拉都会去当地的狗狗公园里玩耍；下午时分，我们就回到马齿水库，散步、玩冲浪板。贝拉认识了其他狗狗，精力充沛地四处游，就算在咬木棍的时候也没有表现出疼痛。她过得很开心。

最终，我们接到了电话。检查结果出来了。

兽医只是在履行职责。"是坏消息，"她说，然后稍稍停顿了一下，"她嘴里患的是骨肉瘤。"他们要切除贝拉近四分之一的上颚——她称之为"部分上颌骨切除术"。我搜查了关于这种手术的信息，尽管听起来很吓人，但我发现它并不像听上去那样糟糕。这是除去新转移的癌症细胞最可靠的方法。

手术被安排在几天之后。在等待的那段日子里，我和贝拉开车穿过了埃斯特斯公园，时间似乎放慢了脚步。到处都是山峰和壮丽的风景。我想待在这里，一直生活下去。我的朋友西妮和她的巧克力色拉布拉多犬特拉普加入了我们，我俩带着各自的狗狗去埃斯特斯公园里的天然泳池里游泳。第二天，我们前往格兰比牧场滑雪场，在那儿碰到了我在海军陆战队里的一个哥们儿。他夏天在这儿经营一家自行车商店，销售山地骑行的器械。他有一条超棒的雪橇犬，名叫罗斯科。我们让狗狗们一起玩耍，然后三个人去树林里来了一次短途的单道骑行，感觉自己充满了活力与信心。在树林里，我们可以畅快地呼吸。现在是九月中旬，树叶正在慢慢变色。在接下来的几天里，我们散步、玩冲浪板，惊叹于四周绝美的风景。贝拉在茂密的草地里穿梭，在湖里嬉戏，趴在冲浪板上乘风破浪，享受着每一分，每一秒。

　　进行手术的日子来临了。我们回到拉夫兰的诊所里。兽医检查了贝拉的状况，然后皱起了眉头。他说，虽然只过去了几天，但病情已经恶化。癌细胞比预想之中攻击性更强，现在已经扩散到贝拉上颚的中间线。他们要改变手术方案，得做一个彻底的上颌骨切除术。手术会把贝拉的上颚从鼻子上方缩到犬齿后面。但兽医还补充说，贝拉的情况很复杂。因为她的肺部依然有癌细胞，所以可能到被癌症夺去生命的那一刻，贝拉嘴部的手术创口都无法痊愈。

　　新的手术方案依然值得考虑，但它听起来那么严重——而且就算做了，也不能完全清除口腔的癌细胞。但如果我们不做这个手术，骨肉瘤就会逐渐吞噬贝拉的颚骨，让它慢慢腐烂，给贝拉带来巨大的痛苦。我不可能让这种事发生。我回想起自己曾见到过几条做过这种手术的狗。它们的鼻子向下倾斜，牙齿暴露在外面。但它们依然很快乐，依然摇着尾巴，享受着生活。

我想要有更多的选项。手术似乎太激进了。但癌细胞正猛烈地攻击着贝拉的口腔，我们必须得做点什么。幸运的是，科罗拉多州立大学的动物癌症研究教学医院给我们安排了一次会诊，看看是否还有别的方法。

我迅速赶了过去。沿途那如火焰般橙红一片的白杨不可避免地吸引住我的目光。整个世界都充满了色彩，生机勃勃。我们在科罗拉多州立大学里和安布尔·伍尔夫博士见了面，她带来了一整个团队——各科的专家和技术人员。伍尔夫博士也提出了移除贝拉整个颚部的方案，但她说，还有另外两个选择，都与放射性治疗有关。在采取任何措施之前，他们现在就要做一个全面的计算机X射线轴向分层造影扫描（CAT）。扫描要花几个小时的时间，他们劝我去找点事情做。于是我和贝拉亲吻道别，告诉她我很快就回来，然后去了候诊室里。我发现自己喜欢那儿的每一条狗，从每一个人身上都能学到东西。大家的心情都很沉重，这些动物的生命都进入了倒计时。每个人都有话要讲。几个小时过后，我知道了每一条狗及其主人的名字及故事。我觉得自己又被连接上了。纽带是爱和失去。

一名兽医专业的学生找到我，告诉我贝拉醒了。她把我带到诊疗室里，伍尔夫博士正拿着贝拉的CT扫描图等我。那是一张贝拉鼻口部的二维图像，我们可以像看3D图像一样，一层一层地查看。当我们看到较深层的时候，癌细胞逐渐露出踪影，从图像上来看，它们就是一个个橙色亮点，和外面的白杨叶一样明艳。贝拉的口腔看上去就像是着了火，但这火焰并不美丽，它很凶蛮，很有破坏力。

伍尔夫博士解释说，一种方案是，只提供缓和性治疗，这能让贝拉在死前尽可能少受点罪。不，还没到这一步。我们还没走到这一步。另一种方案叫作立体定向放射治疗（SRT），他们会用一束超密集的激光集中照射贝拉身体里有癌细胞的特定区域。SRT需要持续三天，然后还需要几天的时间恢复。

那时是九月末，我在医院里待了一整天，和医生讨论着各种方案。那些话在我的脑海里跳来跳去。我是一个依赖视觉的人；我要把这些选择列出来看。他们指引我进入一间带白板的诊疗室，我把每一种选项的优缺点都列了出来。

1. 切除贝拉的颚部。优点：我们能一举清除她口腔的所有癌细胞。缺点：激进，伤害太大，可能会影响她的生活质量。考虑到她肺部的癌细胞，治愈时间无法保证。

2. 缓和性治疗。优点：对贝拉身体伤害小。缺点：不是为了消除癌细胞，只能保证她的舒适。

3. SRT。优点：成功率较高。缺点：费用昂贵，三天高强度的激光治疗。

我凝视着这份列表，在脑海里把每种选择都思索了一遍。我把这些选择告诉了几位朋友，也询问了查莉的意见。有人说我不该再撑下去了，说如果时候到了，我就该"让她走"。相信我，我也想就这样让她走——如果这对她来说，真是最好的选择的话。但她还没有放慢脚步。相反，她依然热爱着生活。我从不愿看到贝拉被各种医学治疗来回折腾。我发誓，我不会这么做。然而，我们现在正面临着一个重大的抉择。恶化的病情把所有事都变糟了。

我缓慢地加上了第四和第五种选择：

4．什么都不做。优点：我想不出来。缺点：癌细胞会继续吞噬贝拉的口腔，直到她无法进食。然后她会死于饥饿。

5．安乐死。优点：我想不出来。缺点：贝拉还能扇耳朵，摇尾巴。她的生命还有很长一段时间。你还能从她的眼中看到蓬勃的生命力，和当初把她带回家时一样。这不是放她走；这是强行结束她的生命。我绝不可能夺走她的生命。

我的结论是：我不可能"什么都不做"，我也不会把她安乐死。不是现在，还没到那个时候。缓和性治疗似乎也不够。SRT需要花费七千美元，还要加上刚才做CAT的一千五百美元。我也在脑海里掂量着这些数字。活检和之前诊疗的费用就更不用说了。起初我并不愿意，但幸运的是，有位朋友替我和贝拉设置了一个募捐的账户——筹到的钱能覆盖这所有的费用。头一次，钱不再是个问题。而这都是因为那些陌生人。那些想要帮忙，想成为我们故事中的一分子的陌生人。他们组成了一个团体，"贝拉小队"。在这里，在我必须要做出决定的时刻，他们都站在我身边。

我决定给贝拉做SRT。这将意味着连续三天的高强度治疗，还有接下来几天的恢复期。但我们越快解决贝拉口腔的痛苦并阻止癌细胞的扩散，贝拉就能恢复得越好。重申一下，SRT无法治愈她，但它能阻止癌细胞继续高速吞噬她的骨骼。让她余下的生命里——只要她活着——活得更舒服些。

SRT被安排在几天后。兽医给贝拉开了几种不同的药物来缓解疼痛。她还是没有表现出一点痛苦的样子,但我不准备冒任何风险。我并没有忘记,我和贝拉刚刚得到了等待治疗期间美好的三天时间。

让我们尽可能充实地度过这美好的三天吧。

从来没人告诉过贝拉:"你快死了。"也从来没人告诉过贝拉:"你只有三条腿。"而她一如往常地奔跑着,积极地面对生活,仿佛还能张开双臂去拥抱无数个明天。我们开车来到马齿水库,贝拉和别的狗狗一起扑腾得水花四溅。她嚼着树枝,在布满石块的岸边跑来跑去,在九月明媚的阳光下狂热地东嗅西嗅。据说,狗会模仿主人的情绪,所以我尽力保持精力充沛,保持昂扬的精神状态。我不想让贝拉看到我沮丧低落的样子。我不想让她还来安慰我。

我们回到城里吃午饭,找到了一家可以让狗待在外面露台上的面馆。有四个孩子走过来,问我能不能摸摸贝拉,我欣然同意了。在孩子们轻抚着她的皮毛时,贝拉抬起头,露出了笑容。孩子们都微笑着。贝拉也微笑着。有个孩子挠了挠她的脑袋,贝拉享受地闭上了眼睛。世界上仿佛只剩下我们六个——这四个孩子,还有我和贝拉——整个世界都充满了快乐。

我们去怀俄明州短暂地游玩了几天，跟一位朋友和他的黑色拉布拉多犬碰面，一起去山上骑了自行车。贝拉沿着小路奔跑，好像什么事都没有发生的样子。在温道乌公园里，我和贝拉在有花岗岩露在外面的地方露营。她坐在阳光下，我想给她拍张照片，但贝拉并不想坐着不动。我轻声地跟她说话，把手指放在她脑袋一侧，手掌抚摸过她绸缎般光滑的棕色耳朵。她微微地缩了一下，这是我第一次注意到她的躲避，我意识到她嘴里的脓肿已经开始疼了。"对不起啊宝贝，"我对她说，"我们不是来拍照的。"重点是我们一起度过的时光。

今天原本应该是我姐姐夏丽蒂四十四岁的生日，和以往任何时候相比，我都更需要真正地拥抱这一天中的每一个瞬间。我和贝拉在温道乌公园里漫步，我松开了她的牵引绳。贝拉跑在我前面，我们走到了小路的一个分岔口。贝拉停住脚步，然后蹦跶着朝右边的岔路上走了几步，又停了下来，回头看着我。我对她说："你可以的，姑娘。带路吧！"然后让她选择往哪个方向走。这是由她选择的探险。我们走到了下一个分岔口，贝拉又顿住了，又看了我一眼，我还是说："走吧！"她蹦跳着往前走，耳朵随着步伐在空中扇动。再一次地，贝拉停下来看着我。再一次地，我让她继续走。再一次地，她转过身，朝她想走的方向前进。

地上有什么东西引得贝拉把鼻子凑了过去。她往外喷气,在鼻子周围腾起了一圈细微的灰尘云朵,然后细微地吸着气,几乎让人无法察觉。我知道狗这样做是为了把气味扬起来,好弄清楚自己在嗅些什么,就像我们用手扇,去闻食物的香味一样。我没有超级鼻子,不知道她在小路上闻到了什么,但我看到地上有一个小洞。那不是响尾蛇的巢穴,难道会是一只地松鼠、一只草原土拨鼠或是一只大臭虫的洞穴吗?不管里面有什么,我知道贝拉会喜欢追捕它的。

"好玩吗?"我问贝拉,"好玩的东西在哪儿?"

贝拉停止了嗅探,抬起头,满怀期待地看着我。"你是说'好玩的东西'吗?哇,爸爸……我喜欢好玩的东西!这里有好玩的东西吗?我找到好玩的东西了吗?"她迅速扫视了一圈,然后又盯住了那个小洞。她开始用那条前腿刨地——既可爱又鼓舞人心。在她深挖进这个不明生物的家里之前,我沿着小路跑开几码远,然后喊道:"啊哈——它在这里!"贝拉放弃挖洞,朝我跑了过来,一边扫视一边嗅探。我接着说:"肯定就在这附近……可能就在那儿!"我又沿着小路跑出去几码,贝拉继续专心地搜寻着。我们把这个游戏称作"追逐好玩的东西",在我们的诸多探险之中，这一直是我们最喜欢的消遣方式。

虽然我很喜欢玩这个游戏，但我还是很好奇，如果我不插手的话，贝拉会把我们带到哪里去。我跟着她绕过小路的一个转弯，走到了一片开阔的地方，露出了前方的许多个转弯处。别人曾告诉过我，这条路挺容易走的，但我还是警惕地留意着贝拉的三条腿。如果难以继续前行，我就会让她掉头。但如果贝拉想继续往前走，我就会跟在她身后。

走到顶端，贝拉发现岩石中有一处汇聚了积水的小水潭。她跳了进去，把水溅得到处都是——这是她的私人温泉。我坐在不远处的岩石上，摘下帽子，仰面躺了下去。早秋的阳光是如此温暖。正当我快要睡着的时候，一个湿漉漉的鼻子在我头顶晃来晃去，还有一条舌头在舔我的脸。贝拉咧着嘴笑着，好像在说："好了爸爸。休息时间结束了。我们继续沿着小路走吧。"我用胳膊搂住她，把她拉近，对她说："宝贝，我喜欢你不受牵引绳拘束，自由选择的样子。你随时都可以掌握主动权。"

我和贝拉在梅迪辛博-鲁特国家森林里度过了最后一个自由自在的夜晚。我们在灿烂的日出中醒过来，收拾好行李，前往科林斯堡的医院。在过去的三天里，她是那么快乐——这样的时光正是我选择给她做SRT的原因。这条狗还有生命力——还没到说再见的时候。

这天早上,贝拉有些犹豫,不想离开我身边。兽医专业的大四学生瓦妮莎接过了贝拉的牵引绳。我跟在她们身后,沿着走廊走了几步,确保她能好好对待贝拉。我终究还是停下了脚步,贝拉继续往前走了一小段距离,然后也停了下来,回头看我有没有跟上。

"宝贝,你做得很棒。"我对她说,"继续走吧。"

我回望着贝拉看向我的目光。她知道自己的状况还不错,我知道她担心的是我。我有意识地深吸了一口气,微笑着继续说道:"我很好。"贝拉抬头看着瓦妮莎,摇晃着尾巴。癌细胞正在侵蚀她的身体,但却没能让她变得消沉。她的身体对癌症没什么抵抗力,但她的精神似乎是完全不受侵扰的。治疗需要一些时间,兽医们也让我到别的地方去,所以我走到一个公园里开始看书。这时,我的电话响了。

"罗布,你能回医院里来吗?"对方停顿了一下,"情况有些复杂。"

我回医院去向伍尔夫博士咨询最新的情况,担心会是最糟糕的结果。她告诉我,在这几天里,贝拉的肿瘤长得更大了。就目前来说，SRT太过危险。激光可能会穿过贝拉的口腔，灼烧出一个直通鼻腔的洞。我们又回到了原点，我产生了深深的挫败感。如果我们能赶在它恶化之前……但它扩散得太快了。现在唯一的选择就是缓和性治疗——尽可能久地保证贝拉的生活质量，也就是在接下来的六周时间里，每周进行一次治疗。

我们随即就接受了第一次治疗。我们在玛利亚和乔恩那里住了一晚；然后在一间爱彼迎旅舍住了一晚；又在为坐轮椅的人设置的山间小屋里住了一晚，那个地方特别好，有着绵延数英里的木制小径。但小屋在冬季不开放，所以我们只能在那里住两晚。我们要找一个地方住，这样就不用每晚都挤在沙发上了；这应该是我们踏上旅途以来，在某处停留得最久的一次。四季医院兽医莉萨给我打了个电话，说她有个朋友有一间上了年头的农舍，其中有一个房间对外出租。在贝拉的治疗期间，我们可以住在那里——免费。再一次地，贝拉敲开了陌生人的心门和家门。

六周的治疗期开始了。早晨，我和贝拉去公园玩耍。农舍里有一个大后院，下午，贝拉可以在那儿追松鼠。晚上，我和贝拉依偎在沙发上看电视。

兽医团队保持着积极的心态。贝拉的治疗效果很好。他们虽无法确定，但可以推测贝拉至少还有三个月的存活时间。他们鼓励我们在结束六周的治疗后，继续完成旅行。他们希望我们能有始有终；他们希望能看见贝拉在俄勒冈州具有标志性的海边游泳；他们希望我们能走完旅程。我们准备等贝拉做完最后一次治疗后，先向北穿过黄石公园，然后向冰川进发，再去华盛顿州的奥林匹克国家公园，最后回到俄勒冈州。这里会是我们旅程的终点。我们会证明，这条被人类宣布只剩下三个月生命的狗，这条在许多人眼中应当被安乐死，因为三条腿的生活质量会很差的狗，这条精力和体力都不足以担任治疗犬的狗是值得为之争取的。我们会证明，因为拥抱仅有的生命，而不是害怕或抗拒死亡，所以我们才获得了无限的可能。如果我们一心只想着怎么抗拒死亡，就只能一败涂地；只要我们一心想着如何好好生活，就一定会胜利。

　　九月过去，十月来临。树叶染上了缤纷的色彩。早晚的温度都很低。我们去附近的红羽毛湖玩了一天的冲浪板。贝拉从四驱越野车的车窗里把脑袋伸出去，脸颊在风中鼓动，耳朵也不停地扇动着。我们把车停在一个空停车场里，就在组成湖泊的其中一个水池旁。我把贝拉从四驱越野车的后车厢里放出来，拎起装着充气式冲浪板的圆筒状行李袋。当我在一张野餐桌旁的空地上拿出冲浪板的时候，贝拉开始四处探索，追逐好玩的东西。我取出充气泵，接好软管，然后开始摇动把手。冲浪板逐渐成形、变硬。我朝贝拉那儿看过去，发现她正在和一根树枝搏斗。那不是根小木棍，而是一根拖在地上的树枝。贝拉使劲地东拉西扯，尾巴骄傲地高高抬起，欢快地摇晃着。贝拉发出了凶猛的咆哮，着实让这树枝明白了谁才是老大。我喜欢和她玩飞盘游戏，但看她自己玩耍甚至比那还要更有趣。看着动物玩耍，会觉得那是一件很神奇的事。

冲浪板已经充好了气，我把它拖到水边，扔了下去。贝拉听见了水花声，蹦跳着跑了过来，那根树枝就像昨天的旧新闻一样被抛在了一边。我弯下身，给贝拉穿好救生衣。夏天已经离去，秋天在慢慢走近。我们正待在红羽毛湖海拔较高的地方，能感受到气压的影响。空气中有一种轻快的氛围，这里的水似乎也比马齿水库更凉。我一脚踩进水里，右膝跪在冲浪板上，左脚在湖岸上一蹬，就乘着冲浪板离开了岸边。冲浪板左右微微晃动着，贝拉已经趴了下来，心满意足地准备乘着冲浪板在湖上畅游，既平静又惬意。我用双脚控制平衡，稳住了冲浪板。轻柔的微风在水面几乎没有掀起一丝波纹，湖面就像是一面明镜。我划的桨就是湖水里最大的干扰因素，它拍打着湖水，激得水花四溅，在冲浪板两侧都引起了阵阵涟漪。我们的身后留下了一条轻微的痕迹，正缓缓地消失不见。贝拉就喜欢在冲浪板上巡游。这是她最放松的场地之一。她会获得一种只有在水上划动时才有的平静。我想这是因为她太喜欢待在水里或被水包围了。对她来说，趴在冲浪板上就像是不用费力地游泳似的。

我们接着在湖里划冲浪板，阳光照到了高高的松树顶端。我们已经划出大约二十码远了，贝拉跳进水里，朝她先前丢下的树枝那儿游去。我把冲浪板划到岸边，把它放在一张野餐桌上好给它放气。贝拉很满意能再和那根树枝斗一斗。从她的表情中，我能看出她很快乐。但当我卷好冲浪板，开始把它往包里塞的时候，有个声音吸引了我的注意力。

贝拉在咳嗽。

贝拉被诊断出肺部有癌细胞转移后，我起初会用紧急医疗训练中得到的听诊器去听她的肺音。我不知道对狗来说，判断肺音好坏的标准是什么，但我想起码也试试看。我问过兽医，听肺音的时候该注意些什么。"哦，你可能什么也听不见。随着时间推移，她的肺音可能会有轻微减弱，但那几乎是分辨不出的。不过，她要是开始咳嗽的话，你就得明白，她快撑不住了。"

贝拉还在坚持不懈地破坏这根树枝，她整个身子都扭来扭去，用尽全力要把它撕成碎片。她把树枝从嘴里吐出来，用一只爪子按住，然后开始撕咬稍小的枝丫。在这过程中，她一边呼气，一边发出轻微的咳嗽，就像在清喉咙似的。咳嗽声几乎微不可闻，但她的确在咳嗽。我叫她到我这儿来。贝拉开开心心地跳了过来，耳朵以我喜欢的样子耷拉着。她咧着嘴对我微笑，轻轻地咳嗽着。我让她坐下，检查她的嘴，看这会不会是因为一根小树枝或一块小树皮引起的咳嗽。没有。没有树枝。没有树皮。她就是在咳嗽。

我用双手捧着她的脸，拇指揉搓着她的耳朵，把她拉近，额头贴着我的额头。"我可以摸黑收拾好行李，"我说道，"我们就坐在这儿，一起看日落怎么样？"

贝拉轻轻地舔了一下我的脸，然后又跑回到树枝那儿，把它叼来我这里。"爸爸，你说什么都行！你看起来心情不太好，喏，要不你也玩玩这根大棍子？！你想帮我把它撕成碎片吗？"

我咯咯地笑了起来。看日落的事可以先等等。我们一起折腾着那根大棍子，直到它变成了碎片。

回到科林斯堡后，我带着贝拉前往加州州立大学。每过一周，我们与教职工和学生们的关系都愈加亲近；每过一周，学校都会变得更像是家；每过一周，学校里的人都会变得更像家人。

贝拉已经认识并喜欢上了这里的学生和老师们，在他们带她到里间接受治疗时，会一直在他们身边跳来跳去。

细微的咳嗽停止了，但取而代之的是更大声、频率更低的咳嗽——通常三声咳嗽之后就是一阵猛咳。有一个完整的兽医团队在为我们治疗，其中也包括住院医师和医学生。于是我问其中一个兽医："之前医生告诉我，咳嗽就是死亡的前兆。你觉得我们还剩下多少时间？"

这应该是所有医生面临的最糟糕的问题之一。我知道没有确切的答案。世上没有水晶球。然而我们总是太过依赖他们的专业猜测。

"说实话，她能活到现在，还这么有活力，就已经让我们难以置信了，"兽医说，"我们无法断定她还能活多久。也许一个月？"

十月中旬，贝拉接受了最后一次治疗，她的精神状态很好。令人烦躁的癌细胞已经衰弱，似乎停止了扩散，咳嗽也有所好转。兽医们都很兴奋，再次让我们继续旅行。我担心在向西到俄勒冈州的路上会有状况发生，但兽医们说他们在波特兰有合作的医院，可以帮我们和对方联系，让我放心。我们可以出发。事实上，他们鼓励我们去。

我一直梦想着能再次回到开阔的道路上。我想让贝拉看看太平洋西北岸的辽阔森林。我想和她一起，跟我的朋友和他的哈士奇们穿过华盛顿州结了冰的瀑布。我想让她体验俄勒冈州的宁静。我想让她在太平洋里最后游一次泳。我买了两个小型加湿器，一个可以连接车里的USB插口，另一个可以晚上在房间里用。室内使用的加湿器带着一个蓝色的灯，在空气中闪烁着，照亮了喷出的雾气。我把它放在贝拉的脸旁，确保她能补充到额外的水分。她的鼻尖上出现了一块干燥斑，所以我给她的鼻子抹了一点椰子油，然后躺在她身边，看着升腾的水雾陷入了梦乡。

我在科林斯堡的奥德尔酿酒公司办了一场告别聚会，我们的新家人——四季医院的医护人员——前来表示了他们的支持。还有十几个贝拉小队的成员也来了；我想在我们重新踏上旅程之前，先和大家打声招呼。我们为莉萨的一个朋友发起了募捐，她的狗洛奇得了脑癌。人们一直慷慨地帮助我们，我们也想把这份爱心传递下去。贝拉看起来健康又壮实，所有医护人员都夸赞了她坚韧、快乐的精神。

那天晚上，一个沉默寡言的男人，五十岁出头的前海军陆战队员，抚摸了贝拉很长时间。他问我能不能带她出去散散步，绕着啤酒厂走一圈，我点头答应了。回来之后，他坐在贝拉旁边，继续抚摸着她，闭着双眼。他的妻子告诉我，不久之前，他刚失去了最好的朋友——一条巧克力色的拉布拉多犬。我既感动，又骄傲。人们看着贝拉与癌症抗争，还占了上风。人们看着这条狗打破一切阻力，远远超出了预想中的存活时间。贝拉帮助失去挚爱的人们用从前的美好回忆填补内心的空洞。

我们把行李收进露丝里，驱车前往丹佛。第二天晚上，我们在丹佛的一场允许带狗的比萨聚会上认识了一些新朋友。有些人甚至为了来和我们见面，开车赶了两个小时的路。他们感谢我创立了这样一个美好的团体。我有些措手不及，不确定那是什么意思。我环顾着这个宽阔的露台，看见人们正在相互交谈；他们互相拥抱，哈哈大笑；他们聚精会神地倾听着感人的故事。我看见许多品种不同、体型不同、年龄不同的狗狗在到处跑动。当然，我也看见了贝拉。她正在活动着，和她内心的小狗交流，和其他狗扭打在一起，随便别人挠她的屁股，迎合任何能给她些比萨边吃的人。我并不纵容这种乞讨的行为，但这次就算了吧。是啊，一个团体。我现在发现了。贝拉小队。这真是个超级棒的小团体。

那天夜里，我们住在朋友的公寓里。我和贝拉缩在一起，好好地休息了一晚。我闭上眼睛，回想起这两天晚上是多么美妙。

我不确定贝拉还剩下多少时间，但我们会继续尝试，每天都做出新的改变。我抱紧了贝拉，低声对她说："我们在行动，丫头。我们还在行动。"

但当我早晨睡醒的时候，贝拉并不在床上。她蜷缩在客厅的沙发上，靠近后门的地方有一摊她刚拉出来的稀屎。"天呐，宝贝。你应该把我叫醒的。"我注意到那摊屎离后门有多近。从她出生到现在，贝拉从来没在室内出过这样的意外。我只能想象，她有多急着想到外面去；我确信她已经尽力忍耐了。我真希望她叫醒了我。我带她出去，贝拉有一点腹泻。然后我们回到屋子里，我清理掉了地上的污迹。

我们决定在向西进发之前，去附近的华盛顿公园里玩一天。我想在开始一段长途驾驶之前，先确认贝拉的肠胃状态是否稳定。我们四处探索了一会儿，欣赏风景，聆听周围的声音。但我突然发现，贝拉有一点发抖，我把这归因于她胃部的不适，希望不是什么更严重的原因。贝拉最终还是振作了起来，开始在岸边的浅滩上玩耍。她的状态看起来很不错，所以我和贝拉决定留在这儿享受丹佛美丽的秋景。我最近新买了一个波利牌自行车拖车，于是贝拉跳进拖车里，我们开始骑着车在湖边兜风。

我们绕了一圈，贝拉看上去特别高兴。她的耳朵在风中扇动。她没有再发抖了,脸上的笑容也变得愈加明媚。我们又绕了一圈,然后又是一圈。太阳出来了,路过的每一个人都对着我们露出笑脸。我们经过了一个人身旁,他大声喊道:"你为你的狗这样做简直太棒了,兄弟。"

"当然啦!她是我的宝贝!"我也大声回答道。

我和贝拉绕了一圈又一圈。我希望这一刻永远持续下去,我想贝拉也是这么觉得的。

就再兜一圈吧。

第十五章
我们表达爱意的方式真有趣

在公园里骑完最后一圈后，我把自行车停在湖边，拿出了我的"毯子"——它是一个军用三色迷彩雨披，所有参加过伊拉克或阿富汗战争的老兵都有幸能得到一条。贝拉正忙着追几只大鹅，没过多久就放弃了，卧倒在草地上。

我叫她过来，和我一起躺在光滑的"毯子"上。贝拉朝我走过来，但我发现，她又开始发抖了。这次更严重。我仍然希望这是因为她胃部的不适所导致的，但心里已经开始猜测是不是最坏的那种情况。是这样吗？我抚摸着她急速颤抖着的毛色光亮的棕色肚皮，挪到她身旁，盘腿坐下，然后把她的脑袋放在我的膝盖上。在挠着这位我最好的朋友的耳朵时，我不得不承认，最后的时刻可能就要到了。她斗争了这么久的可怕疾病可能最终还是吞噬了她的肺部。贝拉吸气没有问题,但她在往外呼气时似乎很艰难,很费力,这也是她发抖的原因。从被确诊到现在,已经过去了十八个月。她本来预计是活不过三个月的。这是一条神奇的狗,是我的探险旅伴。但现在看来,这个奇迹,这场探险,已经要和我说再见了。

我注视着贝拉铜褐色的眼睛,第一次感觉到了她的不适。现在,我要让她感受到我对她的爱,于是我敞开心扉去感受。在用鼻子吸气时,这儿的空气闻起来很清新。微风拂过我手臂上露在外面的皮肤,轻触着我的后脖颈。我环顾着这个公园。这是一个完美的秋日,人类和动物都怡然自得。太阳低低地垂在空中,大概还有半小时就要落下了。阳光折射在湖面上,鸭子们正在湖里练习花样游泳。它们在水面上划出了深深的水痕,身后扩散出了一片V字形的波纹。树上依然挂满了金灿灿的叶子。在我的四周,成片的黄色和橙色在微风中摇曳。多棒的场景。多么完美的场景啊。

在过去的一年里,我曾想象过贝拉离开的"完美方式"。尽管我总是试着忽视关于死亡的事,只想把注意力放在活着的日子上,但我还是希望最后的结局是这样的:贝拉一直喜欢游泳,如果她能在水边离开——带着她最喜欢的东西到另一个世界里去——那似乎是不错的。我用双手捧住贝拉的脑袋，拇指轻轻地揉着她的脸庞。

"你可以走了，"我低声说道，"没关系的，宝贝。你已经做得够多了。不要再为了我苦苦支撑了。我会没事的。你可以走了。"

贝拉打断了我的凝视。她看见有一群大鹅正在不远处的开阔草地上散步。她一跃而起，三条腿蹦跶着朝它们跑了过去。鹅群也发现了她，开始摇摇摆摆地四散开来；贝拉加速之后，还有几只扑腾着飞了起来。

我猜，她还没有准备好到另一个世界去。还不是时候。我站起身，和她一起奔跑着追逐鹅群，直到它们四散奔逃才罢休。

有一条和湖水流向相同的小溪，溪水的气味吸引了贝拉的注意。她从鹅群那儿跑开，跳到一条通往小溪的简易堤岸上。她径直踩进小溪里，就那么站着，任凭水流轻柔地触摸着她的身体。她啜饮了几口溪水，而我就站在岸上，注视着她。不管她想做什么，只要她愿意——我都会陪着她。这是我们目前唯一的计划。

贝拉从水里跳了出来，领着我走到自行车和波利牌拖车停放的地方。她嗅了嗅自行车，但似乎并不想再回到拖车里去。相反地,她趴了下来,喘了口气。我看见她的脸又轻微地抽动了一下。太阳已经落到了地平线下方。周围的光线开始变得暗淡。贝拉的不适感似乎加重了。

有个路过的男人停下脚步和我们搭话。他养的狗已经死了。他脸上悲伤的神情说明了一切。

"我应该很快就会带她去找兽医了。"我说。

他点了点头:"是啊,这可能是个好主意。"

他能体会我内心的挣扎。如果贝拉要离开这个世界了,那么她离开时应该在公园里,在水边。但她如果正饱受痛苦,那我就想让兽医帮帮她。我和我的宝贝相处了这么久,我对她非常了解。我知道她的斗志,我也知道她有多坚强。这是第一次,我看见她挣扎的模样。

露丝停在大约四十码外的地方。我想把贝拉抱过去,但我明白,只要她还有力气,她就宁愿自己挪过去。"宝贝,你能行吗?"我问道。贝拉自信地歪着脑袋,站起身来,朝停车场跑了过去。我小跑着跟在她身边,看着她那越来越惹人喜欢的耳朵,因为跳跃而上下扇动。她因为那条被截去的腿而跳跃。那条腿则是因为癌症而被截去。这个正在慢慢杀死她的东西所带来的"副产品"竟变得如此可爱,真有趣。

在我迅速卸下拖车，把自行车装进车里的时候，贝拉就躺在露丝旁边的草地上。有位女士正沿着小路散步，她停下来，问我能不能摸摸贝拉。"摸吧。"我对她说，还向她说明了我们的情况。她蹲下来，抚摸着贝拉柔软的皮毛，告诉我这些年来，她有不止一条狗离开了这个世界，而每一次都同样难熬。我走到四驱越野车后面把装备装好，等我走回车旁时，那位女士正躺在贝拉旁边，如母亲般慈爱地照顾着贝拉，我不想打扰她们俩。我轻手轻脚地挪过去，坐在那位女士旁边。我们又聊了些关于我们所爱的毛茸茸生物的事，还有对我们来说它们有多重要。她站起身，在离开前久久地拥抱了我，与我道别。她没有告诉我她的名字，我也没有问。但我永远都不会忘记她的善意之举。

我把贝拉抱上车，让她躺在露丝后座的小床上。她轻轻地发出了一阵呻吟。早些时候，我们原本计划要去位于丹佛北部郊区的桑顿，我的好兄弟乔登和他的家人要跟我们一起共进晚餐。但现在，我打电话告诉乔登说："贝拉的呼吸有问题。我们要去拉夫兰的兽医急诊室。情况看起来不太好。"这是我第一次和认识贝拉的熟人谈起她的状况。乔登轻声回复道："兄弟，如果你有需要，一定要告诉我。"

早餐之后我就没吃东西，而贝拉几乎一整天都没什么胃口。

于是我在GPS里输入了"温迪餐馆",然后跟着导航开进了这家免下车餐馆,点了一份小培根芝士汉堡,还附赠一块鸡肉饼。当我们把车停到橱窗口时,我问那个服务员喜不喜欢狗。我在摇下车窗,让贝拉要吃的之前都会先这样问一问。温迪餐馆的服务员给出了肯定的答复,于是我摇下了后车窗。贝拉明白这意味着什么。在车窗完全落下去之前,她就把脑袋探了出去,努力地把鼻子往免下车橱窗里面蹭。

我给他们讲了些关于贝拉的故事,有两位工作人员轮流抚摸着贝拉的脑袋。其中一位把我们点的餐递了过来,我接过之后就把车开走了。在我们驶离停车场之前,我停了下来,打开了附送的那块肉饼的包装袋。这是块汉堡牛肉饼,不是鸡肉饼,我宁愿不要这油脂。但这还有什么关系呢?如果时间真的不多了,那这种放纵也是可以原谅的。我把肉饼吹凉,然后伸手把它递到后座上,让贝拉吃一点。贝拉几乎没嚼就把它吞了下去,好像在质问我:"你怎么能一直瞒着我呢?"她以前从来没吃过油腻的汉堡牛肉饼。我很高兴能毫无罪恶感地让她吃一块。我很高兴她的胃口还不错。我很高兴……能帮她享受剩下的生命。

我给我的朋友莉萨打了电话,她是拉夫兰兽医诊所的急诊科护士。我特别希望今晚是她轮班,这样贝拉身边就能有认识的人陪着了。莉萨没有接电话，所以我给她的语音信箱留了言，告诉她贝拉出现了呼吸上的问题，我们正在往诊所去。我们迅速开到高速公路上。我向后伸出手抚摸着贝拉，确保她还在呼吸，告诉她我就在旁边，关爱着她，让她放心。莉萨给我回了电话，告诉我她正在前往诊所的路上。她会在那里和我们碰面。果然，当我们把车开进急诊科昏暗的停车场时，莉萨刚好和她的狗贾克斯一起从车里下来。

贝拉从越野车里跳了下来。她还在发抖，还在咳嗽，还在费力地呼吸，但当莉萨打开车前门时，她立马欢快地跑了出去，一如往常。我突然意识到，车门是锁着的，因为我们开了几个小时才抵达这里。该死。情况真的很紧急。

整个兽医团队都在诊所里等着我们。我不确定他们会不会让我陪同，还是他们明白我绝不会离开贝拉的身边，哪怕一分一秒。再一次地，我希望这一切都是因为前一天晚上的那块汉堡肉。或许这只是不想承认，但我就是不能放弃那一点点希望的火苗。我们带着贝拉走进了X光室，我把她抱起来放在台子上。照X光的时候我必须得避开，但一照完，我就立刻回来帮她从台子上下来。我们回到普通的检查室里，我让贝拉躺在地上的毯子上。我们在她的舌头上接了个氧传感器，上面的读数是92%。

"唔，92%，情况还不算糟，"莉萨说道，"但也不算好。我期望的是不低于95%。"

我躺在贝拉身旁，抚摸着她。X光片出来了，莉萨说，情况很糟糕。贝拉的肺里充满了肿块与积液。她无法吸入足够的氧气。

然后我听到了每个养宠物的人都不想听到的话。

"我很抱歉，但你得做个决定。"

做个决定。我在脑海里滚动着这句话，猜测着它的含义。做个决定，结束我最好朋友的生命。为了结束呼吸困难对贝拉的折磨，我不得不做这个决定。为了结束骨癌给贝拉造成的痛苦，我不得不做这个决定。但那样的话，就是要我结束贝拉的生命。我只要点点头就能做到。只要签个字。我低头注视着她，抚摸着她柔软的棕色皮毛。我知道这个时刻一定会来，所以我在尽力说服自己接受。但我不知道它会来得这么快。尽管从我得知这个消息到现在，已经一年半了。

我不想让贝拉在兽医诊所冰凉坚硬的台子上被安乐死。我一直坚持这一点——从我最初得知她的诊断结果开始。我一直希望这件事能在室外进行，最好是在靠近水的地方。如果在内布拉斯加州，我会选择霍尔姆斯湖。但我们现在是在科罗拉多州，所以我的首选是李马丁内斯公园里的小河隐蔽处,那是贝拉最喜欢的地方之一。兽医诊所不提供安乐死出诊服务,但我还有几种选择。第一个选择是科林斯堡的全科兽医普莉希拉,她一直在为贝拉进行针灸和按摩。我拨打了普莉希拉的电话,留言说我希望她能帮忙实施安乐死,因为她对贝拉十分了解。第二个选择是一项名为"回天堂"的服务项目,城里有好几个人都向我推荐这个项目。莉萨替我打电话问了那儿的工作人员,得知他们最快能在明早九点帮忙实施安乐死。于是我们准备等到明天早上。

莉萨帮我和贝拉安排了一间舒适的房间,让我们住到明天早上。工作人员们也尽其所能给我们提供了最好的服务。我把贝拉的小床、手工编织的毛毯,还有我的睡袋都带到房间里。

为了让贝拉舒服点,医护人员给她吸上了氧。贝拉不肯接受鼻腔插管,那需要把一根塑料管插进她的鼻腔里。我们可以让氧气扩散在四周。莉萨把氧气管接在墙上的一个端口上,我躺在贝拉旁边,把氧气管举在贝拉面前。莉萨把她的狗狗贾克斯也带进了房里,它就躺在我和贝拉附近。就算莉萨离开房间,贾克斯也和我们待在一起。莉萨和贾克斯之间关系很紧密,它通常都和她形影不离。莉萨对贾克斯留在房里的决定感到困惑,这一刻显然有着撼动人心的力量。狗狗们对哪里最需要爱有着很敏锐的意识。而现在，贝拉需要爱。我也需要爱。所以贾克斯留在了需要爱的地方。

我问贝拉想不想出去，一听到"出去"这个词，她就站了起来。我带她上了个厕所，回来之后，她的牙龈因为缺氧而变了颜色，说明她的肺已经无法为身体提供足够的氧气了。贝拉趴了下来，我也和她一起躺下，又把氧气管拿到她的鼻子旁边。很快，她的呼吸就顺畅了起来，牙龈也变回了粉红色。但几个小时过去，贝拉呼吸得越来越费力。莉萨小心翼翼地提醒我，把贝拉带去公园安乐死的计划可能不会像想象中那么容易。我能感觉到莉萨说这话时的犹豫。但她说得很有道理。按计划，要让贝拉停止吸氧，开车带她到河边，然后再给她接上氧气，但这可能会给她带来过重的负担。当我知道要在兽医诊所里实施安乐死时，我很难过。我发过誓，不会让一切在这种环境下结束的。

就在午夜降临之前，乔登赶了过来，我对此非常感激。他陪我待了几个小时，所以我还有一个亲密的朋友陪伴。我跟他道谢，感谢他特意来一趟，而他却对此满不在乎："兄弟就是这样的啊。"又过了一会儿，贾克斯决定离开房间。它肯定是觉得自己已经完成了使命。乔登也决定离开，好让我和贝拉一起度过我们最后的时光。这时，天已经快亮了。

我的内心五味杂陈。我要写出来。我拿出手机，打开语音转文字功能，这样我的注意力就还是集中在贝拉身上。

我们正在四季兽医诊所的"舒适间"里，我就躺在贝拉旁边。送她前往另一个世界的时候快要到了。她现在很平静。在艰难地呼吸了一整晚之后，我只想珍惜她现在的平静。

我常说，我一直等着这次旅程能教我些什么东西。也许就是在这最后的时刻，我学到的最多。

我想开三十分钟的车带她去公园，让她无拘无束地最后奔跑一次，让她到水里去——让她尽可能地做一条狗喜欢做的事。让她的灵魂获得自由。让她能四处嗅探。然而，三十分钟不吸氧只会给她带来更重的负担，这值得吗？

我躺在她旁边，全神贯注地盯着她的身体、精神和体力状态。我抚摸着她如丝绸般光滑的皮毛，从她眼睛上方一点儿开始，让她的耳朵滑过我的食指和拇指之间，任由它们滑下去，然后拨弄着她耳朵前部靠近耳根那儿的"小口袋"。我一直很喜欢玩这个"小口袋",不知道它到底有什么用。

我抚摸过她的脖子,感受到她右侧宽阔的肩胛骨;在过去的十八个月里,她的右肩承受了很大的压力。我往下摸,按摩着这只前腿上明显发达的肌肉。这只美丽的前爪承担了这么大的重量,还踏遍了国内这么多片土地。虽然现在贝拉的脸色很是灰暗,但她的前爪却完全不是因病而变灰的。

几乎每个脚趾都彻底变成了白色,趾关节之间有一小块儿巧克力色的皮肤。在我的印象里,她脚垫里长出来的短毛一直都是白色的。我常常挠那里,就是想给贝拉制造点小麻烦。我们表达爱意的方式真有趣,不是吗?

贝拉抬起头看着我。当她试图再把头靠回到枕头上时,就再也没法像之前一样舒服了。我又带她去外面上了次厕所。我们动作很迅速,但她的牙龈又因为缺氧而变了颜色。她躺下去,医护人员又开始通过她前腿上绑着的输液管给她打止痛剂。我一只手举着氧气管贴着她的鼻子,另一只手继续抚摸着她的耳朵。她的耳朵滑过我的手指时有种特别的触感。我深深地叹了一口气。我肯定会怀念这种感觉的。

我的手又回到了她的肩胛骨上，沿着她光滑的皮毛，顺着脊椎一直摸到她的臀部。我揉搓着她的左腿后部，摸索着找到了她膝盖上的脂肪瘤。它现在已经有乒乓球那么大了。我都不记得到底有多少人问过我这是什么情况。我那个从萨凡纳来的护林员朋友曾亲切地称它为"智慧瘤"。当他对贝拉表示爱意时，就会挠一挠这个肿块。

贝拉蜷成了半圆形，这是狗狗睡觉时很常见的一种姿势。我捏着她腿后侧跟腱上的皮肤，跟腱连接着膝盖上向后弯曲的那块不知道叫什么的骨头。它看起来是那么脆弱，总让我着迷。当我摸到她左脚的脚垫时，我发现自己的手就在她的脸旁边。我的拇指不小心碰到了她的耳朵下边，痒得她一阵抽动。我想起之前在她耳边吹气的时候，虽然明知她不喜欢这样，但我还是做了。我们就像是在操场上互相欺负的孩子。戏弄就代表着喜欢，对吧？

我往上摸到了她脸颊附近，真希望我还能像从前一样扯她的脸颊玩。但自从骨肉瘤扩散到她的口腔里之后，拉扯脸颊就不只会让她烦心了，这成了一种折磨。我又想起了那块形状不规则的棕色胎记。那是我们俩的小秘密，就藏在她左脸颊下面。我不用看就知道它在哪儿。

我很欣赏她口鼻处的灰毛。时间善待了她。她已经快十岁了，但我觉得她看上去只有七岁。等等……她在听……五岁，像五岁。

她完美的鼻子。在科罗拉多州干燥的气候里，或许还在某些治疗的副作用影响下，她的鼻尖已经有些干了。我试过不同的补救方法——椰子油、一点点香膏——来清理皲裂的外皮。最近没能亲亲她的鼻子可真令人失望；我已经改成亲她的额头了。她从来都不缺亲吻。

我喜欢用中指从她的鼻梁中间滑过她双眼间的凹陷处，然后一路摸到她的头顶。她的脑袋真的很硬。天知道我到底看见她撞过多少东西，而且她从来都不会疼得叫出声。一想起她最近差点用那硬脑壳把我撞倒，我就忍不住大笑起来。贝拉的眼睛缓慢地睁开又闭上。

这双铜褐色的眼睛。

贝拉吸气。呼气。吸气。

她还在。

一个小时过去了，贝拉在安静地休息着。我发现自己并不像从前那样焦虑了。这是我从贝拉身上学会的最重要一课吗？不要沉浸在故事里无法自拔，不要为生活接下来将怎样展开而烦恼，就简单地拥抱它，对它心存感激。要再平静一点。

我继续抚摸着她的臀部，每个养狗的人都知道那是个神奇的地方。我轻轻地抓了一把，想看她有没有什么反应。没有。我想再用力一点，但对她现在的平静睡眠来说，那种欢乐的扑腾没有一点好处。

我用手指的侧面轻轻抚摸着她的尾巴。我最想念的肯定会是她的尾巴。她摇摆着的、拍打着的、甩动着的尾巴，这幸福的标志。我偷偷地笑着，想起她在把松鼠追到树上时，还有她在洛杉矶的公寓楼里帮我把垃圾叼到垃圾桶里时，尾巴竖得有多直。她头上的毛竖着，越往颈部和肩膀那儿散得越开。真是个骄傲的姑娘。

曾经有人给我讲过一个故事，说为什么人在失去自己的狗时会那么心痛。那是因为它们就在你的心里摇尾巴。我想到贝拉摇尾巴的力气有多大。该死的。我肯定会很心痛的。我准备好承受心里的剧痛，但我觉得，我的心可能会直接痛到粉碎。

我搂着贝拉，很快就沉入了梦乡。

我离开了这个房间。我在做梦。我看见了我最喜欢的林肯那间餐馆的户外露台。我坐在一张桌子旁边，对面还坐着一个人。

我们的餐桌上插着一把伞,阳光刚好照耀在我们身上。我们在喝些什么东西。我想,是冰茶吧。盘子里剩了些三明治和沾着辣椒乳酪酱的墨西哥炸玉米片。坐在我对面的是个男人。中等偏小的体格,大约有五英尺七英寸①高。他戴着一顶汗渍斑斑的棒球帽,穿着一件破旧的长袖T恤、一条卡其布工装裤和一双登山鞋。帽子下面的那双眼睛就和内布拉斯加州的天空一样湛蓝。

是迈克。

天呐,能再看见他的脸真好。我不清楚和他说了些什么,但我能认出他的语气和这场对话的性质,非常随意,非常真切。我从前也梦到过迈克,但这次不一样。他在另一个世界里,而我只是一个访客。我们都清楚这一点,也都知道这场对话是为了什么。我今天到这里来,是想告诉迈克,贝拉也要到那里去了。迈克到这里来是想让我放心,在我也进入那个世界之前,他会照看着贝拉。我把贝拉的粉色牵引绳交给了迈克。这是一种换岗,一种监护权的转移。"别担心,"他说道——这几句我听得很清楚,"她在那边不需要这个。"

我还没来得及起身拥抱感谢他,就听到一阵轻轻的敲门声。

---

① 约合 1.7 米。

我睁开双眼，瞥了一眼手机上的时间。我才睡了三十分钟左右。莉萨走进房间里。是她惊醒了我。

　　莉萨给贝拉注射了一剂止疼药，然后对我点了点头。接下来的几个小时里，我们不会再被打扰了。我又躺回贝拉的身边，想着她待会儿会去哪里，又有谁会在那里等着她。

第十六章
从开始到结束

黎明降临了。我现在很清楚,贝拉要在兽医这儿咽下最后一口气。不能去她最爱的公园里。但最起码,或许她还可以到屋外去。

兽医团队告诉我,他们会在七点半日出的时候来帮贝拉施行安乐死。时间一分一秒地过去。贝拉还在我面前的小床上酣睡着。吸气。呼气。

轻轻的敲门声再次响起。另一位朋友,在诊所前台工作的凯瑟琳也来了。我告诉她,我决定把贝拉带到外面实施安乐死,凯瑟琳就去诊所院子里的草地上铺了一块毛毯,我们都觉得那是最适合的地方。莉萨最后一次走进这个房间,不是来检查贝拉的状态,而是来告诉我们,一切都准备好了。

我站起身，最后一次问贝拉想不想到外面去。她站了起来，三条腿微微摇晃着，跟着我穿过走廊，来到门外大楼间的茂密草地上。凯瑟琳已经铺好了一块大毯子，我和贝拉可以一起躺在上面。

贝拉费力地呼吸着。她几乎是在闲逛般地走来走去，然后在某处上了个厕所。她振作起精神，嗅着微风中的气息。一整个晚上她都是奄奄一息的样子，但一到外面来，她似乎就又恢复了活力。"我听说常有这种情况。"我自言自语地说道。在生命最后的时刻，动物们常常会有一点回光返照的迹象，而这会让人更难决定要不要对它们实施安乐死。我心里想：天啊，贝拉……我相信你可以一直奔跑、探索下去。但你却随时可能窒息。正因为如此，他们才不希望我带你到离这儿三十分钟车程的地方去。你可能会在途中就痛苦地死在越野车的后座上……宝贝，我觉得现在这样是对你最好的选择了。你要知道，我已经为你尽了最大的努力。

我轻声把贝拉叫来毯子边。贝拉躺了下来，我也躺在她的身边。将要实施安乐死的兽医走了过来。他是今早轮班时来诊所的。他是个大块头，四十岁出头的样子，我和贝拉之前都没有见过他。但他既亲切又友善，我能感觉到这件事对他来说也很艰难，尤其是在他才刚认识我们的情况下。

凯瑟琳递给我一个白色的纸袋，里面装着一个培根芝士汉堡。最后的一餐。我给贝拉吃了一小块，然后把剩下的部分咬在嘴里凑向贝拉，最后逗了她一次。她朝我这儿探过来，从我嘴里抢走了汉堡，然后一口就把它吞了下去。她从来没吃过培根，也没吃过蛋黄酱或是芝士，而且可惜的是，我觉得她这次也没能好好品尝。她狼吞虎咽地吃了下去，如果还能呼吸的话，她甚至可以再吃上一打。

太阳从地平线上升了起来，草地上也渐渐明亮了些。兽医在做准备，而贝拉开始试着要站起来。我和莉萨让她重新躺好，这让我有些难以承受。贝拉想站起来。她想像平时一样，欢乐地度过这一天。我抚摸着贝拉的脑袋，安慰她说一切都会没事的。贝拉以狮身人面像的姿势坐着，双脚压在身下，时刻保持着警惕，必要的话可以马上站起来。她喘着粗气四处张望，眼神里满是困惑。我试图让她平静下来。她并不是因为我们让她躺下而困惑；而是因为她的大脑缺氧，运转迟缓。我们才出来了几分钟，但这远离氧气管的几分钟正在让我们付出代价。这就是莉萨不想让我和贝拉出去的原因。我突然间很庆幸没有拼着一口气去公园。我突然间安心了。我不想看着她窒息而死。

兽医抓住贝拉的右腿，拿出一个装满了白色药剂的注射器。异丙酚——这是一种给人使用的镇静剂。我之前在急诊室里急救的时候见过它。虽然我知道它很快就会起效，但我还没为接下来要发生的事做好准备。

我躺在贝拉身旁。当兽医问我有没有准备好的时候，我给出了肯定的答复。随后，我决定转过去正面对着贝拉，这样我就能直接看着她了。所以当她离开这个世界的时候，我们可以依旧注视着对方的眼睛。

"罗布，这个过程会非常迅速，"莉萨对我说，她的语气很急促，"你要抓住她！"

我的心脏怦怦直跳。我迅速换到了贝拉的右侧，用手捧住她的脸，凝视着她的双眼。她穿过我的视线，直直地望着某个地方，呼吸声依然很沉重。然后，随着药剂的注入，她瞬间瞪大了双眼，支撑着头部的肌肉松弛了下来，她的整个头和身体都朝我倒了过来。

我迅速地用右臂托住她的肚子，左臂绕过她的胸口。她缺了一条腿，这样抱很方便。我用尽全力紧紧地抱住她，双手一遍遍地抚摸着她的身体。我知道，这是我最后一次抚摸她了。

兽医开始注射第二种药剂来停止她的心跳。

我把手又收紧了一些，想把我所有的爱和能量都传输到她身上。

兽医用听诊器听了听。他拿开听诊器后，我用沙哑的声音问道："她走了吗？"

他严肃地看着我，点了点头。

"天呐，"我喊道，"我的宝贝。天呐，我的宝贝，对不起，真的对不起，宝贝。谢谢你，谢谢你做的一切。"我失控地号啕大哭。我以为自己不会这样的。我以为自己足够坚强，可以看着这整个过程，然后深呼吸，知道这是必将发生的事，知道她已经得到了平静。但这一切发生得太快了。不到一天之前，她看上去还是那么生龙活虎。几个小时之前，她还那么具有警惕性。几秒钟之前，她还在呼吸。

贝拉走了。

我浑身打着战，十多年来的感情从心里爆发出来。我的生活从此将天翻地覆。贝拉死了。她离开了我的人生。早晨再也没有湿漉漉的鼻子来拱我了。再也没有摇晃的尾巴了。每天下午五点再也没有吠声提醒我该吃晚饭了。再也没有谁会叼着车钥匙要出门兜风了。再也没有追松鼠的场面了。再也没有谁会舔我的脸了。再也没有依偎在沙发里看电视虚度时光的日子了。我和另一个生命之间最紧密的联系已经断了。

　　心好痛。痛到无法承受。比我想象中要痛上千万倍。哥哥姐姐的离世对我的打击很沉重，但贝拉离开时这种当头一棒的痛感竟如此尖锐。而且我还是那个吹响死亡号角的人。

　　我撕心裂肺地哀号着。我什么都没有了。眼泪和鼻涕大把大把地流。我不知道这样哭了多久。直到再也流不出一滴眼泪，我才安静下来。我平稳住呼吸。头脑清醒过来。贝拉已经走了。最后，我抬起头环顾四周，院子里的每个人都在流泪，包括今早刚认识我们的那位兽医。

　　这种场面令人简直难以置信，但我却有一种被欺骗的感觉。不应该是这样的。她离开的那一刻，我其实并没有感觉到什么。我没有感觉到她的灵魂离开了身体，也并没有看见她的魂魄消失在远方地平线上的画面。没有任何看得见或看不见的能量像丝带一样从她的身体里飘出来，然后消散在空中。我失去过深爱的人，但这是我第一次当场感受这个过程。并且我突然开始怀疑，到底有没有所谓的另一个世界。我一直相信，死亡并不是真正的结束。我需要有这种信念。但由于我和贝拉之间的联系是那么紧密，如果我感受不到她死后的任何变化的话，我就会不由自主地开始怀疑。可能生命就这样结束了，死亡就代表着终结。

接着，当我站在她了无生气的身躯旁边，猜想着那个神奇的灵魂去往何处，为她刚刚画上句号的生命心烦意乱时，一阵风吹过，地上的落叶开始沙沙作响。突然间，金色和泛黄的落叶被吹到空中，形成了一个小小的旋涡。这阵微型的树叶龙卷风环绕着贝拉的尸体。叶片落在我的脚边，我感觉到有风轻轻地拂过了我的脸庞。

啊。你在这儿呢，宝贝。

莉萨问，需不需要帮我把贝拉抬到做X光的台子上，好制作贝拉的爪印。第一次到诊所来的时候，我们就让贝拉留过爪印，但那次印得太浅了。在狗狗离世之后印的效果会更好些，因为我们可以更用力地按压它们的爪子。

"不用了，我想自己抱她去。"我回答道。

我把她抱起来，感觉和平常很不一样。比她活着时重了很多。原来这就是莉萨想帮忙的原因。但我还是想自己感受一下贝拉的重量。

我把她抱进房间里，放在台子上。我们用黏土印了四个爪印。我给自己留了两个，以免有一个会碎裂；给妈妈送了一个；还有一个给了查莉。总共用了三团黏土。

莉萨问，需不需要他们把贝拉送去火葬场。

"不用，我想自己来，谢谢。"我回答道。

除非万不得已，我都不会离开她的身边。再一次地，我选择自己把她抱出去，感受她的重量和她身体的余温。

莉萨打开越野车的后车门，钻进车里帮我把贝拉放进车里。我们在她的小床上铺了蓝白相间的尿垫，以吸收任何可能流出来的液体。安置好贝拉后，我转过身拥抱了莉萨。她的泪痕还没有干，脸颊还泛着红。知道有人在分担我内心的痛苦，知道我并不孤单，这是一件多么安慰人心的事。

"谢谢你。"我简单地说道，然后又抱了她一下。我关上后车门，坐上了驾驶座。

凯瑟琳认识去火葬场的路，还主动提出要陪我们一起去。她开着自己的车在前面引路，我们就跟在她的车后面。往东北方向开三十分钟，有一家名为"珍贵记忆"的乡村火葬场，感觉很是庄严。在这几英亩神圣的土地上，许多人告别了他们的挚爱。主楼外有一片公墓，人们可以把宠物埋在这里，给它们立墓碑。

抵达之后，我们停好了车。我把贝拉留在了露丝里。我和凯瑟琳走进办公楼，前台的工作人员正在等我们。他打印了需要签字的文件，给我介绍了不同的骨灰瓮，语调悲痛，恭恭敬敬。有些漂亮的木质骨灰瓮非常适合贝拉——她热爱大自然，尤其喜欢咬木棍——但木质的骨灰瓮是会被永久密封的。我想要一个方便打开的骨灰瓮，这样我就可以在往后的旅行中不时撒下些她的骨灰。我会带着她继续按计划前行，在沿途的各个地方都留下点她的骨灰。我答应过要带她去大西洋西北沿岸，我发誓要实现这个诺言。有始有终。有个铜质骨灰瓮的盖子上印着两个爪印，像圣杯一样熠熠生辉。它的颜色让我想起了贝拉的眼睛——那双可爱的、美丽的铜褐色眼睛。这简直就是为我们而准备的。我还买了一个带钥匙扣的小盒子，这样不管去哪里，我都能带着一部分贝拉的骨灰。

工作人员说，我可以把车开到隔区里，然后用拖车把贝拉送去火化。但我想自己抱她去。我想把她抱在怀里。我想最后再感受一次她的重量。我打开露丝的门，把贝拉抱了起来。她的舌头正慢慢地变成蓝色，但她的身体依然温暖而柔软。

"我在呢，宝贝。"我对她说，"我在呢。"

我总是信誓旦旦地向她保证，只要她需要，我就一直在。于是她学会了用某种特定的表情看着我，似乎在说："呃，这件事我做不到耶……能帮帮我吗？"她并不会经常向我求助，但我每次都特别高兴能一下子变成她的英雄。今天，在火葬场里，我想最后再当一次她的英雄。隔区里有一个铺着毛毯的大塑料箱，上面有各种图案，黑色、红色和白色的骨头和爪印，还印着"汪"这个字。我可以把推车推到越野车那儿，再用推车把贝拉推过来，但我欠她的远不止这些。我抱着贝拉，走过了从越野车到隔区这二十码的距离，然后把她放进塑料箱里。

就这样了。这是曾装载过贝拉灵魂的躯体，这就是我和她之间最后的告别。

工作人员从办公楼里走出来，问我有没有准备好让他带走贝拉，还是需要更多一点时间。我希望自己能坚强地说"我准备好了"。但我还没有。"再给我一点时间吧。"我沙哑着说道。有点不对劲。我不能就这样把她丢下。我知道还得做点什么来纪念这一瞬间，但我实在想不出还能做什么了。

我跑回到越野车那里，找出那根一端打了个大结的绳子，这是贝拉最喜欢的玩具。她已经玩了好几年了。玩这种玩具一定要小心，因为它可能会对娱乐中心的小摆件和玻璃门造成严重的损害。我还抓了个被咬坏了的飞盘，它是中空的设计，就像是狗狗的甜甜圈一样。贝拉每次咬住这个飞盘的时候，都会把鼻子从中间穿过去，然后飞盘就挡住了她的视线，贝拉就会两眼一抹黑地到处乱跑。我原本觉得这些玩具会是我用来怀念她的最好的纪念品，但我越想越觉得，让它们陪在贝拉身边才更合适。在内心深处，我认为它们会让另一个世界里的贝拉找到家的感觉。

我跑回隔区里，给工作人员看了这些玩具，问他如果放进塑料箱的话，它们是会和贝拉一起火化，还是会被扔掉。如果被扔掉的话，就还不如把它们留在我身边。他向我保证，会把它们和贝拉一起火化。我很高兴能为贝拉找到这么好的地方。他还向我保证，我会得到贝拉的全部的单独的骨灰。有些火葬场会把很多动物的遗体一起火化，然后把骨灰分给各个主人。如果只想要自己宠物的骨灰，就得给他们付一笔额外的费用。但就算那样的话，我可能也会心甘情愿地掏这笔钱，这样的话我就不会把雷克斯的骨灰放在小盒子里，或是把弗拉费的骨灰撒进大海。要是弗拉费讨厌水的话可怎么办？没错，我很高兴能知道，那全都会是贝拉的骨灰。

我把贝拉最爱的玩具放在了她身旁。我最后跟她说了声再见，然后转身离开，但我的心怦怦直跳，呼吸急促，脑袋一片混乱。我还是没有做好准备。我还需要点什么。我犯了某种恐慌症。我回想起在"战士提升"项目①中学会的最重要的方法之

---

① 为期五天的免费创伤后应激障碍治疗项目，用各种方法训练和支持以提供对心灵和身体的治疗。

一……我的呼吸。我不能在这样的状态下离开。我得恢复冷静，控制好情绪。我不希望在慌乱中度过和贝拉相处的最后一刻。我要用一个仪式来结束和贝拉之间的羁绊。把那些玩具拿给她是一个好的开始，但我还需要再做点什么。

我转回身去，单膝跪地，把右手放在贝拉的胸口，然后慢慢地感觉到自己的呼吸恢复了正常。我深呼吸了几次，最后检查了一遍她的身体。我抚摸过她身躯的每一处，继续做着深呼吸。我最后欣赏了一次她的完美身躯，把我最喜欢的部位都深深刻在脑海里。截肢处那片旋涡状的毛是她身上最讨我喜欢的特征之一。在过去的十八个月里，这条缺失的腿正是她激励人心的关键因素。

我还有话要说。这就是仪式所缺失的部分。我保持着单膝跪地的姿势，把手放到了贝拉肋骨的位置。我闭上眼睛，匀速呼吸着说道："我全部的爱都伴随着你，永远永远。我求你把所有的爱都回赠给我，这样我就能把这份爱带在身边，永远永远。"

焦虑感如云雾般消散。

就是这样。

我的肺能彻底地舒展了，我也恢复了正常的呼吸和清晰的视线。我亲吻着贝拉的额头，想起之前不能亲她的鼻子，因为那会给她带来难以忍受的痛苦，而如今这美丽的鼻子再也不会感到疼了。我俯下身，给了她最后一个长长的吻，然后低声说道："宝贝，我爱你。谢谢你做的一切。"

有位工作人员来到了隔区里，我告诉她我准备好了。我们聊了一会儿贝拉的奇妙探险，我拥抱了她一下，然后就朝车里走去。

我与自己和解了。我很平静。我开着车，沿着车道离开，知道自己已经履行了一项承诺：陪着贝拉，直到最后一刻。我坚持到底了。我给始于多年前的一件事画上了句号。我给她的礼物是，在她离开时陪在她身边；而她给我的礼物是，让我见证了一个生命从始至终的整个过程。

我的电话响了。

电话那端是玛利亚，那个曾邀请我和贝拉到他们家里做客的阿根廷女人。我告诉她贝拉已经不在了，然后立马就听到了她号啕大哭的声音。一感受到她的痛苦，我的泪水也止不住地流淌下来。她问我要不要到她家去，我答应了——我不想一个人待着。走进公寓楼的时候，我给玛利亚发消息说："我们到了……"然后删除了这段文字，重新打字说："我到了。"我和贝拉曾是一个团体。罗布和贝拉。我甚至在电子邮件里也这么署名。就像有一把钝刀捅进我的肚子一样。再也没有"我们"了。

玛利亚用她全部的力气紧紧拥抱着我。她有两条狗,米尤和佩佩,都是从阿根廷救来的。它们瞬间就感受到了我的低落,于是都把头靠在我身上,给我全部的关爱。这种感觉既美妙又令人心碎。

我们共同的朋友塔德带着他可爱的狗狗露娜也赶了过来。露娜是一条搜救犬和牧羊犬的混种狗,它也跑过来安慰我,但显得更欢快一些,因为它还只是一条一岁大的小狗。玛利亚的丈夫乔恩回家后,也给了我一个拥抱,我们决定出去找点东西吃。我们选了一家走路就能到的泰国餐馆,我尝了之后,发现那些食物味道还不错,这让我很惊讶。我还以为再也没有什么好的事情了。

我们返回玛利亚和乔恩的家里,一起看了部电影,看完之后,我倒在他们的沙发上瞬间陷入睡梦中。第二天早上醒来之后,我在和贝拉道别的仪式上获得的平静消失得一干二净。她迷茫地睁大着双眼倒在我怀里的画面在我眼前不停地打转。我在脑海里不断重复着那些画面,它们依然是那么清晰。一遍又一遍。我觉得自己辜负了她。我应该带她去水边的。我觉得我在兽医诊所时决定得太过仓促了。我一下子把他们的善意完全抛在了脑后。我很不满。愤怒。就是他们逼我的。我的呼吸变得急促,心跳再次加速。我都做了些什么？

玛利亚也起了床。我把自己的感受告诉了她，而她只是大声地对我喊道："天呐，罗布！你已经为她做了所有能做的事了！你想让她窒息而死吗？"

"我宁愿让她一直奔跑，直到她再也跑不动为止！"我喊道——所有的思绪一下子全都涌了出来——"我想让她再去水里玩一次。我应该让她做决定的！我就不应该去丹佛！我就应该留在这里，留在科林斯堡！我不应该叫醒她，把她带到外面去！我应该在房间里给她实施安乐死！我们让她躺下去，她是那么的困惑！是我们让她躺下去的！"我很悲伤，很愤怒，很内疚。

玛利亚摇了摇头。她又强调说："罗布，你已经为她做了所有能做的事了。"

但我又哭了起来。"我应该再多做一点的。"

那天下午，我通过莉萨认识的一名兽医专业的学生发短信给我，问我晚上想不想去看电影，然后第二天早上去落基山国家公园。我立刻回复说，这个计划不错。

我开车到了她家。她有一条搜救犬，名叫波帕，正在和晚期癌症做斗争。朋友说，这条狗是她的"守护天使"，还说波帕每晚都和她睡在同一张床上。波帕依偎着我坐在沙发床上，我们仨一起看了部搞笑电影。当朋友准备上床去睡觉时，波帕准备跟她一起去，但我的朋友说："不，不。你陪罗布睡在外面。"我叫波帕回沙发床上来，它就跳了上来，蜷缩在我身旁。我看着朋友，和她道谢。我知道这份礼物对她来说有多重要。我是怎样看待贝拉的，她就是怎样看待波帕的。她明白看着自己的狗慢慢离去的痛苦，也明白一条狗能给予悲痛中的人多少关爱。她像许多养狗的人一样能感同身受。拥有这种共识本身就是一种联系。

第二天早晨，在前往埃斯特斯公园的路上，我们去了一趟火葬场，取回了贝拉的骨灰。能重新拥有她的一部分，感觉真的很棒。虽然她的灵魂已经到了另一个世界，但她所留下来的东西，一段实实在在的回忆就捧在我的手中，这种感觉真的很特别。

我和朋友开车前往国家公园的熊湖。指示牌显示停车场已经满了，于是我们把车开到了地下的公共停车场里，然后坐专线车前往湖边。在专线车上，一对带着三个小孩的夫妇朝我们走了过来，其中一个大约六岁的小女孩问我，她能不能坐我旁边的座位。我抬头看了看她妈妈，而她对我点了点头，表示她很乐意。小女孩蹿到我旁边的座位上，向我介绍了自己。

她指着贝拉的骨灰瓮问道："这里面装的是什么？"

我又抬头看了看她妈妈，而她又点了点头，表示没关系，我可以说。

"嗯,这是我的狗,贝拉。"我对她说,"她已经不在了,但她的骨灰还在这里面。"

"她是怎么进去的?"女孩追问道,"骨灰又是什么?"

我第三次看向了她妈妈,希望她能稍微给些意见,告诉我她想让自己的女儿了解多少关于生命终结的事。而这位母亲只是说:"直接跟她说吧。"所以我只好尽量委婉一些,以免给小女孩的心灵留下阴影。但她丝毫没有焦虑不安,只是充满了好奇。面对这么纯真的人,我真的觉得很奇妙。我跟朋友和这一家人聊了聊,得知这位母亲来自苏格兰,父亲则来自爱尔兰。我们谈论了关于工作和生活的事,当然,还有关于狗狗的事。

专线车抵达湖边后,我们和这家人一一拥抱,然后在分开各自游览公园之前,迅速地合了一张照。我有事情要去做。湖就在离我们不远的地方,我迅速找到一块岩石坐下,然后把贝拉的骨灰放在我旁边。我们离水很近了。我找回了呼吸的节奏,目光从铜质骨灰瓮上转向湖面。远处美丽的山峦构成了壮丽的背景,我能感觉到,贝拉就存在于这自然之中。我请贝拉原谅我,最近几周一直在频繁地打电话;请她原谅我,没和她依偎在她最爱的树叶堆里,而是带她去了丹佛;请她原谅我,决定结束她的生命,而没有问她是否做好准备。我跟她说，如果她对自己的离去感到困惑的话，我很抱歉。不管理由是否充分，我都很内疚。

因为她的骨灰现在还在这里，所以我需要再仪式化地做一遍。这就像是贝拉在和我对话一样。坐在这片遍布岩石的湖岸边，我感觉到一种平静。一种安宁。贝拉得到了安宁，我感觉到她在告诉我："爸爸，最后的时候我可能是挺困惑的。我不确定到底发生了什么。我用尽全力，只是为了呼吸。我很痛苦。但我现在很轻松。我不疼了，我也不困惑了。我很平静，这简直太美啦。我知道你已经尽力了。我知道你全心全意地爱着我。爸爸，我现在只想让你也得到平静。你感觉到了吗？它很美啊，对吗？"

是她从另一个世界里对我说了这些话吗？大概不是吧。但我相信——大多数人都相信——一旦某个生命进入了下一个存在的阶段，我们的灵魂就能以一种远远超越现实法则的方式和他们交流。所以我凝住神，细细体会我所感受到的能量，赋予其话语，来帮助我平复伤痛。

离开之前，我和贝拉的骨灰瓮合了几张影，就像她活着的时候我俩一起合影一样。我只是觉得自己应该这么做。我走到一块岩石上，打开她的骨灰瓮，取出一小捧骨灰，然后把它们撒进清澈的湖水里。我看着细碎的灰烬溶解在水中。小小的骨头慢慢沉到了河床上。我让她和这片土地永远地融为了一体。她应该会高兴的。

我们乘坐专线车回到停车场，然后驱车返回了科林斯堡。

我开车到丹佛和朋友们一起过了三个礼拜。我们去看足球比赛，参加海军陆战队的生日庆祝会，还去山里骑自行车。我过了退伍军人节；去约了几次会；还见了些在接受创伤后应激障碍和创伤性脑损伤加压治疗的老兵，看自己能不能帮上什么忙。

在这几周里，我好好地放松了一下。但我觉得自己还有些事情没做完。我不想一直沉浸在失去贝拉的痛苦之中。但我真的想完成对她生命的致敬。

我得做完我们未完成的事情。

为了贝拉。

也为了我自己。

第十七章
尽　头

我还是有一点迷茫。

住在丹佛附近的朋友们邀请我去他们家的空房间里住。我把贝拉的骨灰瓮放在卧室的梳妆台上。夜幕降临，我已是精疲力竭。但在上床睡觉之前，我还是抱了抱贝拉的骨灰瓮，跟她说了晚安。我亲吻着盖子上的爪印。"晚安，宝贝。"贝拉的室内加湿器就放在靠近床头柜的地方，我把它打开，听着那嗡嗡的声响，看着熟悉的水雾腾起。蓝色的小LED灯把水雾映照得闪闪发亮，我关掉房里的灯，躺到床上。我枕着枕头，侧身躺着。LED灯看起来就像是一盏小夜灯。水雾跳动着消散在空气里，宛如贝拉的灵魂。就好像她还在这个房间里陪着我一样。

日子一天天过去，我明白我得完成这项任务，我得到俄勒冈州去，但我决定等到过完年之后再继续出发。我想先回内布拉斯加州和家人一起过节。但我也得留神。因为我并不想回到内布拉斯加州去，然后就留在那里。不管怎样，还不是时候。我想保持这股动力，继续走下去，直到我们完成这次旅行。

就算这样，我也过了一阵子才动身。我在丹佛停留了好些天。我本以为我们的旅行减轻了自己的沮丧感，但我现在又不确定是不是这样了。沮丧感并没有消失，它只是被我们的旅程和贝拉赋予我的目标感挤到了一旁，暂时沉寂而已。现在贝拉不在了，目标感正在减弱，于是沮丧感又开始浮出水面。我想出于"正确的"原因做事。我想继续向前，继续以帮助他人为目标生活，而就在几周之前，我的目标还很明确。我想活在当下，获得新的观点，鼓舞他人好好生活。我不想再陷入迷茫之中。但我仍挣扎着停留在当下，因为我既对未来感到忧虑，又对过去感到沮丧。

呼吸，罗布……呼吸。

我猜我是在内疚。就这样吗？还有一种解脱的感觉，不必再担心我去的地方贝拉能不能去，不必再担心我的计划适不适合她，也不必再担心她的健康状况。但我为这种如释重负感到内疚。我向别人倾诉这种内疚感，他们说这很正常。他们也曾充当过某条狗或是某个长辈的看护人。然后狗死了，或是祖母去世了，他们会因失去而痛苦，也会心生内疚，因为他们同样产生了解脱的轻松感。

我试图倾听贝拉的声音，它还在我的耳朵里。夜幕降临，我又打开了那台加湿器。

"爸爸，继续活下去。"贝拉透过水雾，小声地对我说。或许这次是我自己内心的声音。你失去了挚爱，你在哀悼一个已经逝去的生命。但你还拥有自己的生命。你的生命还不完整。继续向前吧。贝拉喜欢活着，你不觉得她也会希望你活下去吗？十一月末，我在家里和妈妈一起度过了感恩节。我们和妈妈这一边的家人一起吃了晚饭，然后去我外甥安德鲁那儿吃甜点，玩一种名为"反人类"的卡牌游戏①。我们每个人都喝了几杯莫斯科骡子，那是一种美味的姜汁啤酒加伏特加制成的鸡尾酒。安德鲁的女朋友来了，钱德勒也来了，这个游戏让每个人都说出了最粗俗的话。大家一片欢笑。妈妈也参与了游戏，但她说的时候声音都很小。

---

① 一种流行于欧美的卡牌游戏。黑色卡牌上会印有一个缺少某个词语的句子，白色卡牌上会有一些可供填补句子的词语，其中最具恶作剧趣味的答案将获胜。

"我这一辈子从来没说过这种话。"她说道。

"没错,没错。"我回应道。我们都像嘶嚎的鬣狗一样,扯着嗓子狂笑。

游戏结束了。幽默的氛围让我们大家都放松下来。屋里一阵安静,然后,安德鲁严肃地说:"鲍勃舅舅,自从迈克去世后,你作为我们的舅舅,一直承担着双倍的责任。我只想说我注意到了这一点,并且非常感激。"

我的眼眶里溢满了泪水。迈克做舅舅实在是做得太好了,而我一直觉得我们是一个团队,一起教外甥们我们能传授的人生之课——那些为人父母无法逃避的东西。自从失去迈克后,我一直努力想为外甥们补上因为迈克的逝去而造成的缺漏。我知道我无法完全替代他,但我已经尽力了。说实话,在此之前,我一直觉得自己做得不够好,还总是到处跑,但安德鲁的话填上了我心里的诸多空洞之一。

妈妈清了清嗓子。"罗布,我也知道是你挺身而出,接替迈克守护了我们一家人。"

这句话像货运火车一样朝我迎面撞来。我不想像小孩那样号啕大哭,于是我挺直了肩膀,绷紧了下巴。几滴眼泪滑落在我的脸颊,我说道:"我在努力。"我知道我为自己做了很多事,想让我的生活有意义，但我的确努力地想把学到的东西告诉我的家人。我做了那么多事，尽管看似只是为了自己，但其实我的心里一直放着挚爱的人。照顾贝拉也让我学会了一些关于可靠和善良、慷慨和无私的道理。

我们打开了心里的一道闸门。一家人都坐了下来，分享着关于迈克的记忆。我们分享了失去的痛苦，也重温了往昔的欢乐。这些情感已经积蓄了十年，终于把这些记忆释放出来，有一种得到治愈的感觉。

妈妈也痛哭起来。她毫无顾忌地放声大哭。迈克刚去世时，她告诉我她哭不出来，到现在已经将近十二年了。我曾向她保证，总有一天她会哭出来的。如今，虽然看着自己的母亲痛哭失声很令人心痛，但我必须得说，看见她释放了多年来深藏在心中的痛苦和心碎，我觉得这很美好。今天，她在为失去的儿子迈克悲伤落泪。或许，她也在为找寻到自我的儿子罗布感动落泪。陈旧的伤口终于愈合了。恢复如初。我不再是那个被两个家庭撕扯着的迷茫小孩了。我找到了自己的位置，家人也看见了我的价值。我是被需要的。我是个看护人。妈妈说我现在已经接替迈克成了家里的黏合剂，而我情不自禁地想，我要感谢贝拉为我带来了这一切。

在很长一段时间里，我都把贝拉当成自己的孩子。日子一天天过去，她成了我的朋友、我的伙伴、我的副驾驶员和我的灵魂伴侣。但我过了很久才意识到，她还是我的导师。她教会我无条件地去爱。她教会我原谅和忠诚，还教会我不要评判。无论我们之间发生了什么不好的事情，她都知道下一步要怎么走。我们望着彼此的双眼，就知道不管是顺境还是逆境，我们都会彼此相伴。我们一直在相互支撑。

我喜欢那种感觉。而最好的就是，它教会了我去做那些在我看来最艰难的事——做自己，原谅自己，爱自己。

在妈妈家，我旧卧室的地下室里，有一个嵌入式的橱柜。我问妈妈能不能把里面的毛毯拿走，这样我就能把这个橱柜变成旅行的纪念空间了。她欣然答应，于是我把我的军人陈列框放在了顶层，还有我的大学文凭和海军陆战队的军士佩剑。我在柜格里放满了探险途中收集的宝贝。普特因湾光滑的灰色石块。阿迪朗达克山脉的松果。阿卡迪亚国家公园的一块石头。卡罗莱纳州和佛罗里达群岛的贝壳。

橱柜中间放着一个美丽的铜质骨灰瓮，盖子上有一个爪印。我把贝拉的大部分骨灰都装进骨灰瓮，放在橱柜里，然后把大约四分之一的骨灰装进了小盒子里。我会带着它,把贝拉的骨灰撒在我们最后的一段旅程中。贝拉肯定会同意的。

我们准备好了。我们可以一起完成这次旅行了。

2017年2月初,我再次踏上了旅途。没有贝拉在我身边,露丝里空旷得出奇。但我带着装有贝拉骨灰的盒子,所以我的心还是被填得满满的。

我们来到了科罗拉多州的李马丁内斯公园。在生命的最后几天里,贝拉最喜欢待在这儿的水里,所以我往河里撒了一小捧骨灰。接下来,我开车去了马齿水库和狄龙水库,我和贝拉曾乘着冲浪板,在这些地方度过了许多欢乐的时光。我在这两处都各撒了一小捧骨灰。

然后我开车直奔亚利桑那州的大峡谷。天气很冷,我想起了去年冬天在东北部旅行时的情景。下午一点,我把车开进了一个标着"关闭"的露营地,在日出前先睡几个小时。凌晨六点,我的闹钟嗡嗡地响了起来。因为没有贝拉在一旁舔我的脸,所以我打了会儿盹,又打了会儿盹,然后我才想起到这里来的目的。我驶出露营地,想找一个好的视角。

我停在一座由石头搭建成的沙漠观景塔前。我瞥见了远方的大峡谷，但直到我走近观景塔南侧，这个天然的杰作才在我面前展露了它的全貌。这个时节里，峡谷里荒无人烟；而在这一刻，它只属于我和贝拉。两只乌鸦好奇地看着我捧起积雪，包住一小捧细碎的粉末。我盯着这个雪球看了一会儿，然后就在太阳从地平线上升起的那一刻，用尽全力把它远远地扔进了峡谷里。

我驱车前往加利福尼亚州和内华达州边界线上的死亡谷。第一站是北美洲海拔最低的恶水盆地。我停好露丝，踏上了通往含盐盆地的木制阶梯。恶水盆地一片荒芜，就像是电影里某人身上长满了水泡，艰难爬行着找水喝时所在的地方。我走到约一百码开外的平地上，从地面捡起了一些盐。我把盐放在舌头上，想感受一下是什么滋味。这是我尝过的味道最强烈的盐。我把贝拉的些许骨灰撒在了这片干涸的土地上，它和白色的沙面融为一体，很有些象征意味。盆地其实是山岩的底部，但在山岩底部最好的一点在于，前进的唯一方向就是……向上。

我们来到了加利福尼亚州。多亏了人们所谓"二十年一遇的大雪"，如今这里到处都是绿油油的草木。长期以来的干旱已经正式宣告结束，一座座山峦看起来更像是在爱尔兰才有的样子。我和陌生人成了朋友，一起在约塞米蒂国家公园里目睹了名为"火瀑"的奇观。在公园里的一处溪流中，我也撒下了一些骨灰。我去太浩湖拜访了一位朋友。给加州中部带来降雨的气流也为内华达山脉带来了前所未有的大雪。她的家人在太浩湖上有一间小木屋，我和这位朋友走在码头上，我问她能不能把贝拉的骨灰往湖里撒一点。她说那样的话，她会觉得很荣幸，因为她们家狗的骨灰都被撒进了这片湖里。"哇，这样看来，贝拉在这里能找到一起玩耍的伙伴了。"我一边说，一边撒落了些许骨灰，看着它们随着水波上下起伏，最终融进了这片充满生机的碧蓝湖水中。

我一路向北，前往俄勒冈州。我停在了沙斯塔坝前，也在那儿的水里留下了些贝拉的骨灰。那儿看起来就像是一个硕大无比的游泳池，贝拉肯定会喜欢的。

加州和俄勒冈州的边界线就在高速公路上。

我们的最终目的地就在二十分钟车程之外。虽然我对到达之后要做什么毫无计划，但我的心脏依然因为期待而怦怦直跳。我只知道，我会看见路边的标志，越过想象中的那条边界线，然后任务就完成了。

我看见标志了。"欢迎来到俄勒冈州。"

我把车停在路边，从露丝里蹦出来跳了一小段舞，在土地上留下了我的印记。"贝拉,看啊!"我大声喊道,"我们做到了!虽然过去了这么久,但你和我,我们做到了!"

我想立刻就在这儿撒一点贝拉的骨灰。然而尽管这一瞬间有种不可思议的奇妙感觉,但这里依然只是一条想象中的边界线附近,繁忙的高速公路旁的一小块空地。所以我决定等到了俄勒冈州标志性的海岸线旁再说,那里才是我一直想带贝拉去的地方。我要把那一刻留给大海。但我还是很开心,甚至可以说是欣喜若狂。我们的旅程差不多要接近尾声了。

第十八章
来海边找我

我原本计划先去波特兰看望朋友,然后向西直奔海边,好把贝拉的骨灰撒进太平洋里。但在波特兰时,我在社会网站照片墙上突然收到了一个女孩温暖的信息。她没有上传多少自己的照片,但据仅有的信息推测,她大概二十多岁或者三十出头。她和她的金毛巡回犬富兰克林·华夫之前也在环游美国,但富兰克林最近去世了。她把旅行的照片传到了网上,简直好得令人难以置信。她对富兰克林的爱和我对贝拉的爱一样,甚至还要更深。在她传到博客上的视频中,她在车里唱着古典摇滚,而富兰克林大多数时候都在车后座上睡觉,但它的头一直搭在控制台或是她的膝盖上。因为我们同时都在带着自己的狗旅行,所以我们已经通信了好几次,但我们一直隔得很远,所以还没有见过面。我最近的新目标之一就是和别人谈论他们失去的宠物；这是一种治疗。对话从宠物开始，然后通常就会演变成对生活、探险和各种梦想的滔滔不绝。

"你在波特兰？"她写道，"我在胡德里弗。如果你愿意的话，我们可以一起吃个晚饭。"

胡德里弗在波特兰西边，开车大约需要九十分钟。今天是圣帕特里克节①，她正在城里的一家酒吧里看球赛，这听起来很有趣。于是我在GPS导航里输入了酒吧的地址，然后沿着84号州际公路向东驶去。我们在胡德里弗碰了面，她向我打招呼的声音特别甜美，右脸颊上还有一个深深的酒窝。我想，天呐，她真可爱。罗布，别分心。我们是来谈论她失去的那条狗的。

我们迅速地产生了默契，在市中心淋着雨散步，因为如果在俄勒冈州打伞，简直就跟穿着救生衣在游泳池浅水区游泳一样可笑。有个乐队正在一块巨大的白色防水布下演奏，我们停下脚步，听了一会儿时髦的音乐，然后准备去找点东西吃。"吃比萨可以吗？"她问道。我已经喜欢上她了。

吃饭的时候，我们谈论了各自的生活和旅途中的探险经历。

---

① 爱尔兰国庆日。

她故事里的灵魂深深地迷住了我。她曾在一个大城市的公司里工作，薪水高达六位数，但那时她最好的朋友被诊断出患有癌症。她照顾着朋友直到最后一刻，突然间，作为企业高管的生活似乎毫无意义，也毫无成就感。最后，她从公司辞职，成了一名自由平面设计师，和富兰克林一起开始了为期七个月的自驾旅行。旅途中，她也问了自己很多关于人生的问题。她对自己的目标心存疑惑，并开始寻找新的目标。答案是，重新回到校园里，去学习成为一名护士。她已经拿到了商科的学士学位，但直到陪伴着朋友走到人生的最后一刻时，她才发现，自己可以改变别人的生活。她不只是想拥有一份新工作，还想获得做护士志愿者所需的技能。无论何时何地，她都想把自己的时间用来帮助别人，而我则在想：哇，她真是太棒了。

我知道我们的狗有共同点，但我不知道我们的相似之处竟如此深刻。我们都失去了某个亲近的人；那份失去都扯下了我们原本被告知的生活中所谓重要事物的面具；都从新的视角出发去做出改变；都和自己毛茸茸的挚友环游全国来实现那种改变。

我在她家的沙发上睡了一晚。第二天早晨，我们驱车前往胡德山，上山的路上依旧白雪皑皑。我们谈论着她最喜欢带富兰克林去游泳、散步的地方，用我的佳能Rebel T2i相机把它们拍了下来。她在旅行中拍摄那些令人惊叹的照片时，用的也是这款相机。一模一样。我们开的是她那辆小小的马自达CX-5，一辆黑色的四门SUV。后座上依然放着那张为富兰克林准备的小床，就和我为贝拉放的那张一样。我看到了一个吊床，和我的吊床是同一个品牌、同一个颜色。车内地板被碎石和松针弄得脏兮兮的，控制台上放着婴儿湿巾。没错，这一切看起来都太熟悉了。在接下来的两天里，我们还游览了胡德里弗和周边一些地区，在她面前，我感觉特别舒适。就像我们已经认识了很久似的。似乎没有离开的理由。但我提醒自己，我还有任务没完成。我一定要去海边。我一定要做到。

周末快要结束时，我们轻轻地亲吻了对方，对这个美妙的周末表示感谢。我们互相道了再见，我想我们都在猜测还有没有机会再见。她有工作，还在学校里上全日制课程，而我计划着要继续旅行，遇见更多的人和他们的狗，继续拍照片，分享他们的故事。我已经游遍了美国；现在是时候去环游世界了。

"如果你到了加农海滩的话，就帮我跟富兰克林问个好吧。"在我坐进越野车里时，她对我说道，"它的骨灰就撒在那里。"

我再次踏上了旅途，向着俄勒冈州的海岸边进发，内心充满了挣扎。这段经历是如此美好，如此新鲜。这就是我所渴望的。

一个能明白我的人。一个在挚爱离去后转变了观念的人。一个带着自己的狗踏上长途自驾旅行,去弄清楚如何看待自己观念的人。一个渴望为真正重要的东西而活的人。

然而我却在这里……开着车离开。

我想尽可能地看遍俄勒冈州海岸线上的风光,于是露丝带着我向南去了尤金,又向西去了佛罗伦萨。沿途秀丽的树林没有令我失望。海岸给人的感觉就像是在另一个国度。原始的、岩石遍布的海滩。冰凉的、汹涌的海波。海狮和海鸥。高耸入云的雪松和大叶枫。黑橡树和红杉。

在纽波特时,我随便找了一家汽车旅馆过夜。外面下着雨,我有些疲倦。我买了一瓶红酒,把行李拿进房间里,打开手机地图,沿着俄勒冈州的海岸线寻找感兴趣的地点。加农海滩。

我想起胡德里弗的那个女孩曾对我说:"帮我跟富兰克林问个好吧。"

我深深地吸了一口气,想象着她把挚友的骨灰撒进海里,然后和它道别的画面。我替她感到心痛,但我的心里也感受到了温暖。她对那四条腿的灵魂伴侣的爱是如此明显。我给她发短信说:"我打算顺路去一趟加农海滩。你愿意来那里和我碰面,然后把贝拉介绍给富兰克林认识吗?"

她同意了。第二天早晨,我们约好大约三个小时后,在海边的沙滩上见面。在我前往加农海滩的途中,我收到了一条短信:"停车,徒步穿过太平洋城的沙丘!"我准备好迎接挑战,然后向沙丘发起了冲锋。它赢了。但我还是登上了沙丘顶端。当视线变得平稳后,我看见海浪猛烈地拍打着硕大的岩石。我对这壮阔的景象肃然起敬,试图用心去感受海洋的庞大力量。我又给那个女孩发了条短信。她已经到了加农海滩。我耽搁得有点久。我想我肯定没给她留下什么好印象。"抱歉!你具体是在什么地方?"

她给我发了GPS的位置标示,还有一句话——

"来海边找我。"

这个女孩是谁?她真是真实的人吗?

我迅速回到露丝里,跟着GPS导航朝海岸边开去,正好停在了她的SUV后面。

小路上盖满了沙子。我听见海浪的声响,心脏因为期待而怦怦直跳。走到小路和沙滩的边界线时,我看见了一双褪了色的、脏兮兮的、破旧的女士跑鞋,这是一位探险者的鞋。我敢肯定,这是她的鞋,而据我的浪漫心理猜测,它们可能是她留给我的线索。我试图追踪她的脚印,但没走几步就看不到了。沙丘挡住了左边的视野。我看向右边,汹涌海洋的壮阔景象瞬间映入了我的眼帘。海浪撞击着硕大的岩石。海鸥在头顶飞来飞去,高声鸣叫着,很是刺耳。但我还是没有发现那个胡德里弗女孩的身影,心里的期待堆积得越来越高。我又往海滩上走了几步。海滩从沙丘后面露出了真容。远处伫立着标志性的草垛岩。

突然间,我看见了她。

她正坐在一块巨大的浮木上,眺望着海洋更远处,凝视着她和富兰克林道别的水域。她没有拿着手机,或是一本书、一部相机、一根在沙子上画画的木棍。她只是那么坐着,欣赏着面前的所有美景。

我有点希望她不要发现我。我只想在这里站一会儿,看着她的头发在风中飞舞。但她转过头,朝我这边看了过来,于是我微笑着迎向她。她站起身,向我走来。我加快了脚步。她也加快了脚步。我们张开双臂,似乎被一股磁力拉向了对方。我们的嘴唇碰到了一起。亲吻得越久,感觉就越合适。从天而降的薄雾聚成了雨滴。最后,我松开了她,望着她淡褐色的眼睛问道:"我们是在演《恋恋笔记本》吗?"她大笑着把头靠在我的肩膀上,我们继续拥抱在一起。这感觉真好啊。我破碎的心找到了它丢失的那一块。

长长的拥抱过后,我们牵着手,在海滩上漫步。我带着微笑,注视着她,又开始怀疑她是不是真实存在的人。但我们就在这里,手牵着手在海岸边散步。

"可以把贝拉介绍给富兰克林认识了吗?"我打开了装着贝拉骨灰的小盒子问道。

她点了点头。"好啊,我们开始吧。"

我们发现在前面大约五十码的地方有一片岩质海岸,就走到一处潮汐池旁,好让贝拉能随着潮水进入海洋。从她小时候在南加州的岸边畅快地玩水到现在,这是她第一次重回太平洋。

"你觉得富兰克林会善待贝拉吗?"我问道。

"它特别温柔,甚至有点儿胆小。"她回答道。

"好吧,那贝拉——"我打开塑料容器,抓了一大把,"——我想你最好对富兰克林好一点。"我把贝拉的骨灰抛进了清澈的潮汐池里。

她把手放在我的背上,在和贝拉说再见的时候,我觉得自己并不孤独。我们看着灰色的粉末混入了浅浅的积水中,潮水猛然间涌了上来,淹没了潮汐池,然后又退到岩石后面,把贝拉带入浩瀚的大海。就好像海洋接受了我们的礼物似的。

"你看到了吗?你感受到了吗?"我问她。

"嗯，我知道。"她用力地握着我的手。

和这个来自胡德里弗的女孩在一起时，我感受到一种可能性。一种再次陷入爱河的可能性。

我的思绪跑得飞快，但我努力地想让它慢下来，不让它盖过内心的声音。思绪对未来一片迷茫。内心则能感受到当下。未来满是位置，我不想让它影响到当下。我不知道我和这个女孩的未来会怎样，但最起码，我再次感知到，爱并没有结束。总有爱在发生。

日子一天天过去，我和女孩最后还是说了再见。但我们都知道，这并不是永别。然而，我还有一声特殊的、最后的再见要说。至少目前看来，只有我才能说出这声再见。

当我驶进停车场时，露丝的雨刷器以最快的速度扫除了车玻璃上的雨水。今天的计划是沿着海边徒步一英里，前往华盛顿州崎岖的奥林匹克海岸上一个被称为"墙洞"的岩层。当地人告诉我，在退潮的时候去，就能看见无数的潮汐池，里面生长着五颜六色的海葵。他们说，那个生灵密布的小世界会让人产生孤独感。

天空灰蒙蒙的，气势磅礴。但当我出发的时候，雨点就变小了。在后一段旅程中，我已经把贝拉的骨灰撒在了十多个地方，但这段时间以来，我还是觉得这段旅程需要一个结尾。我希望这个结尾能有意义。就在今天。贝拉的离开让我重新看清了什么才是重要的事情。这一整场旅行让我从期待中获得了自由。工作、头衔、学位、城市或是某个地点都无法限制住我。我可以做很多事情，也有可能不断定义并重新定义我是谁。这是一场关于寻找目标、寻找关键所在、活在当下、弄明白什么才是爱的旅行。贝拉引领着我，踏上了一段疗伤之旅。沿着漫长的归家之路，一点一点地，慢慢地治疗着我的伤口。当然，还有很多伤口有待愈合。但至少今天，我已经迈出了脚步。

小径上盖着一层光滑的岩石。堤岸上有一棵倒下的树横跨过水面。我低头避过树枝，蕨类植物刮蹭着我的腿。我摸索着穿过了一片水塘，很快就回到小径上。然后，我走出森林的遮蔽，来到岩质海岸上。

我在海岸上向北走了一阵子，就看见刺穿地面的硕大岩石竖在那里。潮汐池给这里增添了点缀，池里生长着令人赞叹的海葵和绿色的水生花。岩石堆成了一堵高耸的墙，这里就是海滩的尽头。不出所料，一个大得足以装下一辆大众汽车的洞就在高出头顶的岩石墙上。要去拱洞的话，我就必须得爬到岩床上去。岩床大概齐肩高，估摸着手脚并用地攀爬了几下后，我就来到了拱洞底部。那儿都是潮汐池，粉红色的水藻星星点点地散布在岩石上。贝拉穿粉红色一直很好看。

"好啦宝贝，"我说道，"就是这儿了。"

我伸进口袋，拿出装着她余下骨灰的盒子，然后打开盖子。我最后看了一眼里面的粉末，伸手抓了一把，收紧手指，体会着那种质感。我把骨灰撒进池子里，看着它们融入水中。当然，这不是我第一次这么做，但这次的感受很特殊。这是我们最后的一场大探险。我们驶过了数千英里，在东西两条海岸线上畅游，徒步穿行了许多国家公园，走遍了无数大城市，而现在，我们的旅行似乎就这样……完成了。

该是结束的时候了。

我掀开罐子，把里面的骨灰全部都倒了出去，给她自由。我不禁深深呼出一口气。贝拉已经陪我探险得够久了，我是时候该独自寻找下一个目标了。我是时候该放她走了。

当我从岩石壁上爬下来，回到海滩上时，我似乎看见贝拉像很久之前那样，朝大海跑了过去。她游动着冲破浪花，然后消失在大海里。那正是属于她的地方。

"再见啦，美人儿。"我大声喊道。眼泪已经控制不住。"谢谢你满足我对世界所有的期待。谢谢你做我的副驾驶员。谢谢你做我最好的朋友。谢谢你爱我。宝贝，爸爸爱你。"

我又深深地吸了一口气。

我离开了这片海滩。结束了。我会变成什么样子呢？我的脑海中跑过无数个念头，我很兴奋，但我的心里不禁觉得一阵空虚。我刚把全部的爱都撒进了海里，又能用什么来填补那份空缺呢？

我深深地吸了一口气。

当我的眼泪越来越汹涌时，贝拉回来了。我强烈地感受到了她的存在，我几乎可以看见她用三条腿在我身旁的海滩上蹦跶。她卖力地摇着尾巴，比以往任何时候都更快乐。我脸上挂着泪水，露出了微笑。我放下心来，知道她在自由地奔跑，并且不论何时，如果感到迷茫，我要做的就是闭上眼睛，深呼吸，就能在我心里找到她，还有我曾失去的所有挚爱的人。

"爸爸，我永远都在这里，在你的心里。"她告诉我。

然后其他的声音也加入了进来。

"我们都在。"

尾　声

一年后，胡德里弗已经有了些家的感觉。在某个晴朗的日子里，我看着白雪皑皑的亚当斯山和雄伟壮阔的胡德山一个向北延伸，一个向南延伸。风儿穿过峡谷，为哥伦比亚河上的风帆冲浪者和风筝板爱好者提供了完美的条件。社区里到处都是喜欢户外运动的人和喜欢狗的人。今天，我正在一家咖啡馆里写作。手机收到了一条短信，震动起来：

科贝尔：我今晚不想做饭。我想订一个比萨，你可以帮忙带回家吗？

罗布：听起来不错。你下单的时候告诉我一声，我就马上收拾东西回家。

今天早上，我去收容所里帮忙遛了狗。这是几个月之前，科贝尔鼓励我开始做的。我想做这件事已经有段时间了，但我害怕自己内心承受不住。我一直盼着能和搜救犬相处，狗舍的志愿者们已经几乎成了我的家人。

如今，我每天大部分时间都用来写作和摄影。我试着放慢节奏，也不再四处寻找。回想着和贝拉一起生活时的平静，那时的我们完全就是在享受生活。我经常会写到自己最近的经历，希望能用我的写作和摄影作品带来一些改变。今天，我要为收容所里的狗狗们发声。当我看着这些被关在金属栅栏后的狗，注视着它们的眼睛时，我似乎看见贝拉在回望着我。令人痛心的是，有些狗狗被收养之后，很快就会因为"太麻烦"而被退回来。想到要是贝拉一头雾水地被扔到某个陌生的地方，我的心都要碎了。所以我写了些故事，希望能鼓励人们收养狗狗的时候，能先确认那条狗适不适合自己家、自己的家人，还有自己的生活方式。他们得愿意付出精力，给这个毛茸茸的新家庭成员一个努力的机会。狗是我们世界的一部分，但对狗而言，我们就是它们的整个世界。

我对目标的不懈追求其实主要是为了弄明白目标是什么，直到现在，我还在学着接受这一点。我看到了自己一直追寻的某种东西是如何自始至终都在回望着我的。贝拉给我的爱，还有我专注于那份爱时所感受到的平静。这影响了我对自己，还有我最关心的人们的态度——事实上，是对每个人和每件事的态度。我怀疑我的抑郁可能永远都不会彻底消失，但起码现在我能认出并理解它的存在——当然，我的伤口并不一定会支配或限制我接下来的生活。在辽阔天空下的开阔道路上，我和贝拉似乎拥有了前所未有的自由生活。或许是那份自由让我们挣脱了恐惧的束缚，生活在充满无限可能的广阔空间里。

科贝尔：已下单。15分钟后可取。
罗布：好。这就收拾东西。

我点击"发送"，上传了刚刚写的关于收容所狗狗的文章，合上笔记本电脑，把它装进了土狼棕色的背包里。在和贝拉环游全国的整段旅程中，我用的都是这个背包。太平洋西北岸的降雨势头很猛，我从咖啡馆里出来，戴上夹克衫的帽子，朝露丝跑了过去。

露丝里的贴纸让我想起了那段不可思议的奇幻之旅。阿什维尔、普莱西德湖、提顿山脉、莫阿布、科罗拉多大峡谷、巴德兰兹地区、冰川国家公园、死亡谷。我最喜欢的两张贴纸上印着佛罗里达群岛的零英里标志和奥林匹克半岛的101号公路，它们证明我们的确穿过了美国。我只能想象，未来还有多少探险。

我开车下了斜坡，向比萨店驶去。我的肚子饿得咕咕直叫，我已经迫不及待地想吃东西了，但当我开进停车场时，我发现有条黄色的大拉布拉多犬正在购物中心的遮雨棚下徘徊，可能是想尽量不被淋湿。它脖子上戴着项圈，但附近没有人。这个地方的交通很繁忙，我怕它会走到十字路口被车撞到。

我把露丝停好，从车里出来，然后快速地吹了声口哨。拉布拉多犬停下了脚步，盯着我看了一会儿，然后朝我跑了过来。当我开始迎着它走过去时，它犹豫了一下，然后又继续往我这里跑。或许，我应该让它待在那里。

我跪在地上查看它的状况。它让我挠它的脑袋，抚摸它的皮毛。大雨淋湿了它的毛，它的身子很冷。它的项圈上没有标牌。它已经淋了一阵子了。我瞥了一眼停车场拐角处交汇的两条街道。在这雨夜里，车辆纷纷呼啸而过。我不能把它留在这里。我就是……做不到。

"好吧，小伙子，你想来玩一会儿，把身体擦干吗？"我问道。

我轻轻地牵着它的项圈，把它带到露丝那里。我打开越野车的后车门，后面的座位已经处于平放的状态，还铺了一块缠着贝拉棕色毛的毯子。这条拉布拉多看上去比贝拉年纪大些，估计有十二三岁了。它跳进车里，蜷在贝拉的毯子上，似乎只要不在外面淋雨就很满足。

现在怎么办？

比萨！

"我会回来的，"我对它说道，"我发誓。"

我快速地摸了它一下，然后跑进比萨店里拿好预订的比萨。我问柜台后面的店员："你知道有谁丢了一条很老的黄色大拉布拉多犬吗？"

"不知道。"他说，"但是马路对面有一个拖车公园，狗可以在那里自由活动。有时候它们就会跑到这里来。"

我向他道了谢，然后带着比萨回到越野车里。老拉布拉多犬还躺在刚才的位置上一动不动。我把车开到马路对面的拖车公园里。它夹在几家商店的后面，车道昏暗且狭窄。第三个停车位上停着的拖车里面亮着灯。我停下车，敲了敲门，听到了车里一个小孩在油毯上蹦蹦跳跳的脚步声。一位西班牙裔的中年男子打开了门。他不会说英语，但他示意那个小男孩来做翻译。

"我们这儿没有狗,"男孩说道,"但那间房子里的人养了狗。"他指了指马路对面。

"谢谢你的帮助,晚安。"我努力用这些年里学会的西班牙文拼凑出了一句话,然后往马路对面跑去。敲门声引起了一连串的犬吠声。好吧,他们的确有条狗。一个小男孩把门打开了一条缝。

"嗨,小伙子!你们还养了另外一条狗吗?一条黄色的拉布拉多犬?"

男孩郑重地摇了摇头。

"那附近还有别人养狗吗?"

又摇了摇头。答案还是没有。

我走回越野车旁,透过后车窗往里面看。那个老伙计还在后座上休息。我钻进驾驶座,发现比萨依然完好无损。

"谢了兄弟,"我对它说,"我会继续帮你找的,但我得在这比萨变凉之前先把它送回家。如果不这样做,今晚我就要和你一起睡大街咯!"

我和科贝尔在她的公寓里暂时收养了另一条狗。它是一个可爱的黏人精,但却不太热衷于旅行或者认识陌生人,于是我们就把它养在家里,直到有喜欢待在家里、访客也不多的人愿意收养它。

"比萨来啦！"我高喊着走进科贝尔的公寓里。我的语气里洋溢着热情，希望这点魅力能奏效，然后接着说，"哦——我的越野车里碰巧还有一条黄色的大拉布拉多犬。"

科贝尔疑惑地看着我。她立刻明白过来，这些惊喜都是趣味的一部分。"那——就把它带进来吧。"她对我说。

"你没生气？"

"当然不会。我自己差不多也做过十几次这样的事。"她快步走向壁橱，扔给我一条旧毛巾，又拿出一条旧床单盖住沙发。

我停下脚步，注视着她。我惊讶地发现，这场关于把一条陌生的、湿漉漉的大狗带进家门的对话竟进行得如此顺利。

我们给养在家里的那条狗系上了背带，这样我们就能慢慢地介绍这两条狗认识了。我为拉布拉多犬找了一条备用的牵引绳，然后走回露丝旁。老拉布拉多犬毫不犹豫地跟着我走进院子里。我们的小搜救犬已经在那儿了。它们互相嗅了嗅。小搜救犬开始嬉戏，但老拉布拉多犬似乎已经过了玩闹的年纪。我们打开家门，它们一起走进这间舒适的小房子里。老伙计在新环境里四处嗅探，而小伙子则专注地嗅着它的新客人。

我们把拉布拉多犬的毛擦干，然后为它铺了一张床。它在自己的新食盆旁嗅了嗅，我们就给它倒了些狗粮。它狼吞虎咽地把它们吃得干干净净，然后爬到床边，"扑通"一声趴了下去，两只前爪交叉着。它知道该怎么做。显然，这是一条家养的狗。

我们给它拍了几张好看的照片，然后发给了收容所的一位管理人员。她把这些照片上传到了他们的网站上。"发现了一条狗！"我们的下一步计划是打电话给治安官，他会过来把拉布拉多犬接走。但治安官要让它留在狗舍里过一晚，等到第二天早晨八点才有志愿者来接管这条狗。我们决定不让它经受这样的事。它和我们家收养的小狗相处得还不错。起码我们可以先收留它一个晚上。

我们的比萨已经凉了。我打开烤炉，把它放进去加热。几分钟之后，它就又变得热气腾腾了。我和科贝尔坐在沙发上饱餐了一顿。

"如果富兰克林不见了，你现在会怎么做？"我边吃边问道。

"和你在贝拉失踪时会做的事一样。"她回答道。

我们都放下了手里的比萨。如果拉布拉多犬的主人没想到联系收容所怎么办？如果他还冒着雨在外面寻找怎么办？如果他不用脸书，看不到关注收容所主页上被三千多个人转发了的图片怎么办？如果明天治安官要向他收取重新授予监护权的费用，他却没有那么多钱的话怎么办?

我看着老拉布拉多犬。虽然我可以确定,它很喜欢这些食物,也很喜欢这个让它晾干身子、暖和起来的地方,但它看上去越来越紧张。它可能在想,自己还能不能再见到家人。

它听见了我钥匙"叮当叮当"的碰撞声,看见我穿上了外套。它竖起了耳朵。我把牵引绳扣在它的项圈上,它满意地摇起了尾巴。

"好啦,兄弟,"我对它说,"我们回去找找,看能不能找到你的主人吧!"

"祝你好运!"科贝尔对我说。当我走出家门时。她亲吻了一下我的脸颊。

外面依然下着雨。天已经快黑了。

当我发动汽车的时候,我发现拉布拉多犬把鼻子凑到了车窗旁。于是我把后车窗摇了下来,它就把头伸了出去。看见这熟悉的场景,我的心里很是高兴。拉布拉多犬的耳朵在风中扇动,它的脸上也露出了笑容。

我们驶进了之前那个停车场里。我把它留在后车厢里,然后去购物中心一家一家地询问,但什么线索都没有。我回到露丝那儿，打开了后车门。拉布拉多犬从车里跳了出来，挂着牵引绳走在我身旁。我尽力不去控制它前进的方向，看它能不能把我带到它要去的地方。

不出所料，它带着我走向了那条繁忙的大街，就是之前我担心它会走的那一条。但就在我们抵达交叉路口之前，一个年轻人从马路对面跑了过来。"曼尼！曼尼！"

老拉布拉多犬抬起了头，它的尾巴开始用力地来回摆动，比看见食物或是温暖的地方时还要兴奋。所以这就是它的名字。

年轻人大约二十八九岁、三十出头的样子。穿着牛仔裤。胡子浓密。穿着件法兰绒的衬衫。我招手示意他过来。

"我的天呐，"他问道，"你是在哪儿发现它的？"

"就在那边的停车场里，"我回答道，"你住在附近吗？"

"我家在两个街区外。"

"我是在差不多一个小时前发现它的。我不想把它独自留在这条繁忙的街道上。我在附近问了问，但没有线索，所以就把它带回了家，给它擦干毛，喂了狗粮。我们把它的照片传到了网上，准备先留它住一晚。但我后来又决定带它回来找找，看它能不能找到回家的路。"

那个年轻人盯着我看了一会儿。他的眼眶湿漉漉的，张开双臂要给我一个拥抱。他把我拉进怀里，紧紧地抱住。"我叫亚历克斯，"他说道，"非常、非常感谢你。"

我也用力地抱了抱他，随后松开了手臂。"别客气，兄弟，"我说道，"我也曾经全心全意地爱过一条狗。我懂的。"

他解释说，曼尼项圈的内侧有他的电话号码。我根本没想过要检查那里，但我以后会注意的。我建议他给曼尼做个标牌，然后我们就互道了再见。我看着他们等车流过去，然后一起跑过了马路。亚历克斯还在抹眼泪。而曼尼则雄赳赳气昂昂地走着，头抬得高高的，尾巴也竖得高高的。

随后，我走回露丝旁，给胡德里弗的姑娘发了条简短的信息：

罗布：它找到家了。

致　谢

　　哇。我们做到了。这是一段多么令人不可思议的旅程啊。我所说的不只是你刚读完的那段旅程，还有我把它写下来的这段旅程。在将近两年的时间里，我用尽一切努力，把内心深处的东西用文字表述了出来。因为我已经分享了这么多我和贝拉旅途中的点点滴滴，所以我希望用这本书来阐释一切背后的起因。我想和大家分享这些改变了我的视角的故事，这些改变了我的生活轨迹的故事，这些关于生活、爱与失去的故事。在写作的过程中，有些故事使我露出了微笑，有些则勾起了我的眼泪和心痛。把这些东西写出来是一种宣泄，但把它们塑造成一本书却是一项需要别人帮助的艰巨任务。幸运的是，我有机会能与一位好得令人难以置信的伙伴及导师——Marcus Brotherton合作。他选取了那些看上去最有意义的故事，精简篇幅，然后把它们以合适的顺序编排成稿。尽管如此，还是有许多故事被遗留在编辑室的地上。但这并不代表它们不曾发生过，也不代表它们毫无意义。

　　致我的家人和朋友。若是没有你们的坚定支持与鼓励，我可能什么事都完成不了。我真的很幸运，能有那么多优秀的人站在我这边，在我沮丧的时候拉住我，在我不切实际的时候唤醒我。我一直不敢置信，竟然有这么多人陪我走过了人生恍如过山车般的起起落落。我永远都会对你们的善良、智慧、情谊和慈悲心存感激。谢谢你们，把我塑造成这样一个人，这正是我一直努力想成为的样子。我还有很多事情要做，但我知道，只要我需要，你们就会出现，所以那些任务似乎也就没那么艰巨了。

　　至于那些我在书中提到的人，我希望自己写得还算公允。我从个人的角度出发，基于对自身经历的回忆写下了这些故事。在提到别人的时候，我一直都非常小心谨慎。我希望那些用来描绘人物的措辞能让你们感到骄傲；我希望你们真的为能成为这段旅程的一分子而感到骄傲。我还想谢谢你们，这本书对我来说非常特别，而你们也是让它变得特别的一部分原因。这本书的（英文）书名是"一条以美丽为名的狗"，但要是没有你们，这个故事就不完整。再次向你们表示感谢。谢谢你们允许我把你们的故事片段分享出来，以构成我自己的故事。

在这个故事中，除了贝拉，我还介绍了许多朋友、家人、导师和爱人，甚至还有陌生人。我很难过，没能把所有人都介绍个遍。我想把你们都写进我的书里。谢谢你们和我分享那些经验教训，让我学到了很多。我从我们的交流中获得了新的视角，在你们的支持下获得了动力，还感受到了你们所散发的激情。你们应该知道，我说的就是你们。你们知道自己在书中的位置，也知道自己在我心里的地位。没有你们，我不可能做到这些。而眼下，当你们读到这里时，我们就在一起。我不确定生活的风会将我吹向何处，但我知道我会继续探索，扩充我的视角，和陌生人交流，沿途摄影、写作。所以，不管是在我自己的网站上、博客上，还是在书里，我一定会用某种形式来分享我的感激之情。在那之前，谢谢你们成为我生活的一部分。因为你们的存在，我的生活真的变得更美好了。

致贝拉小队：在我们旅行期间，无数来自四面八方的人聚集起来，在网络上关注着我们的动态。你们合力筹措资金，让我得以毫无顾虑地为贝拉选择最好的治疗方案，我一直在尽力给别人提供资助，来作为对你们的回报。贝拉去世后，你们寄来的礼物都将是我珍藏一生的宝物。在我们的旅途中，你们邀请我和贝拉去家里住。在我开始谱写自己新的人生时，你们的家门和心门一直对我敞开。我希望能有机会赴约，去看一看你们的世界。谢谢你们，让我不论身在何处，都能有家的感觉。

　　致贝拉，我美丽的宝贝：光写出你的名字就让我露出了微笑，心里也变得温暖起来。你真的是我在这个世界上见过的最完美的生灵，几乎没有谁能和你相媲美。谢谢你这么多年来给我和其他许多人的爱、欢笑、奇遇和宽恕。你教会我如何去爱，如何宽恕自己，这都是我亏欠你的。我还想谢谢你给我这个机会，让我能向全世界分享这么多的故事。是你的笑脸和激励人心的欢快跳跃吸引了来自世界各地的人，大家很可能是为了更多地了解你的生活才来读这本书的。在了解你的同时，他们也认识了我的一些家人和好朋友，当然，也包括迈克和夏丽蒂。因为你，那些早早逝去的生命如今得以在这个世界里存续。谢谢你，宝贝。谢谢你曾做的以及将因你而实现的那些事。谢谢你帮我认清了自己的内心，明确了自己的态度。每个人的生活中都需要有你这么一个小姑娘。爸爸爱你。我真的特别特别为你感到骄傲。别忘了时不时回来看看我。

　　致迈克，我的哥哥、导师及英雄：怎么样，兄弟，我做到了。我追逐了自己的梦想。它们一直在变化，有时候我都不太明白为什么会变成那样，但我从来不曾停下追逐的脚步。在看到你留给我的话后,我给自己立下了任务,不去理会那些不理解我的批评声。在这项任务的引领下,我走过很多地方,与很多了不起的人建立了联系。要是没有你,没有你的奉献,我永远都不会有这些经历。我真心期望在这片蓝绿相间的土地上,你能为我感到骄傲。每一天我都希望你能和我一起经历这些探险。令我感到安慰的是,我知道不管我走到哪里,你都会在我身边。我经常对别人讲述你的故事,让别人知道我为什么会变成现在这个样子,为什么要做这些事。现在,我得以用写作的方式把故事分享给大家,这样你就能永远活在许多人的心里了。贝拉走的那天晚上,我知道那不是梦境,我相信真的是你来看我了。这让我确信,死亡并不意味着彻底消失。谢谢你,在我去那个世界之前帮我照顾贝拉。我知道她会被照顾得很好。帮我揉揉她的脑袋,挠挠她的屁股好吗?哥哥,我爱你。真想早点儿见到你。英雄不朽。

致军人与退伍军人们:很明显的是,当我回顾自己服役的那段日子时,我是对那些没做的事难以忘怀,而不是为自己做了的事感到骄傲。这主要是因为我哥哥死了,而自己却幸存下来的那种内疚感。回首往事,很难不被它影响到全部的记忆和视角。然而,当我清理掉过去时光的蜘蛛网,仔细观察如今的自己时,我看到了你们所有人。我看到你们之中的许多人正在找寻继续为别人服务的方法。我看到你们正在把自己的视角分享给别人，帮助别人拓展视野，以自己的经验让这个世界变得更好。我看到你们伸出手去拉那些摔倒的人。曾经，我就是那个摔倒的人。我看到你们打开了家门。我也踏入过那些门，在那些餐桌边进行过我一生中最为坦率且真诚的对话。当我看到你们大家，还有你们为自己的社区、自己的国家还有这个世界所做的事时，我很骄傲。我很骄傲能成为你们中的一分子。我很骄傲，因为我知道你们会一直支持我。我知道你们也会一直为我感到骄傲。谢谢你们。谢谢你们所做的贡献，谢谢你们付出的友谊。要是没有你们的支持，这次旅行根本就不可能实现。

致 Flatiron Books 的 Marcus Brotherton 和 James Melia、Penguin Publishing 的 Andrea Henry，还有 Creative Artists Agency 的 Cait Hoyt：谢谢你们支持这个项目，让我有机会把这些故事写成书。我知道，和我共事并不是件容易的事，因为我有太多的东西想和公众分享，但你们从始至终都坚持陪着我，在我们共同的努力下，才创造出了这部美丽的作品。谢谢你们，让我有机会和这么多人分享不只是关于贝拉，还有我生命中最重要的那些事物。很荣幸能和你们一起合作。一直以来，你们为了这本书所做的一切，我会永远感念于心。

致这本书的全体读者：当你们捧着这本书，阅读其中的文字时，你们就已经成为故事的一部分。你们在和我们一起旅行。你们和贝拉、我、故事中的所有人都建立了联系。而这只是爱一条狗的诸多美好之一，它能让我们相互联系。这是一种没有界限的爱，它可以被翻译成世界上任何一种语言。这份爱能教会我们什么才是生命中最重要的东西。谢谢你们。谢谢你们愿意花时间来读这本书，来了解我们旅程背后的东西。我只希望，这些分享能帮助其他人相互联系，然后分享自己关于生活、爱与失去的故事。这些故事能洗去偏见，让我们发现，所建立的联系越多，我们会越把彼此当成家人，整个世界就会越有家的感觉。我知道我是个理想主义者，但我无法否认自己的信仰，并且如果有机会的话，不分享出来才傻呢。所以，我再次感谢你们肯花时间阅读我在这本书里分享的故事。如果你们想继续了解在这之后的旅程，或只是想看看贝拉和我们旅途中的其他照片的话，你们也可以关注我的网站：rklifeillustrated.com。

最后，我想列出一些以这样或那样的方式支持过我们的组织和企业。同样，要是没有你们，我们就无法做到这些事情。我想把你们的名字列举出来，以表达我的感激之情：

卢比孔团队；英雄计划；红白蓝小队；战士提升——斯巴

达；拯救战士；寻根；海军陆战队同盟，内布拉斯加州支队；美国退伍军人协会；媒体界和娱乐界的老兵；适应性探险；车轮下的原野；四季兽医专科；科罗拉多州立大学兽医教学医院；步行者希望基金会；"狗在人类社会中的角色"，阿曼达·霍纳曼；扩展训练；瓦尔哈拉殿堂潜水队；越野小队；OFP 车轮；CVT 拉夫威尔帐篷；BOTE 冲浪板；ZT 汽车；华尔顿堡滩的丰田旗舰店；弱者联盟。

图书在版编目（CIP）数据

再见，贝拉 /（美）罗布·库格勒著；殷圆圆译 . -- 北京：北京时代华文书局，2019.11
书名原文：A Dog Named Beautiful
ISBN 978-7-5699-3188-4

Ⅰ. ①再… Ⅱ. ①罗… ②殷… Ⅲ. ①回忆录—美国—现代 Ⅳ. ① I712.55

中国版本图书馆 CIP 数据核字 (2019) 第 249459 号
北京市版权著作权合同登记号 图字：01-2018-2385

ROB KUGLER
A Dog Named Beautiful:
A Marine, a Dog, and a Long Road Trip Home

特别鸣谢：感谢璐璐与王雅观对本书的支持与帮助。

再见，贝拉
ZAIJIAN , BEILA

著　　者	[美] 罗布·库格勒
译　　者	殷圆圆
出 版 人	陈　涛
策划编辑	韩　笑　黄思远
责任编辑	黄思远　韩　笑
营销编辑	江　辰　郭啸宇　俞嘉慧　赵莲溪
封面设计	安克晨
内文设计	迟　稳
责任印制	刘　银　范玉洁

出版发行 | 北京时代华文书局 http://www.bjsdsj.com.cn
　　　　　　北京市东城区安定门外大街 136 号皇城国际大厦 A 座 8 楼
　　　　　　邮编：100011　电话：010 - 64267955　64267677

印　　刷 | 三河市嘉科万达彩色印刷有限公司　0316-3156777
　　　　　　（如发现印装质量问题，请与印刷厂联系调换）

开　　本 | 880mm×1230mm　1/32　印　张 | 12.25　字　数 | 220 千字
版　　次 | 2020 年 8 月第 1 版　印　次 | 2020 年 8 月第 1 次印刷
书　　号 | ISBN 978-7-5699-3188-4
定　　价 | 59.00 元

版权所有，侵权必究